El encuentro de los peces Koi

El encuentro de los peces Koi

JESSICA ISKANDER

Grijalbo

El encuentro de los peces Koi

Primera edición: abril, 2017

D. R. © 2017, Jessica Iskander

D. R. © 2017, derechos de edición mundiales en lengua castellana:
Penguin Random House Grupo Editorial, S. A. de C. V.
Blvd. Miguel de Cervantes Saavedra núm. 301, 1er piso,
colonia Granada, delegación Miguel Hidalgo, C. P. 11520,
Ciudad de México

www.megustaleer.com.mx

ISBN: 978-607-315-290-7

Impreso en México – *Printed in Mexico*

El papel utilizado para la impresión de este libro ha sido fabricado a partir de madera procedente
de bosques y plantaciones gestionadas con los más altos estándares ambientales, garantizando
una explotación de los recursos sostenible con el medio ambiente y beneficiosa para las personas.

Penguin
Random House
Grupo Editorial

1

Su vida la gobernaba la entropía y su ser estaba a punto de caer en una vorágine fatal. Sólo una respuesta le ayudaría a salir de aquel vórtice interminable. ¿Cómo arreglarlo?

★ ★ ★

Mariano decide terminar su jornada laboral antes de lo previsto. La playa está a tres cuadras de su oficina y piensa que ejercitarse un poco lo ayudará a refrescar sus pensamientos.

En el baño privado de su despacho empieza por desabrocharse la camisa, lo que deja al descubierto un torso amplio y vacío. Jamás ha tenido un solo pelo en el pecho. "Genética", piensa, y se cubre con una camiseta celeste. "Impide que su piel sufra el roce a causa del sudor", había dicho el vendedor, quien completó el conjunto con unos tenis "diseñados para cuidar la espalda en cada pisada". Transformado de ejecutivo exitoso en deportista de élite, se mira en el espejo. Su reflejo no es lo que recordaba. Frente a él están un cuerpo encorvado y una mirada perdida, como una planta que languidece porque ha sido regada más de lo debido.

Ata temblorosamente el reloj a su muñeca y comienza a programarlo: quiere comprobar que todo, en apariencia, empieza en ceros: las calorías quemadas, el cronómetro, el pulsómetro; el GPS tiene la ruta marcada y el sonido de advertencia a cada milla, en silencio.

Antes de dirigirse a la playa pasa por la cocina del despacho, toma una botella de agua y se despide de su secretaria. Acompañado de sus pensamientos, sale a la calle escuchando la calma de sus latidos y se percata de que hay una quietud inusual en la hilera de árboles cercanos; en un intento de alejar cualquier indicio de razón se coloca los auriculares y de inmediato la música lo invade, aunque las notas graves de Chopin no silencian su corazón.

Cuando llega a la playa decide recorrer el malecón acelerando el paso al ritmo de la música. Su respiración va y viene a gran velocidad, tan rápido como lo permiten sus piernas. Con los ojos clavados en el suelo siente crecer la idea que lo atormenta. Igual que un monstruo gigante acomodado en su cabeza, el eco del vacío empieza a devorar cada uno de sus recuerdos.

Al llegar cerca del final de la playa la falta de aire ya no le importa; él avanza más y más rápido, y pese a que el dolor muscular aumenta, continúa acelerando sus pasos. A los veinte minutos de un ir y venir digno de los mejores corredores, el aire empieza a parecerle espeso; corre tan deprisa que su aliento no tiene tiempo de llegar a sus pulmones; el pelo, lacio, corto y descuidado, empieza a gotear y los latidos suplican que se detenga.

La noche ha llegado sin que lo note y el tictac del tiempo que le taladra su cabeza llega hasta sus venas. Ese agujero se vuelve cada vez más profundo y crea una melodía sutil aunque potente. De pronto, el ritmo de su interior comienza a fundirse con él.

Tictac, tictac… "Voy a hacerlo, tomará un segundo." Tic, corre y el suelo es la realidad que le permite hacerlo. Toc, su corazón golpea convirtiendo aquel tambor en la única evidencia de su vida. Tic. El ritmo de la sangre bombeada en sus venas es cómplice de la decisión que ha tomado. Tictac, tictac. Estira sus pasos corriendo a mayor velocidad. Tictac, tictac, tictac.

El sonido retumba con tanta fuerza que teme que alguien lo perciba. Desciende a la arena y, decidido a exigirse aún más, alza su mirada buscando la parte más oscura de la playa. Tictac, tictac, tictac. Perdido en su huida no se da cuenta de que ha llegado a la feria de Santa Mónica. Bajo el muelle, la oscuridad se rompe en varios destellos y su cuerpo comienza a palpitar tan rápido que siente las punzadas hasta en los dedos de los pies. Suelta el agua que lleva en la mano y se frota los párpados. Las siluetas lo golpean de pronto a pesar de la distancia. Cree verla. La intuye.

Minutos después, derrotado y exhausto, se descubre arrodillado en la arena. El dolor aún grita al mismo tiempo que pelea a puñetazo limpio con sus pensamientos. Nadie gana. Abre los ojos, la música regresa lentamente a sus oídos y ve a dos jóvenes apartarse rápidamente de él. Avergonzado, se pone de pie de inmediato, tratando de recuperar la normalidad de su aliento. Se aleja lentamente y, bajo las sombras intermitentes de los autos, decide que es hora de caminar a casa.

2

A las nueve de la mañana su perfecta silueta sigue dibujada en la cama. Se quedó dormido. Mariano abre lentamente los ojos, y observa la amplitud de sus cortinas, su habitación está tan oscura como una noche sin luna, pero el reloj le anuncia que ya es de día; apresurado, se acerca a la ventana, corre las amplias cortinas y, al dejar entrar la luz del sol, el gran jardín de la casa le ayuda a serenarse.

Su hogar, de un diseño moderno creado exclusivamente para él, viste de madera y piedra combinadas con gigantescos cristales. Es una construcción eficiente y ecológica, pensada para transmitir paz a medida que los ojos la recorren.

"Está pensada para que la inspiración que tanto admiras te llegue cada mañana", había dicho el arquitecto al entregarle las llaves. Años después, al recordar ese momento, le es inevitable sonreír con melancolía. "La inspiración es una bella enfermedad que desgraciadamente tiene cura." Ésa era la conclusión que, desde hacía meses, se había formado en su mente. Él sabía por experiencia que la mejor medicina era la rutina.

De pronto, frente a la terraza de la habitación y en medio de la agitación que el atraso le ha causado, es más consciente que nunca y sabe con certeza que debe hacer lo que quiere sin importar lo que dicte el protocolo.

—Vidas sin vida. Saliva que a ningún lado llega —susurra y se encamina al baño.

Mariano es un hombre metódico que impone orden en su vida para evitar caer en la locura. El despertador repite su alerta, cinco de cada siete días, a las seis y veinte de la mañana, y él, aún entre sueños, gira su cuerpo hacia la izquierda y se yergue con los ojos cerrados; sus pies no cuelgan, sino que, largos y desnudos, se posan en el pequeño *kilim* adquirido hace dos años en uno de sus viajes a Marruecos, mientras sus manos, casi robóticas, se dirigen a su celular, que ya tiene abierta la agenda semanal.

Diariamente, en su camino al baño, mira por el gran ventanal el inmenso árbol que hay junto a la pequeña piscina rodeada de hamacas y una mesa de madera con cuatro sillas. Esa mañana, bañado por los primeros rayos del sol y con su delineado y musculoso cuerpo casi desnudo, se detiene a medio camino y regresa a su buró, de donde recoge el vaso de agua que dejó lleno la noche anterior. Es un hombre de poco apetito, pero con gran energía. Hábitos saludables, poco alcohol y ningún cigarrillo, ésas son sus directrices. Todas las mañanas a las seis y cuarenta y cinco abre la puerta principal de la casa y le dedica a su vida treinta minutos. Correr es su desayuno. Corre porque eso le ayuda a pensar. Corre porque quemar sus fuerzas le da fuerza. El ejercicio le limpia el cuerpo, le ordena la mente y le despreocupa.

En la ducha, después de avisar que llegará con retraso a su reunión, medita mientras se afeita. Esa práctica, como un ejercicio físico y rutinario, le ayuda a mantener la mente en blanco. Al salir, a pesar de que su guardarropa contiene una gran colección de corbatas de seda y de que la mayor parte de su vestimenta ostenta marcas de renombre, elige unos pantalones de mezclilla y una camisa de lino de manga larga. Antes de abandonar el vestidor se mira al espejo y recuerda nítidamente una frase que escuchó una noche en el teatro: "Somos hasta donde nos llega la piel". La obra fue reveladora y el título, *Del otro lado de la camisa*, le ayudó a desprenderse más fácilmente de su preocupación por las apariencias.

A las diez de la mañana, mientras maneja, piensa que su coche necesita un lavado. Acciona los limpiaparabrisas y éstos aclaran la calle. Lo compró apenas hace unos meses por capricho, igual que la mayoría de los óleos y las fotografías en blanco y negro que decoran su oficina: un despacho cómodo, de grandes dimensiones y ventanales que parten del suelo y llegan hasta el cielo raso, permitiendo al sol sentirse un inquilino más.

Para sus compañeros de trabajo, Mariano es un jefe que inspira confianza y, sin que su sonrisa posea el dibujo perfecto, cautiva a todas las personas que lo conocen. Sus exigencias son pocas pero le gusta que se respeten las normas. Sus empleados lo describen como una persona sencilla, afable y comprensiva. Todos consideran que su cercanía, su voz pausada y aquel gesto alegre de sus labios son producto del éxito que tiene en los distintos aspectos de la vida.

Cuando llega al vestíbulo de la oficina, la recepcionista lo recibe con un comentario amable y juguetón. Su lugar de trabajo es como una delicada melodía de Schubert. El pasillo está cubierto con madera blanca y tapetes orientales, y en las paredes se exhibe orgullosa la colección de arte que inició hace catorce años, cuando, con apenas veinticinco, consiguió su primer cliente importante.

Son siete privados. El suyo, el de su socio y los del resto del equipo; más distintas áreas para los visitantes y una sala de juntas que Mariano mandó poner junto a la cocina, donde está la máquina de hacer café que Rigo, su mejor amigo y socio único, compró en Madrid. Esa cafetera industrial de tonos ocres sirve expresos de calidad inigualable y además, junto a ella, se protagonizan incontables conversaciones, negocios de altos vuelos, confesiones y momentos de gran valor.

Después de saludar a varios compañeros de trabajo y aclarar algunas dudas, entra a su oficina y coloca sobre el escritorio varias cartas que le ha entregado la recepcionista. Cuando pulsa el botón de encendido de su computadora, dos pantallas blancas regidas por un solo teclado iluminan su rostro. Aquella modalidad le permite trabajar más rápido. En su despacho, equipado con sillones de respaldo alto y dotados con cojines de la India, hay algunos marcos con fotos suyas donde lo acompañan amigos y clientes. Su sonrisa predomina en las imágenes. En apariencia, Mariano es un círculo perfecto, con un diámetro de medida justa y listo para ser enmarcado; sin embargo, si uno consigue acercarse lo suficiente, puede notar que esta circunferencia está rota. Él lo sabe, falta un trazo. Aquella talla de exhibición, delgada y atlética, cojea en su interior; sus ojos enigmáticos y su encantadora sonrisa son opacos y difusos. Ésa es la certeza que día a día lo atormenta.

Levanta la mirada y observa el cuadro de Vik Muniz que adquirió el año pasado para contrarrestar ese vacío. Son innumerables las texturas que esconde *The Cottingley Fairies, Elsie Wright*, y por mucho que él ya las haya recorrido, nunca ha conseguido descubrirla por completo. Aquella pieza rectangular de cerca de tres metros de largo le ayuda a concentrarse, a desaparecer en momentos de estrés, a relajarse, a pensar, a olvidar, a ser él mismo.

Juliette es su secretaria personal desde hace cuatro años. Es la última pieza de un rompecabezas. Perfecta. El acierto de uno a uno en todos los números de una lotería millonaria. Ella es de esas maravillas que llegan de improviso y que uno teme que cualquier día, al despertar, haya desparecido. Es práctica y apenas le basta una llamada telefónica para brindar una solución. Una mujer de contactos. Mariano mantiene con ella una relación fresca, profesional, cuidadosa e inocente. Aun así, tras aquel envoltorio hay un amor platónico enterrado y silenciado. Ella besa el suelo que él pisa; sus ojos crecen ante su presencia; su cordura ensordece y en ocasiones se desborda. Su jefe, sin embargo, ama únicamente su eficiencia, comparable a la de un reloj suizo. Ella lo sabe y, para evitar perderlo, siempre cumple —como aquella mañana en que, después de haber llegado casi, Mariano encontró pegada en su computadora una pequeña nota amarilla con los detalles de las reuniones que se reprogramaron en su ausencia—. Junto al ratón hay una taza de café. "¡Qué bien me conoce. No soy capaz de hacer nada sin un expreso en la mañana!", piensa mientras la sujeta y da un paso hacia la puerta de la terraza, donde años atrás acomodó un pequeño desayunador.

Lentamente, como si el tiempo no existiera, bebe su café y pasea la mirada por la ciudad. En la calle, bajo el balcón, ve gente enojada, apresurada, triste y emocionada. Gente habladora; en silencio; tecleando a conocidos o desconocidos; gente chocando y jugándose la vida en cualquier instante. Multitudes a un lado y otro, con o sin destino. Tiendas, pequeños comercios y numerosas bolsas colgadas de los dedos y, como guardianes o supervivientes, los árboles custodiando los pequeños negocios que se alinean uno tras otro en las calles. Hay un bistró, una heladería, una joyería y la grandiosidad de una tienda de muebles haciendo pequeño todo lo que está a su alrededor; y piedras, miles de piedras ordenadas horizontal y verticalmente. El epítome perfecto del *sueño americano*: capitalismo prefabricado donde la felicidad es algo externo y nadie pasea por su interior.

Mariano, aunque afronta la vida con la facilidad de quien ha alcanzado la cima, siente por momentos que opera como un autómata. A gritos, sin un solo oído que lo escuche, pide un cambio. El enamoramiento ajeno pasea a diario por cualquier calle y él nota cómo se le eriza cada uno de los pelos de la espalda cuando lo mira y no se reconoce en él. En el afecto de los seres cercanos es donde puede refugiarse. Ha conseguido la confianza de grandes e importantes conocidos. Personas que siempre están listas para cualquier tipo de conversación: amena, trascendental, banal o divertida. Las tiene al descolgar el teléfono, en un café a media mañana o con una copa después del trabajo. Sin embargo, ahí aparece el límite: ellos no saben que hay una puerta cerrada, un muro alto y opaco que rodea un

17

espacio impenetrable. Sus amigos, incapaces de notar aquella ausencia, no detectan que ante cualquier pregunta que intente remover su capa de perfección externa él responde que todo está bien, que él, completo e íntegro, es feliz.

★ ★ ★

Mariano da por terminado el día cuando el sol aún calienta con fuerza los cristales. Al apagar su computadora siente la necesidad de pedalear junto a la playa, quiere esconderse del ruido bajo los auriculares. Elige a Gui Boratto interpretando *Telecaster* y, a su ritmo, acelera sobre su bicicleta hasta que sus piernas arden y las ruedas se emborronan ante sus ojos.

Aquella tarde su esfuerzo le permite regresar a casa vacío y ligero. De pie ante el refrigerador, lee las notas que le indican qué comida pertenece a qué día. Las ignora y toma sólo una bebida isotónica, camina hasta la mesa de la cocina y busca la hora en el reloj que cuelga de lo alto de la pared. Se sienta en calma y, relajado, mira hacia la puerta de entrada, al techo y finalmente de nuevo a la botella. El tiempo corre demasiado lento cuando espera que alguien abra la puerta. Termina su bebida y tira la botella en un pequeño contenedor de reciclaje que esconde en una esquina. Los azulejos forman un laberinto en blanco y negro, y Mariano únicamente pisa los cuadros claros al salir de ella.

Aquella noche decide no ducharse. Son pocas las veces que puede abandonarse en la cama sin ninguna convención, quiere el sudor del ejercicio durante el sueño. Pone el vaso de agua lleno sobre la mesita y abre las últimas páginas de un texto sobre inversiones internacionales. Piensa que debería leer ficción o quizás algún poema, pero no lo hace. Lee dos líneas y parpadea lentamente. Le pesa la mirada y, tras deshacerse del libro, se queda a esperar el sueño en medio de la cama y tendido boca arriba para que por ahí salga todo: el silencio, la soledad y el cansancio.

3

Una de las cosas que más apasionan a Rigo es el diseño industrial. Este detalle lo supo cuando hace más de una década, mientras él y Mariano se embarcaban en la idea de formar un despacho de fondos de cobertura, su primera compra fue una silla que se mueve divertidamente para delante y para atrás. La historia de esa compañía de inversión comenzó en el mismo edificio que ocupa ahora, pero dos pisos abajo y con la mitad de metros cuadrados. Desde el primer día, Mariano había aceptado que su amigo era un genio para los números pero no tenía sentido común. "Por eso formamos un equipo admirable", decía siempre, agregando que la sensatez que él adquirió en la Universidad de Wharton no era comparable a la liviandad que su socio experimentó en Columbia. Esta dicotomía era precisamente lo que había apoyado su amistad a lo largo del tiempo, volviéndola una relación fresca y divertida donde el papel de hermano mayor se intercambiaba según las circunstancias.

Esta mañana, la oficina está alborotada debido a que tienen una junta importante: vienen de Inglaterra los altos ejecutivos de una cadena de tiendas que ha tenido éxito en Europa. Quieren traer a Norteamérica sus divertidos y dinámicos establecimientos, donde se venden todo tipo de artículos exclusivos y de diseño industrial, y han pedido la ayuda de Tivoli Cove Investments. Mariano, que revisó su catálogo hace unos días, piensa, mientras el tráfico lo detiene, en comprar una motocicleta que al doblarse se convierta en un maletín, y animándose por la idea incluso sopesa pedir de regreso un caballo de plástico, que había obligado a Rigo a devolver debido a que medía más de un metro y medio de altura. Su socio lo había adquirido con la ilusión de que cualquiera de sus clientes, o incluso él mismo, lo utilizaran como si estuvieran en un rodeo de Texas.

Después de llegar a la oficina y saludar a todos, Mariano hace una pausa en la cocina para servirse un café. Intenta huir de Rigo, que trata de explicar a los otros miembros del equipo cómo Marc Newson influyó como ningún otro a los creativos de su generación, pero al salir con su taza en la mano no puede evitar al grupo y termina frente a un sillón reclinable escuchando la explicación de su amigo, que no oculta su emoción.

—Un ejemplo perfecto es su sillón Lockheed Lounge, que a pesar de ser de fibra de vidrio y aluminio es sorprendentemente cómodo. Todos sus diseños son divertidos y útiles —dice mientras demuestra lo ergonómico de aquel objeto.

Mariano, que no puede evitar burlarse un poco de su socio, se retira con cautela hacia su oficina, y cuando está a punto de llegar su gesto lo delata ante Juliette.

—¿Rigo sigue mostrándoles los objetos de ese diseñador?

—Parece una colegiala a punto de conocer a su *rockstar* favorito —contesta Mariano mientras imita los saltitos de una niña emocionada.

—No te burles. Para él, como para muchos otros, Marc Newson es un símbolo.

—Sí, ya, aun así…

Mariano entra a su oficina sin completar la frase. Una vez en su escritorio prende su computadora y con la vista repasa los mensajes recibidos. Sale al balcón con su expreso en la mano y se permite quince minutos para contemplar el mundo. Estos instantes son muy importantes para él ya que es cuando le llegan buenas ideas, las que organiza en forma de lista, enumerando los pasos a seguir y los pros y contras de cada una. Esta mañana no es la excepción, y apenas un par de minutos después llega a la conclusión de que invertir en una empresa de papel elegante francés no tiene sentido. "El papel es algo que está llegando a su extinción", sentencia, y da por zanjado el tema con el último sorbo.

Hay momentos en que ahí arriba, en su balcón, Mariano se pierde en la nada. Su mente se abstrae de la realidad y sus ojos dejan de parpadear. Esto lo hace entrar en una especie de estado vegetativo que realmente disfruta. En ocasiones juega a meterse en la mente de las personas que pasan por la calle empedrada, se imagina en qué piensan, se convierte en un artista ambulante, en adolescente y en mujer. Hay un viejo que ha visto más de dos veces y que le inspira un extraño sentido de longevidad por lo conforme que parece su cara de haber llegado a esa edad. Generaciones completas pasan por ahí debajo y él se convierte en todas ellas.

Esa mañana, mientras busca un sujeto de análisis, ocurre algo que despierta las partes de su cuerpo. El movimiento en el árbol que está al final de la acera hace que voltee en su dirección, dejando sus pensamientos a un lado y la taza sobre la mesa. Al principio piensa que es un pájaro atrapado que lucha por salir, por lo que inclina su cuerpo hacia delante para lograr una mejor vista; mientras investiga, el árbol se mueve bruscamente, como si un primate hubiese saltado entre sus ramas. Eso asusta, pero aun así se acerca más a la orilla; apoyándose en el barandal, inclina su cabeza, primero a la derecha y después a la izquierda, pero no puede ver nada. En cuestión de segundos, ese mismo sonido lo produce el árbol de junto, que, además, deja caer un par de hojas.

Por un instante, piensa en bajar a la calle para entender mejor lo que sucede; está considerándolo cuando la fuente que decora la cuadra se prende bruscamente y tira un chisguete de agua tan fuerte que lo obliga a dejar de asomarse por el barandal. El chorro, que intenta llegar al cielo, es de un blanco perfecto, y cuando cae en su sitio se convierte en agua color azul violeta. Siguiendo el colorido camino que marca este espectáculo, atisba tres o cuatro peces nadando tranquilamente en la pileta. Mariano se limpia los ojos con las manos para confirmar si lo que ve es parte de su imaginación, pero los peces siguen ahí y puede distinguir cuán grandes son; además, reconoce sus llamativos colores. Uno de ellos es completamente blanco y está coronado por una perfecta circunferencia roja. Su mente se distrae de nuevo cuando el primer árbol vuelve a producir el mismo sonido, aunque esta vez sus hojas no sólo crujen, sino que cambian de color. Está nublado, pero en la calle se dibuja un camino de luz que poco a poco empieza a formar una sinfonía perfecta con el ruido que produce el chorro de agua al caer nuevamente en la fuente. "¿Qué pasa? ¿Demasiado café?"

Su pensamiento, que empieza a analizar la escena con detalle, se interrumpe al ver unos tenis blancos; desde la altura descubre que se trata de una mujer joven que viste *jeans* y suéter azul. Sus ojos comienzan a seguirla mientras descubre, asombrado, que las tonalidades de los árboles se transforman conforme ella pasa por debajo. La mujer se nota fresca y luce un semblante que augura buenas noticias. En cuanto la mira, Mariano se siente despierto y con miedo de que la mujer voltee y lo sorprenda observándola. Sus ojos se enganchan a su belleza y no pueden dejar de seguirla; hipnotizado, la observa entrar al Starbucks de abajo y se descubre inmóvil en el balcón, esperando en contra de su voluntad a que la mujer vuelva a salir. Se pone de puntillas para poder ver más claro y nota que el verde del logotipo de la tienda parece haber cobrado vida, con la sirena del emblema susurrándole algo que no alcanza a escuchar. Espera atento y gustoso de saberse un espía. De pronto, un relámpago lo distrae de su nueva profesión de detective privado obligándolo a mirar de lado y buscar la razón del sonido. La puerta de la tienda de muebles se abre y, dando la impresión de que ahí abajo se produce un concierto, la siguiente fuente en medio de la calle se prende con la misma fuerza que lo hizo la anterior.

Mariano mira con atención el suceso y no se da cuenta de que la mujer de pelo largo y ondulado a la que estaba espiando ha salido de la cafetería y camina, con su bebida en la mano, del otro lado de la calle. Cuando la reconoce, casi por instinto se tapa la boca para no reír. El sonido de los árboles le va indicando por dónde camina, aunque parece volar sobre la calle; sus pasos son rápidos y ligeros, como si no tocaran la Tierra; al llegar a la esquina da vuelta a la izquierda llevándose con ella el verde brillante de las hojas y el sonido tembloroso que producían. A él le parece extraño, pero lo ignora. Le emociona aquel descubrimiento y, con esperanzas de verla de nuevo, se queda esperando a que algo pase.

Rigo interrumpe su aventura tocando a la puerta de vidrio que da al balcón. Le informa con voz amable que los inversionistas de Inglaterra han llegado y que está todo listo para recibirlos. Mariano recoge su taza de café y entra a su oficina. Recuperado de aquel episodio, se asegura de llevar todo lo necesario y se dirige a la sala de juntas. Cerca de la puerta se percata de que le falta una pluma, regresa a su escritorio y la encuentra junto a una fotografía enmarcada. La mira y lo que ve produce que la felicidad que traía puesta en la cara desaparezca y también que sus hombros bajen con fuerza, como si su cuerpo aterrizara de aquel viaje. El sentimiento lo incomoda tanto que guarda el retrato en un cajón y sale apresurado, acomodándose el cabello.

La reunión dura un par de horas y es un éxito; por la tarde, Mariano está cansado y ha tomado más café que nunca. Los peces que vio en la fuente lo intrigaron durante toda la mañana, y ahora que se ha desocupado invierte varias horas en buscarlos en internet. Descubre que esa variedad de pez es autóctona de China y famosa en el mundo entero por su colorido.

Mientras observa en su ordenador las imágenes de las diferentes variedades, piensa en implementar un estanque en su propio jardín y llenarlo con una pareja de cada una. Esta idea le agrada aún más al llegar a la descripción de su simbolismo.

La leyenda dice que los peces que consiguen nadar río arriba hasta una cascada y subirla, se transforman en dragones como recompensa por su esfuerzo. Normalmente, este pez representa la buena fortuna en los negocios o en la vida amorosa. También está asociado a la perseverancia ante la adversidad y la persistencia. La palabra *Koi* en japonés suena como amor o afecto, por eso son un símbolo de amor y amistad.

Encuentra mucha información sobre ellos en la página oficial de Criadores de Peces Koi, y cuando sale hacia el escritorio de Juliette a pedirle que haga los arreglos para el estanque, descubre que está solo y que todas las luces ya han sido apagadas. "Son la diez de la noche", piensa sorprendido al mirar el reloj y de inmediato apaga la computadora. Mucho disfrutó aquellos momentos en los que, sin importarle nada, tomó una decisión espontánea.

Al llegar al garaje de su casa, apaga el coche y sube directo a la habitación. Se pone la pijama, se recuesta y, boca arriba, como de costumbre, se relaja, permitiendo que la soledad y el cansancio lo abandonen mientras recrea el suceso que sacudió su mundo.

4

Mariano despierta lleno de energía, pero aquella mañana sus tenis recorren un camino más corto que el de costumbre. De regreso, salta de cosa en cosa rápidamente; se rasura sin prestar atención a lo que hace y deja la usual reflexión en la regadera para el día siguiente. Estas acciones causan que su vida se acelere considerablemente y, sin darse cuenta, llega media hora antes a la oficina.

Después de prender su computadora y responder los mensajes de la noche anterior, corre al elevador. Adentro, ya en movimiento, el silencio le recuerda el término "música de elevador" y sonríe porque no escucha nada. Saca su teléfono celular y envía varios mensajes de texto, plantillas prediseñadas para ahorrarle tiempo: "¿Qué tal?" "¿Todo bien por allá, hay noticias importantes?" "¡La reunión de ayer fue un éxito!"

El descenso le parece eterno, pero siente que viaja en un aparato sofisticado que lo transporta a un lugar donde existe la felicidad. Experimenta en sus pies la necesidad de avanzar y, restringido por el espacio, empieza a dibujar círculos con uno de ellos. Ocasionalmente mira a la cámara instalada en una esquina del techo y, sintiéndose observado, trata de disimular la ansiedad mirando su reloj. Cuando el elevador se abre hay una multitud congregada afuera. Aquel gentío no tiene piedad de él y comienza a entrar sin permitirle salir; entre los empujones, giros, atascos y algunos "disculpe usted" logra abrirse paso y llegar a la puerta del edificio.

Agradece la frescura del día, respira y se permite disfrutar hacer algo diferente esa mañana. Entusiasmado, se mete las manos a la chamarra y comienza a caminar hacia Starbucks. "Llegará", piensa al entrar e inmediatamente su cuerpo toma la postura de aquellos exploradores que ve cada domingo en la televisión; son pioneros especializados y sus movimientos corresponden a la seguridad de sus acciones y al conocimiento de saberse únicos en tierras vírgenes. Hay una fila de ocho clientes esperando. Mariano revisa cada uno de los zapatos que tiene delante y encuentra sólo unos de mujer. Al levantar la vista se percata de que no es la que él busca. Después de unos instantes, y tras constatar que ella no está ahí, se convierte en un cliente más, otro de esos ejecutivos que revisan el correo mientras esperan su café.

—¿Qué va a querer el día de hoy? —pregunta amablemente una chica de ojos saltones.

—Un café grande, por favor.

La cajera amablemente le cobra, mientras sirven su orden utilizando los aparatos gigantes atrás de ella. La chica le devuelve su tarjeta de crédito, le da la bebida y le desea un buen día.

La mujer mágica no llega. Mariano decide sentarse en la sala del fondo, repleta de computadoras y portafolios pero que guarda un espacio exclusivo para él. Media hora después ha repasado todo el diario y ella aún no aparece. Imagina estar en un aeropuerto, revisando a todos con la mirada, esperando ansioso que la azafata anuncie en el altavoz que el vuelo está abierto y que los pasajeros pueden abordar. Camina hacia la puerta de salida disfrutando lo cómico de la situación.

Una vez afuera la inquietud regresa, y sin perder la esperanza repasa con sus ojos la zona buscando al ser que ha logrado, por alguna razón, abrir la caja de emociones de su cuerpo. Rehúsa comenzar el día sin encontrarla. Aunque sabe que es una necedad, no está listo para subir a su oficina. Se sienta en una de las fuentes, en las que corre el agua con lentitud, y súbitamente recuerda los animales del día anterior. Voltea para buscarlos, pero ahí no hay nada. "No fue una alucinación", piensa. "Esos peces realmente estaban aquí."

Afligido de seguir esperando regresa a la oficina. Después de abrir la pesada puerta de vidrio que conduce al elevador, siente miedo de no volver a ver a esa mujer. Está tan concentrado en eso que no se da cuenta de un detalle curioso: hay un nuevo restaurante con el logotipo de un pez Koi en el vestíbulo del edificio.

Después de saludar al guardia, llega al elevador. Adentro, sus zapatos no se mueven, le pesan en sincronía perfecta con su estado de ánimo. El teléfono vibra con la respuesta que había estado esperando: "Excelente, el trabajo se acumuló y las reuniones se han alargado", leyó.

Al abrirse las puertas del ascensor nota que en el vestíbulo de su oficina está Rigo bromeando mientras recibe paquetes y encargos. La cara de la recepcionista delata la llegada de Mariano.

—¡Hola, hola! —lo saluda Rigo. Es evidente que está de excelente humor—. Acompáñame por un café —le dice, mientras recoge su correo del día anterior.

—Por supuesto —responde Mariano con las manos todavía en las bolsas del abrigo mientras hace contacto con los ojos de los que están ahí. El carisma de su amigo reina en los pasillos. Saluda a todos y elabora chistes hechos a la medida de cada quien. Mariano, atrás de él, también va riendo. Entran a la cocina y se paran frente a la cafetera. Rigo le pregunta si quiere un café y Mariano rechaza el ofrecimiento explicando que ha ido por uno a Starbucks.

—¿¡A Starbucks!? —exclama en tono dolido, sintiendo que han traicionado a su cafetera.

—Sí. Fui ahí buscando a alguien —confiesa.

—¿A alguien? ¿A quién?

—Ayer descubrí a una mujer desde el balcón y por alguna razón no dejo de pensar en ella. Bajé a buscarla el día de hoy porque ayer entró en el Starbucks. Pensé que quizás ahí estaría, pero no la vi.

En ese instante Mariano pega un brinco porque la cafetera tira un pitido muy parecido al que hacen los trenes al llegar a su destino. El americano de Rigo está listo. Antes de recoger la taza toma a su amigo por los hombros.

—¡Esa cara que traes no la he visto en años! Veme a los ojos —le dice seriamente para captar su atención—. Mereces la felicidad, sin importar los cambios que debas hacer para conseguirla. ¿Dónde está la mujer?

—La vi sólo una vez —contesta Mariano en tono lastimero—. Rigo, ¿alguna vez has visto cosas que en realidad no están ahí?

—¿A qué te refieres exactamente? —dice Rigo mientras pone azúcar al café.

—A veces…, siento como si…, viera cosas que después desaparecen…, espejismos… No sé. Y me gusta… Esos peces de la fuente me hicieron sentirme vivo.

—¿Peces? ¿Qué peces?

—Olvídalo, no es nada.

Su amigo lo mira y, aunque sus expresiones le dicen que algo no anda bien, le conmueve su felicidad.

—¿Sabes? ¡Es bueno perder la cabeza de vez en cuando! —le dice Rigo consolándolo mientras salen de la cocina—. ¡Escapar de lo que nos oprime es bueno, Mariano! ¡Búscala una vez más! ¡Encuéntrala!

★ ★ ★

Las hadas del cuadro de Vik Muniz juegan con la iluminación que entraba de los faros de la calle. Está oscuro y lo único que alumbra la oficina de Mariano son las pantallas de su computadora. Sus ojos se ven claros y cada línea de su cara se nota tranquila. Su manía de agarrase el cabello es lo único que delata su preocupación.

"Alucinaciones" es el tema de varios de los artículos que tiene abiertos. "Una alucinación es una percepción que no corresponde a ningún estímulo físico externo."

Lee el primer párrafo, pero decide no seguir con la investigación. Lo cierto es que la situación le gusta; le atrae y seda su angustia. Él sabe que el suceso del día anterior no era normal pero piensa que, en realidad, nada en la vida es lógico. "Todo es un misterio: la muerte, el amor, la existencia y hasta los peces Koi."

5

Stratum basale es el nombre que se le da a la parte más profunda de la epidermis; todavía es piel, pero ya no se ve. Esto lo aprendió Mariano el día que cenó con unos fabricantes de productos de belleza. Le explicaron que la mayoría de las cremas sólo llegan a las primeras capas de la piel, aunque lo importante es penetrar a la parte más baja. Entre más adentro llega el producto, más intenso es el efecto. Mariano decidió invertir en el negocio del cuidado de la piel porque le gustó mucho la organización de la empresa y porque la mujer del inventor de las cremas tenía un cutis hermoso. Para él, esto tenía perfecto sentido. Fue una buena cuenta que se convirtió rápidamente en nuevos amigos y muchas cenas.

Mariano está al teléfono con el esposo de la señora bonita cuando llega Rigo a decirle que Marcel lo está esperando en la sala de juntas. Él es el dueño de un restaurante que se convirtió en *lounge* y luego en restaurante una vez más; es francés y un genio para la cocina, pero tiene un carácter parecido al de un lobo. Mariano lo aprecia, a pesar del humo que tira por las narices y el hecho de que toda la gente tiembla ante su presencia. Por eso, antes de entrar con él, corre por un café, la bebida mágica que le da resistencia. Cuando llega a la cocina y coloca todo para servirse, su energía se disipa: la máquina está descompuesta. La desconecta y la vuelve a enchufar; la apaga y la encendie tres o cuatro veces; le hace una mueca y la amenaza con el puño, pero la cafetera sigue ronroneando, indiferente a su ansiedad. Sin el origen de su fuerza, corre a su escritorio, toma su cartera y entra apresuradamente en el elevador. Se dirige al Starbucks y va tan rápido que no se da cuenta de un hecho inusual: los árboles se ven excesivamente frondosos y el agua de la fuente central es de color azul violeta.

Cuando se forma en la fila, hay cuatro personas esperando. Impaciente, saca su teléfono para matar el rato y pasea los ojos casi rutinariamente por su correo: nada nuevo. De pronto, se sobresalta con una campanilla que suena demasiado fuerte. Es un mensaje de texto de Rigo: "¿Dónde diablos estás?" Mariano teclea con los pulgares: "Tragedia. La cafetera no sirve. Estoy atascado en Starbucks". Impaciente y en espera de su turno, voltea un par de ocasiones y, como si quisiera dejar escapar su tensión, estira los brazos para después depositar sus ojos en la pantalla una vez más. A la par, la voz de la mujer que está delante de él llena el lugar de notas musicales y logra que su prisa se apacigüe. Mariano deja el teléfono y de inmediato nota que a espaldas de la cajera la pared ha adquirido un tono verde fosforescente que le hace cosquillas y, como si fuera líquido, invade su nariz, sus ojos y sus orejas. El color se siente como un arrullo, un baño de agua caliente o una canción de juventud. Entonces su mundo se apaga.

La mujer paga su bebida. Voltea, mira a Mariano y le sonríe. Este acto lo sacude y logra despertarlo de la conmoción obligándolo a devolverle el gesto, aunque no puede hacer más porque el resto de su cuerpo está tan duro como las ollas de acero de Marcel. Ésta es la mujer. La mujer de abajo. La que tiene poderes celestiales y transforma todo a su paso. Nunca se ha sentido más indefenso, aturdido y paralizado. Afortunadamente, escucha una voz detrás del mostrador.

—¿Qué desea ordenar? —le pregunta la muchacha de la caja.

—Un café doble, negro —pide, mientras torpemente paga y trata de acercarse a la mujer, que aún espera su bebida junto a la barra.

Al recibir su café y dar el primer sorbo, Mariano nota lo caliente que está. El líquido le quema la lengua y la garganta, por lo que se hace a un lado rápidamente para evitar que su boca lo expulse sin las debidas precauciones. Apenado, toma varias servilletas y limpia sus labios y el par de gotas que han llegado a su ropa. En ese momento nota que el piso cambia de color debido a la mirada de unos penetrantes ojos verdes.

Torpe e inseguro por lo que ve, Mariano da un paso adelante e inmediatamente nota una ligera brisa que agita su ropa. La mirada de la mujer reposa en él y poco a poco sus ojos verdes se acercan a su rostro. Se nota sobresaltada y se lleva una mano al pecho. Él lo supo antes de notarlo, reconoce su estado y casi ve su propio reflejo en el momento en que se miran.

—¿Cómo te llamas? —alcanza a decir con voz entrecortada.

—Mila —contesta ella con un susurro dulce.

Entonces Mariano siente algo en el antebrazo que le recuerda el día en que manejó su auto durante horas con la ventanilla abierta. Sin que él lo note, varias letras, apenas visibles y escritas como con tinta negra, empiezan a marcarse en su cuerpo.

Un muchacho pecoso con un mandil blanquísimo dice: "Té chai" y deja un vaso sobre la barra. Ella, retomando el control, se vuelve y toma la bebida entre sus manos.

Quien haya experimentado en carne propia el popular dicho "estar en el séptimo cielo" sabrá cómo se siente Mariano y, también, que son ésos los instantes en los que una persona se desmorona y entran a su cuerpo partículas de los mundos que lo observan. Esa alteración metafísica permite a los ojos mirar por un segundo la historia de una vida futura, olvidando cualquier desdicha presente, y transmitir esa sensación a la persona que se tiene enfrente.

Caminan juntos hacia la puerta.

—¿Cuál es tu comida favorita? —dijo de pronto Mariano, sin darse cuenta de lo torpe que es su pregunta.

—¿Qué?

—Sí, sí —insiste—. ¿Qué te gusta comer?

—Mahi mahi —contesta Mila, siguiéndole el juego de hacer conversación—. Es lo primero en mi lista.

—Eso me gusta.

Sin pautas, sin rodeos, con una lectura de mente directa, así comienza aquella conexión.

En la calle, Mariano ve que los árboles se han puesto más verdes y el agua, de tan azul, parece metálica. Observa también que el número de la puerta roja que hay en la acera de enfrente parece líquido y el color de la madera empieza a derramarse hasta el escalón de la entrada. Impresionado por aquel espectáculo, sacude su cabello para despejar su mente e invita a cenar a Mila. En cuanto lo hace, se da cuenta de lo intempestivo de la pregunta y, aún peor, nota que no conoce ningún restaurante que sirva ese plato. Su mente, preparada para afrontar el desastre de una respuesta afirmativa, organiza, con un rápido pensamiento, una cena privada en su oficina. "Lugar, listo. Comida preparada en exclusiva por Marcel, listo. Decoración y ambiente, Juliette, listo." La lista parece brillar ante sus ojos y las soluciones se acomodan como por arte de magia.

Ella, que mira hacia la puerta, hace una mueca graciosa con su boca. Mete la mano a su bolso y saca el teléfono. Marca un número mientras descansa la vista en el suelo, que empieza a pintarse de verde. En ese instante Mariano escucha que responde una voz masculina y se siente moderadamente celoso, sin saber por qué.

—Cambiemos lo de hoy para mañana. ¡Gracias! —cuelga. Su mirada regresa a Mariano—. ¡De acuerdo! ¿Mahi mahi?

—Claro que sí. ¿Me das tu número?

Todas esas maestrías, montañas de libros, cientos de horas de conquistas previas, y hoy de poco le sirven. Ésa es la ironía, haberse preparado tanto sólo para darse cuenta de que estos instantes no requieren preparación alguna. Ahí está el secreto, el gran regalo de no andar con la espada desenvainada.

—¿Entonces? —Mila está parada frente a él. Mariano cobra vida de nuevo.

—A las ocho —dice, al tiempo que mira su reloj.

Medio segundo después, al volver sus ojos hacia ella, descubre que ha desaparecido y que el momento más importante de aquella historia ya ha pasado; porque es un hecho que los "holas" suelen ser más decisivos, intensos y melancólicos que los adioses. No es el corte final de una relación el más fuerte, sino el inicial. El corte inicial es el que duele, el que puede convertir un alma en trizas o juntar las hebras que andan revoloteando sin control. De lo que se alimenta la nostalgia es del primer saludo, y no del último adiós.

"Olvídalo, ya se fue."

Mariano brinca con otro mensaje de texto que entra a su teléfono. Rigo corta la escena como una tela que se rompe con un chirrido. Le cuesta trabajo entender cómo su amigo supo lo que sucedía, y cuando su cabeza empieza a quejarse por el esfuerzo, comprende que se refiere a Marcel.

Al subir a su oficina, con el vaso desechable de café en la mano y espiando por el cristal del ascensor, nota que los árboles ya no tienen el verde brillante que los había decorado ni el follaje psicodélico. Incluso duda de sí mismo al descubrir que la puerta roja en realidad es naranja. Cuando se abren las puertas del elevador escucha una risa chillona y destemplada a sus espaldas. Es Rigo.

—¡No me hagas eso! ¿Estás loco? Me dejaste con Marcel y yo con tanta cosa aquí en la oficina. Te perdono sólo por la cara que traes. ¿Qué te pasa? ¡Estás transparente!

—Rigo, se llama Mila. La mujer que vi ahí abajo se llama Mila.

—¡Esa cara, en tu situación, me asusta, hermano! Ten cuidado, usa la cabeza.

★ ★ ★

A las seis cuarenta y cinco toma el teléfono y marca el número de Mila.

—Por cierto —fue lo primero que dijo ella, como si siguieran platicando en la acera—, no me dijiste cómo te llamas.

—Mariano.

—Mariano —repite Mila y asiente con la cabeza al otro lado de la línea, como si tragara una aspirina—. ¿Cómo estás?

—Bien —responde con una voz que expresa "mejor que nunca"—. ¿Entonces…, nos vemos a las ocho?

—¿Ya habíamos pasado por esto, no? —responde divertida—. Número 421 de la calle 8, en Santa Mónica. Te espero.

Apenas se está estacionando cuando Mila sale del edificio con un vestido corto que vuela y se sube al coche casi bailando. Mientras avanzan por la avenida, va tocándose las rodillas, juntándolas como si estuviera sentada en el pupitre de la primaria. A Mariano le agrada lo largo de su pelo y lo cuidado que lo lleva. Se ve que no invierte mucho tiempo en esos asuntos y aun así está impecable. Hay maquillaje en los ojos, pero no distrae. "Tiene la mejor energía", piensa. Su belleza no tiene tiempo, es el esplendor de una mujer que deja una estela por donde quiera que pasa.

El teléfono de Mariano interrumpe la contemplación. Oye a Marcel gritándole cosas en francés a su gente.

—¿A qué hora te llevo eso? —resopla.

—A las ocho y media, viejo, como quedamos. A las ocho y media —recalca Mariano.

—A las ocho y media entonces, hombre. ¡No hagas drama! —cuelga sin esperar respuesta.

Mila, tocándose ligeramente los labios, lo mira con firmeza. Sus ojos, espejos de su mente, parecen libros completos de cómo ser feliz.

—Tengo que confesarte algo —le dice Mariano con ojos culpables—. No sé de ningún restaurante que sirva mejor mahi mahi que el que comeremos hoy, por lo que te he preparado una sorpresa.

—¿Sorpresa? —pregunta Mila emocionada.

—¡Te llevaré a uno de mis lugares preferidos, mi lugar especial!

A Mila le llega una punzada serena al estómago, una sensación que la llena de paz, por lo que, sin dudar, acepta y no se inmuta al notar que el auto ingresa a un edificio de oficinas.

El estacionamiento de la oficina tiene una hermosa vista y a veces, en una noche despejada, se puede ver el infinito. Ése era uno de los tantos secretos por los que Mariano revive al atardecer. Cuando se estaciona, ayuda a bajar a Mila y juntos caminan hacia el elevador. Al entrar, él se da cuenta de que ella no es fácil de impresionar. A pesar de la sofisticación y elegancia de aquellas oficinas, sigue con la misma expresión de ánimo interior que en algún momento le ha robado a la *Mona Lisa*. Está mirando dentro de él y no a su alrededor.

Minutos después, ya en la oficina, unos golpes hacen retumbar la puerta y Mariano se sobresalta. Le toma un largo segundo saber quién es; recuerda a Marcel y la cena. Corre. Abre. Recibe. Cierra. Cada minuto cuenta. La toma del brazo y la encamina al balcón. Afuera hace frío, así que enciende el calentador, que avienta pequeñas lenguas de fuego a la noche. Se sientan y hablan, pero de esa plática sólo le quedan los sentimientos, la risa de Mila y un par de roces de manos. Marcel ha enviado todo con mucho orden, y al abrir la bolsa encuentra dos platos afectuosamente acomodados. Es sin duda el mejor mahi mahi de la ciudad.

—Qué extraño —observa Mila—. Si al despertar esta mañana te hubieran preguntado qué ibas a estar haciendo hoy por la noche, esto sería lo último que te hubieras imaginado.

—Tienes toda la razón —dice Mariano con una disimulada mirada a su celular—. Ni en mis más locos sueños lo hubiera hecho.

—Bueno, yo tampoco. No suelo cenar en oficinas, pero sí tengo algo fantástico en lo que confío —añade levantando ligeramente el mentón.

—¿Qué cosa?

—Mi instinto —dice, mientras se lleva un pedazo de pescado a la boca—. En ése confío con los ojos cerrados. Si te contara las cosas que mi instinto logra, no lo creerías. Hace como medio año, una amiga me invitó a su casa a jugar tenis. Yo tenía todo organizado para ir a mi clase de pintura pero, por alguna razón, acepté; sentí un hormigueo en el estómago, porque eso tiene mi instinto, forma de hormiga; llegué y jugamos con unos amigos de ella. Durante la cena conocí al dueño de la empresa donde trabajo; al día siguiente me contrató. Desde entonces aprendo diariamente del mejor arquitecto de América.

Mariano piensa que la historia tiene sentido, y el que Mila le haga caso a su instinto —que la ha puesto frente a él esa noche— lo hace sentirse agradecido con las hormigas.

Se terminan el mahi mahi y con el último bocado el corazón de Mariano encuentra un ritmo congruente, que es inmediatamente alterado cuando Mila se levanta de la mesa y se dirige al interior de su oficina.

—¿De dónde te sale lo artista?

—No, no —asegura él—. Yo no soy artista.

—Lo eres, pero no te has dado cuenta —dice Mila tocando suavemente la nariz de Mariano.

Ninguno de los dos encuentra la manera de hacer más largas las horas y extender el instante que amenaza con escaparse de sus manos.

—Tengo que irme.

—Claro, Mila —responde cobardemente.

—Mañana tengo que trabajar.

—¿Y tu instinto no te pide que te quedes?

—Siempre.

Mariano aún se pregunta si aquella respuesta había significado lo que él entendió cuando salieron a la calle. En su casa, Mila le da las gracias y le lanza varios besos que sella con una sonrisa. Él los atrapa todos y delicadamente recibe la sonrisa con las manos abiertas. Al llegar a la suya los acomoda en un precioso baúl pequeño de madera tailandesa que cabe en la palma de su mano y sube delicadamente las escaleras, como si no quisiera despertarlos o como si al menor movimiento pudieran quebrarse y desaparecer.

Cuando entra a su habitación se quita la camisa, se tira en la cama y ve por primera vez que el nombre de Mila se ha grabado en su antebrazo. "¡Qué día tan extrañamente feliz!", piensa, y recostado, acomodando sobre su pecho aquel preciado regalo, se queda a esperar el sueño; boca arriba, como de costumbre, para que por ahí salga todo, menos el nombre de Mila, que a esa hora desaparece de la capa externa de su piel, descendiendo lentamente hasta la zona más delgada de la epidermis y penetrando a la profundidad invisible del *stratum basale*.

6

Aquella mañana Mariano se siente en éxtasis. Sus ojos han recobrado el brillo infantil que tuvieron cuando sus padres lo llevaron al partido de basquetbol de su equipo favorito. Su visión se ha transformado totalmente y es tan perfecta que, al entrar en su oficina, siente que todo a su alrededor ha cambiado de textura y de color; la mañana es brillante y cálida para él.

Cruza el vestíbulo y camina por el pasillo que lleva a su despacho. Ve cómo los cuadros cobran vida y observa con asombro la manera en la que los protagonistas de esas imágenes lo saludan felices y lo contemplan orgullosos con un gesto de camaradería. Sus pasos, ligeros y casi imperceptibles, tropiezan de pronto cuando junto a la puerta de su privado una de las pinturas salta ante sus ojos y parece gritarle "Crossover Dreams". Mariano siente entonces el ancla de un gigantesco barco jalándolo a la profundidad del océano. De inmediato su mente opaca los colores y su razón toma la batuta otra vez. En voz alta llama a su asistente con un tono que pocas veces usa.

—¡Juliette!

Como si se hubiera materializado, la mujer aparece presurosa y lo mira asustada.

—Buenos días, Mariano. ¿Qué necesitas?

—Envía este cuadro a Jodi, al bufete.

El rostro de la mujer denota que no comprende y que además no aprueba la decisión de su jefe. Él, que entiende lo que pasa por su mente, le dice en un tono mucho más relajado:

—Dile que estoy remodelando y no quiero dañarlo.

Cuando Juliette se aleja, Mariano entra rápidamente a su oficina, avienta su suéter sobre la silla y sus ojos se dirigen al balcón. De inmediato recupera el semblante alegre que había tenido desde la cena de la noche anterior y, para cuando llega a su computadora, se siente de nuevo levitando. Sabe que sus sentimientos están viviendo una bella transmutación interna y de inmediato comienza a notar los efectos. Algunos son placenteros, otros una molestia. El primero, más sencillo y representativo, es el de dejar los ojos encajados en el infinito y poner la mente en blanco, como si nada más existiera esa increíble sensación de sentirse vivo. Fantasea. Puede ver cómo los capítulos de esa historia comienzan a escribirse por sí mismos, sin ninguna interferencia. Luego llega la inquietud, la fugacidad del tiempo o su infinidad. Ésta es una de las sensaciones molestas. Los minutos lejos de su amada se pueden convertir en horas.

Ha olvidado tomar su café de la mañana y no logra comprender cómo nació esa necesidad incontrolable en él: necesita saber de ella y tenerla cerca. Cuando nota que mira su teléfono demasiadas veces, consciente de que esa acción puede llevarlo a la locura, opta por guardarlo en el cajón.

Resignado, comienza a jugar con una pelota de ráquetbol que sacó de la gaveta donde guardó el celular. La golpea y la arroja contra la pared una y otra vez como dibujando la silueta de una nube. Continúa lanzándola y estrujándola durante unos minutos hasta que, harto de ese pasatiempo, la avienta con ira. Como resultado, rebota con tal fuerza que se sale de rumbo y empieza a bailar por toda la habitación, golpeando en su trayecto dos fotografías y una pila de carpetas. Media hora después, sin poder contenerse, toma el aparato del cajón y escribe: "¿Dónde te veo?" No pensaba soltar el teléfono ni despegar los ojos de la pantalla durante el tiempo que fuera necesario, pero, para su sorpresa, la respuesta llega de inmediato: "En el callejón, en cinco minutos. Lleva tu coche". Mariano salta de su silla mientras lo invade una felicidad violenta; sin dudarlo ni un segundo, toma su billetera, sus llaves, se coloca el suéter en el hombro y deja tras él una computadora encendida y una oficina alborotada.

—Juliette, cancela todas mis citas. Si me llaman di que tengo una reunión que se alargará. No regreso hasta mañana.

—Claro, dejaré todo en orden. ¿Necesitas algo más? —la secretaria lo mira intrigada y perspicaz, estira la última palabra y sus ojos intentan atravesarlo.

—No, eso es todo, gracias —responde apresurado y sale casi saltando de la emoción. Su paso es ágil y se ve ansioso por llegar a su destino. Juliette se alegra por él, pero a la vez siente curiosidad: el día anterior el pescado y el vino; hoy, esta salida sorpresa.

★ ★ ★

Estaciona su auto en el callejón, detrás del paseo, pero no hay nadie allí. El lugar es angosto y en él termina todo lo que se desecha de los distintos restaurantes y demás establecimientos de la calle de enfrente. Mientras espera con el auto encendido, el metal oxidado de una de las puertas que dan al callejón rechina y por ella sale un cocinero. El hombre tiene chaqueta blanca y una barriga prominente; el dorso de sus manos y su rostro brillan de sudor y su gorro blanco cae hacia atrás inclinándose ligeramente a un costado. Se sienta sobre una silla plegable y saca de su delantal una cajetilla de cigarrillos. Enciende uno y se reclina mientras exhala el humo de la primera aspiración. Mariano observa con fascinación todos sus movimientos, relajados y despreocupados a pesar de lo duro de la jornada. Ver aquella imagen del cocinero junto a los contenedores de basura, los matices grises y todo lo que rodea el callejón lo pone a pensar en lo diferentes que son las cosas según el punto de vista: de frente, los edificios se ven todos pulcros y lujosos, blancos y rebuscados, con escaparates hechos por habilidosos artesanos. En el fondo, eran todos parecidos y están un tanto descuidados.

En eso piensa cuando lo sacude un sonido fuerte que viene de atrás de su auto. Mira por su espejo retrovisor y ve que un camión de basura ha doblado en la esquina y se acerca a él. Se siente un poco extraño. Parece que el vehículo tiene cara de animal y por un momento siente que sus luces son los ojos de un mamut furioso. Calcula que quizá no hay suficiente espacio en el pasadizo para él y para ese recogedor neumático, por lo que comienza a sacar su coche retrocediendo lentamente y calculando las medidas. Este tipo de situaciones lo estresan sobremanera; su temperamento le exige preverlas constantemente, y cuando lo toman desprevenido, la ira y el estrés hacen presa de su cuerpo. "Puede que lo logre. Quizá si me hago un poco más a la izquierda...", piensa mientras maniobra con el volante. Continúa en reversa, atravesando la serie de puertas grises, cuando lo distrae una que es azul violeta. Allí está Mila, de pie sobre el umbral, dándole lugar al camión para que pase.

A Mariano lo abruman los sentimientos que invaden su cuerpo; sus ojos confirman lo que su mente ya sabe: ella es hermosa, tal y como la recuerda. Viste una blusa blanca con finos hilos dorados y un pantalón de cintura alta. El calor empieza a recorrerlo y la adrenalina pronto se hace sentir. A través de la ventana de su auto recibe una sonrisa y al hacerlo descubre que él también trae una puesta en su cara. Mila voltea hacia el camión y, sin saber qué hacer, lanza a Mariano una mirada interrogante. Él le indica con la mano que corra hacia el coche y abre la puerta del lado del copiloto. Ella sube y besa a Mariano en la mejilla.

—Vámonos —dice, y cierra la puerta.

Ríen y gritan los dos al mismo tiempo mientras el camión apenas logra pasar entre el auto y la pared. Cuando recobran el aliento, ella dice:

—¿Por qué tardaste tanto en llamarme? ¡Llevo esperándote toda la mañana!

—Tienes razón, debí llamar mucho antes.

—Mira, te traje algo.

Mila saca de su bolsa un reproductor portátil y, desconectando el de Mariano, comienza a buscar una canción.

—Imagina esto como la banda sonora de nuestra historia que comienza.

A Mariano le gusta el concepto de tener una banda sonora que los siga, porque él también vive al ritmo de la música. Cada cosa en su vida tiene un sonido, un ritmo, una armonía y un silencio. Sin embargo, lo que más le emociona es escuchar que algo comienza entre ellos. Él sabe que lo no dicho es más importante que lo dicho; que las palabras fantasma, las que yacen ocultas entre los renglones, son las que realmente cuentan. Son éstas las que más duelen, las que más alegran, y siempre viajan pegadas a las que sí mencionamos, a lo mejor porque es una forma de contar las cosas como nos gustaría que hubieran ocurrido. Mariano está convencido de que si algún día, de viejos, contamos nuestras historias, serán aquellas palabras fantasma las que ocupen el plano de lo concreto y las otras quedarán ocultas en los renglones, perdidas en la memoria.

La canción número 1 de la cinta, que habla sobre ellos, comienza. Es *Serious*, de Sanders Bohlke:

If you are serious
I'll be serious, too
I'll rip your heart out
Like you want me to

I am serious
Are you serious?
I'll kiss your mouth
and you'll be better for it

45

La melodía se apodera del coche y su lírica se vuelve el himno del momento. La letra confirma que Mila siente lo mismo por él y que ese miedo que tiene de entrar de lleno en la ilusión es injustificado. Y así, se deja llevar. "Existe", piensa, y nota que ya es demasiado tarde para arrepentirse.

El coche los transporta por una carretera libre de tráfico, como si el camino se despejara para ellos. En ese momento, Mariano aprecia la belleza de las personas que siempre dicen lo que piensan. Se siente en confianza absoluta. Lo que ocurre cuando dos seres son transparentes el uno con el otro es mágico, sus ideas se reciben mutuamente sin dudarlo y algo se enciende entre ellos. Las cosas que dice Mila salen de su boca tal y como él las diría; es como si pudiera leer su mente. Entre estas dos almas hay una simbiosis única.

La música los acompaña en su viaje junto al mar. El crepúsculo llegará en menos de dos horas y el sol, ansioso por formar parte de la historia, lanza sus rayos sobre los ojos de Mila, que cobran vida de inmediato. Los dos sonríen continuamente aunque sus bocas estén cerradas. Mariano descubre entonces que hay silencios que se sienten de maravilla, que no duelen y que no son incómodos; entre ellos todo fluye. Ninguno de los dos se pregunta adónde van porque ya lo saben; y él, aunque es de esas personas que no creen fácilmente en lo intangible, confía en que los planetas se alineen a favor de ellos y, en silencio, lo agradece.

—¿Tienes hambre? —pregunta Mariano a Mila dándole una tierna palmadita en el estómago.

—¡Mucha!

—Conozco un pequeño bistró aquí cerca. Compremos algo ahí, quiero llevarte a un lugar al que hace tiempo no voy.

—¿Adónde vamos? ¡Cuéntame!

—Ya verás, te va a encantar…

Con una bolsa de comida sobre las piernas, Mila va charlando con Mariano sobre arquitectura.

—¿Qué te hizo elegir tu carrera? —le pregunta él.

—En realidad, empecé la universidad ni bien terminé la prepa, porque no tuve mucho tiempo para decidir, pero arquitectura era lo que se me daba mejor. Además, siempre me gustó.

—Bueno, eso es muy importante. Uno siempre debe dedicarse a algo que lo apasione, si no, es como estar muerto en vida.

—Sí, deberías haber visto la cara de mi padre: se emocionó tanto cuando me aceptaron que tuve que entrar.

—Eso sonó como si hubieras hecho la carrera más por tus padres que por ti.

—No. Es algo extra, pero principalmente la hice por mí. Realmente disfruto lo que hago.

—Pero ¿no te hubiera gustado hacer algo más, alguna otra cosa, un sueño mucho más distante, más primitivo o primordial?

—De lo único que me arrepiento es de no haberme tomado un año sabático antes de empezar a estudiar. Siempre quise viajar, recorrer algún lugar recóndito, lanzarme a una aventura, pero bueno, así fue. De todos modos lo disfruté muchísimo, ¡aunque no lo creas!

—No lo dudo —dice Mariano.

Mientras el coche recorría la carretera Mila le señala unos edificios que se ven a la derecha. Son modernos y ricos en detalles, pero simples y de vanguardia.

—Es increíble la cantidad de historia que se almacena ahí. Cada creación tiene algo humano, un resto de su creador, nos habla de él, de su locura, de sus pasiones, de su salvación, de sus fracasos, de sus miedos. Cada estructura es un logro. Es como si el hombre necesitara dejar marcada su impronta en la Tierra, como si necesitáramos decir: "Yo estuve aquí, yo sigo aquí".

—Sí. Realmente es así con todas las artes e incluso con las religiones. El hombre siempre intenta darle un sentido trascendental a su vida. Buscamos permanecer de algún modo. Nos negamos a caer en el olvido, a ser nada.

—Yo creo que los edificios y las obras de arte son poemas que hablan de quienes fuimos y quienes somos. Es necesario saber apreciar esa melancolía y entenderla si es que realmente queremos asimilar la belleza de una estructura. Y..., ¿sabes qué es lo que me reconforta cada día?

—¿Qué? —pregunta Mariano.

—Me tranquiliza saber que, aunque no construyo casas, sino edificios empresariales, estos lugares se convierten casi siempre en el segundo hogar de muchos.

—Explícate —dice intrigado.

—Mi teoría es hacer que los lugares que diseño le hablen a cada uno de los seres que los visitan, sin importar si sólo van ahí a comprar algo o a tomar una clase. La belleza de la arquitectura está en que es parte de una memoria a la que volvemos para tomar aliento cuando más lo necesitamos. La arquitectura prende algo dentro de nosotros que logra que nos identifiquemos, y eso es tan valioso como volver a casa. Por eso mis diseños son simples, porque ahí está el secreto. Lograr la simplicidad en el diseño es el trofeo. Dejar el ego y regalar elegancia es lo que inspira a quienes visitan mis espacios.

—Me parece que ahí hay un poquito de ego, sin embargo —contesta Mariano con un tono cómico.

—Jajajá. *Touché* —responde Mila.

—¿Y en qué trabajas ahora?

—Mi despacho está haciendo un proyecto para la ciudad de Los Ángeles.

—¿Ah, sí? ¡Cuéntame! ¿Cuál?

—Te parecerá tonto y además lo es. Nos han hecho firmar a todos un documento de confidencialidad y no puedo decírtelo ni a ti ni a nadie. Me parece exagerado, pero así lo han decidido los que nos contrataron —le dice Mila mientras sube una ceja, como criticando la decisión que tomó la ciudad.

—Pero algún día podré ver lo que haces, ¿verdad?

—¡Seguro! Además puedo enseñarte lo que pinto.

—Me encantaría verlo. Yo diseñé mi casa. El arquitecto me lo recomendó Rigo, mi socio. Hubieses sido tú de haberte conocido antes.

—Eso habría sido interesante.

A Mariano le parece romántica la idea de que ella hubiera construido su casa porque le queda claro que un hogar no son sólo dos personas compartiendo el mismo espacio. Imagina lo que podría hacer en ese espacio con alguien que de verdad amara.

—Sí, una suerte para mí, sin duda. Yo mismo elegí los pisos y la madera. Puedo asegurarte que disfruté y sufrí cada paso de la construcción. Ahora, todos sus rincones me hablan.

El aparato de Mila ha tocado ya varias de sus canciones preferidas y Mariano lo desenchufa para conectar el suyo, no sin antes pedirle permiso. Le gusta tanto la idea de crear un *soundtrack* de esa historia que piensa, es apropiado que la siguiente canción significativa proviniera de él. Pulsa *play* en su aparato y le explica a Mila la razón por la cual esa canción ocupa un lugar importante en su vida.

—¿Sabes? Esta canción la escuché en un momento muy difícil. Hoy es un día muy feliz y no caben en él las malas noticias, pero en el futuro te contaré lo que sucedió.

—Vamos, tienes que contarme porque ya me lo anticipaste.

—Fue hace tiempo. Una tarde muy parecida a ésta me encontraba en un hospital porque perdí algo… A alguien. Cuando me dieron la noticia, estaba solo en una sala muy fría, típica de un hospital. Sin embargo, no tuve ganas de llamar a nadie ni de compartir mi desdicha; más bien me senté un par de minutos a digerir la situación y fue ahí donde esta canción comenzó a sonar. Desde entonces es una de mis preferidas.

Med Sud I Eyrum de Sigur Ros los acompaña mientras doblan a la izquierda por la autopista.

El promontorio conocido como Point Dume se encuentra a dieciocho millas al oeste de Malibú, camino a Westward Beach Road. Es un lugar mágico en el océano Pacífico que recarga de energía a quien lo visita. La arena de la playa, donde esa masa gigante de tierra descansa antes de llegar al mar, es tan suave que Mariano siempre se quita los zapatos antes de pisarla. En esta ocasión, antes de apagar el motor, se permite por unos instantes imaginar su casa en lo alto de la roca que caracteriza el lugar. "Una construcción que flota sobre el mar", piensa, y se emociona al descubrir que de pronto entiende más de arquitectura.

El coche los ha llevado casi por sí solo hasta ahí. Mila, impactada con el escenario, desciende de prisa para no desperdiciar ni un minuto y absorber la inmensidad del paisaje. La música de Sigur Ros sigue sonando y la escolta frente al automóvil.

—¡Mariano, qué belleza! Gracias por traerme aquí.

—Sabía que te gustaría. Quítate los zapatos para pisar la arena. Verás qué bien se siente.

Mientras dice esto, él también se quita los zapatos y va hacia la cajuela del coche a buscar las cosas para el picnic. Mila, obediente, se retira los suyos y trae con ella la comida. Una vez en la arena, Mariano la ayuda con la bolsa y caminan los dos hacia la orilla. La zona generalmente está vacía, y ese día no es la excepción; es toda suya y sólo se escuchan las olas del mar. Son las seis y diez. El cielo ha perdido todas sus nubes, el sol quiere despedirse de ellos y empieza a pintar el horizonte.

Mariano estira la funda que minutos antes había encontrado en su cajuela e invita a Mila a sentarse junto a él mientras ordena la comida, dos kombuchas y dos sándwiches.

Sentados y observando cómo el sol baja en el horizonte, Mila comienza:

—Hazme tres preguntas, las que quieras. Hoy te voy a contestar sólo con la verdad.

Él se emociona con el juego y después de darle una buena mordida a su sándwich, comienza a pensar qué preguntarle a esa mujer tan misteriosa.

—¿Lo que yo quiera? ¿Lo que sea?

—¡Lo que sea! —confirma ella.

—Bueno. ¿Qué es lo que más agradeces a la vida? —dice Mariano, recordando que esa misma pregunta se la hicieron en la universidad el día que lo entrevistaron para ver si era buen candidato.

A Mila le agrada cómo empieza la encuesta, pero más le gusta lo que representa. "La espiritualidad con la que vivimos la vida es lo que importa", piensa.

—¡Me gusta tu profundidad! —le dice entusiasmada—. A ver. Yo creo que el agradecimiento va saltando de un lugar a otro según transcurre nuestra vida. Creo que, depende de dónde se encuentre uno, siempre hay algo por lo que estar más agradecido, pero eso muta con los años. Por ejemplo, en esta etapa ha crecido mucho mi agradecimiento por la salud, y es que días atrás, una persona a quien quería mucho y que además era de mi edad, murió de cáncer —a Mila se le llenan los ojos de lágrimas—. Así que el poder estar aquí contigo frente al mar y disfrutar de esta brisa tan deliciosa, es por lo que más agradecida estoy en este momento.

—Te comprendo, y además, estoy de acuerdo. Mi padre murió cuando yo era muy pequeño y sé lo que es ver a alguien enfermo y sufriendo en una cama. No hay día que no piense: "Él fue uno de los mejores padres que han existido". Así que agradezco contigo que nuestros cuerpos estén sanos y que hoy estemos aquí juntos —termina la frase inseguro y casi de forma inaudible.

A unos cinco kilómetros del lugar donde se desarrolla esta escena un radiante espectáculo comienza a ocurrir. Una proliferación de plancton luminoso recorre las aguas. Estos organismos tienen, durante el día, la apariencia de flores, y durante la noche destellan como las joyas más finas. Muchos consideran a estos seres las luciérnagas del mar y es común verlos en la costa de California. Esta noche su irradiación es única y mayor a la de cualquier otra ocasión, tal vez a causa de un mar extraordinariamente claro y sin olas, como si todas las tempestades hubieran desaparecido abriendo paso a la luz. Pero no sólo es eso, sino que la cantidad de plancton este año es mucho mayor que la esperada. Parece, en verdad, un manto azul fluorescente que enciende el agua inspirando una mística especial. La velocidad con la que esas luces vivientes se desplazan a la playa es tal que marcan un récord. Nadie lo hubiera imaginado, pero la trayectoria de estos pequeños faroles los lleva directamente a los pies de Mila y Mariano, que, ajenos a lo que están a punto de presenciar, conversan animadamente en la playa.

—¿Cuál es la segunda pregunta?

Mariano ya la ha pensado, por lo que sale de su boca rápida y suavemente. No siente ganas de entrar en terrenos ásperos. Hay algo en Mila que le hacía no preguntarle sobre sus amores o experiencias pasadas. No quería nada más que su presente y lo que pueda suceder en el futuro.

—Si mañana despertaras y pudieras ser una experta en algo nuevo, ¿qué sería?

—Mmmm… ¿Qué sería eso? —responde en tono de juego—. Amo tanto la música que he soñado varias veces que despierto y comienzo a cantar con una voz hermosa. A menudo me imagino como una estrella de rock o como un símbolo, similar a Tracy Thorn y Elizabeth Fraser. ¿Te imaginas?

—Es una buena opción, ella es buenísima.

—Sí. Disfruto mucho escuchar a las grandes cantantes. Una de mis favoritas es Etta James, siempre le tuve una sana envidia y algunos días hasta he practicado en la regadera sus canciones. A menudo me veo escuchando sus interpretaciones y soñando, creando letras imaginarias, de amor y de protesta… Sueño que las canto desde lo más profundo de mi estómago, y mis pulmones se llenan de aire y lo exhalan convirtiéndolo en notas hermosas. ¡Eso quiero, Mariano! Mañana al despertarme quiero tener una voz hermosa para poder cantarte.

—Cántame ahora —replica Mariano tocando su rostro con una dulzura completamente nueva en sus manos. En ese momento se da cuenta de que este enamoramiento le dispara continuamente facetas de sí mismo que él desconocía. Su cuerpo es como un horno preparando recetas secretas, elaborando los manjares que están por saborearse. Adentro suyo todo es fuego y energía.

—No, no voy a cantarte, mi voz es horrible —dice Mila golpeando juguetonamente el hombro de Mariano.

—Vamos, seguro que no es tan mala.

—No, no, en otra oportunidad, en serio.

—Vamos, sólo una estrofa.

—Bueno, pero sólo un poco —y Mila entona *a capella* los versos de una canción francesa llamada *Je veux*.

Je veux d'l'amour, d'la joie, de la bonne humeur
Ce n'est pas votre argent qui f'ra mon bonheur
Moi j'veux crever la main sur le cœur

—Cantas precioso, me encantó.

—Sólo lo dices por compromiso.

—No, en serio —dice abrazándola suave y tímidamente. Ese día la brisa les toca la piel cálidamente porque la noche anterior llegaron los famosos vientos de Santa Ana. Gracias a esta casualidad, ellos tienen, en medio del invierno, una noche de verano con la magia de la luz y el calor del viento. En noches tan inesperadamente perfectas como ésta, él suele ser muy perceptivo, y así detecta, como por instinto, que aproximadamente a unos treinta metros mar adentro una gran masa brillante atraviesa el agua. Su alma se inquieta y empieza a imaginarla como una gran manifestación de miles de personas armadas de antorchas que se aproximan iluminando a su paso las calles de una ciudad imaginaria. Se para de golpe porque quiere comprobar si aquella visión es uno de los espejismos que ve últimamente, pero, en pocos segundos, se da cuenta de que sus ojos presencian un espectáculo natural realmente bello.

—¿Qué pasa? —pregunta Mila parándose junto a él.

—¡Hace mucho tiempo que no veía algo así!

—¿Qué es? —pregunta sorprendida al ver las luces cada vez más brillantes y cercanas.

—Es plancton, pero te prometo que jamás había visto tanto en mi vida. —Su boca está completamente abierta y sus ojos no pueden creer lo que ven.

"Tú también lo ves, ¿verdad? —le pregunta para confirmar que no se trata de otra de sus alucinaciones.

—¡Lo veo, claro! ¡Es fantástico!

Mariano la abraza cariñosamente y la atrae a su cuerpo. Quiere presenciar el evento sintiéndola lo más cerca posible. Uno de ellos cree que la tierra les habla, que les da consejos, que les lleva luz a su vida. Mientras el otro siente las luces más literales y las interpreta como un empuje para abrir su corazón. Permanecen de pie, impactados pero sintiéndose más seguros que nunca, observando el espectáculo y viendo los luceros que se aproximan. El mar parece convertirse en una enorme alberca de mercurio. Predominan los colores azul y verde fluorescentes, y de pronto salta por ahí un pez que disfruta de las luces que se producen con el movimiento de sus aletas. Finalmente, los seres iluminados llegan hasta la playa; son tantos que cubren gran parte de la bahía.

—¿Hacen daño?

—He escuchado que no —contesta él.

De inmediato, Mila comienza a quitarse la ropa. Esto hace que Mariano se voltee a verla, extrañado con su comportamiento. Los ojos de ella detienen la pregunta silenciosa que viajaba en el aire con un ¡vamos!

En otras circunstancias Mariano hubiera utilizado de inmediato la mente para inventar pretextos y no entrar al agua. Que está fría o que no es prudente entrar al mar de noche; él definitivamente no es de espíritu aventurero. Sin embargo, esta vez permanece quieto.

—¡Vamos! —insiste Mila, ya sin los pantalones y quitándose la blusa. Mariano se queda observando su figura y olvida por completo qué están haciendo ahí. La luz que proviene del mar ilumina las curvas perfectas de su cuerpo, que va caminando casi desnudo hacia el agua. Su ropa interior, con remates de encaje, es blanca. Desde la orilla sus ojos saborean lo que ven y siente una ráfaga de energía que impregna todo su ser.

Mila entra al mar lentamente. El sonido que producen sus pies contra las diminutas olas de la orilla despierta a Mariano del viaje en el que se encuentra, empujándolo a no perder el tiempo y quitarse la ropa. Se echa a correr por la playa, lo que le hace perder el aliento al llegar a la orilla, y se zambulle tan rápido que en un santiamén estaba a su lado. Dentro del agua, los dos se sienten flotar en medio de una galaxia. La luz de las criaturas los ilumina y remarca cada recoveco de sus organismos, sus caras, sus abdómenes e incluso de sus auras. Neptuno duerme y la energía de las aguas del mar descansa. Tal es la calma que no necesitan patalear para mantenerse a flote. Ella descubre que, si mueve sus manos, algo se activa en los animales para parecer fuego líquido, por lo que comienza a moverse en círculos agitando las manos y avivando la luz. Sus vibraciones crean un ambiente parecido al de las ceremonias que realizan los chamanes peruanos. Esto le causa mucha simpatía a Mariano quien no puede creer en dónde están. En ese momento no existe nadie más en la Tierra, sólo ellos dos y esos diminutos seres que los abrigan. Minutos después, cuando han descubierto todos los matices que cada movimiento produce, Mariano toma aire y se sumerge para ver hasta dónde llega la nebulosa. Bucea lentamente y observa con cuidado. Puede ver la luz reflejada en las piedras del fondo, revelando seres que en otro momento le hubieran parecido aterradores, pero que esa noche son parte de un cuadro mágico que le regala el universo.

Mila continúa arriba, activando la luz de todo lo que toca. Sus piernas se mueven ligeramente y su ropa interior se ha vuelto transparente dejando expuesto todo lo que cubría. A Mariano le viene un profundo deseo de nadar hacia ella y acariciar cada rincón de lo que ve. Imagina ser un pulpo que la protege y que con sus tentáculos abraza su espalda, sus brazos, su pecho y su entrepierna. Le saca con cada caricia aquello que algún día le hizo daño, le cura sus tristezas pasadas y la libera de sus guerras internas. Mientras sus extremidades crecen en su mente, la luz de aquel fenómeno pega en lugares tan exactos que los movimientos de Mila le parecen iguales a los de una mujer cuando le hacen el amor. Se imagina dentro de ella mientras la sostiene, saboreando y disfrutando su miel interna. De pronto, Mariano se descubre tan excitado que decide mirar hacia otro lado para no quedar al descubierto. Es muy pronto para hacer sus fantasías realidad y quiere además regalarse a sí mismo la ansiedad del deseo; le gusta el juego de volverse loco nada más de verla. Cada instante se vuelve automáticamente un recuerdo que saborea, huele y siente.

Mila toma aire y entra a esa constelación donde él ya es ciudadano. Hay tanta luz en lo profundo que puede notar cada detalle de su cara. Mariano se da cuenta de que algo nuevo también abunda en ella y que, poco a poco, se apodera de sus facciones, de su piel y de su misma existencia. El tiempo que pasan bajo el agua no es mucho, pero el efecto interior de lo que experimentan y las emociones que lanzaron sus corazones alargan la realidad de los segundos y eso los confundió.

Ambos se dan cuenta de algo al mismo tiempo. Ahí dentro, uno frente al otro, en la inmensidad del océano y con la luz de los seres que los acompañan, se sienten más solos que nunca. Entienden lo independientes que son el uno del otro;

están más seguros de sí mismos y de que no tienen necesidad de pertenecer a nada ni a nadie; se autoobservaron y despiertan de una idea que habían estado construyendo desde el día que nacieron. No necesitan depender de una relación ni de otra persona, son libres e individuales y están, así, listos para disfrutar del amor más puro. Rompieron los esquemas que los obligaban a buscar en todo y en todos una compañía: en la religión, en sus amigos, en sus mismas familias. Se derrumbó por completo la idea necia de que es necesario encontrar a alguien para recorrer el camino. Dentro del agua salada, cada uno se queda sin nombre y sin título, y puede observar la transparencia real de su cuerpo. Ahí abajo, su personalidad de disuelve y se les olvidan las razas y los partidos políticos; están más solos que nunca y en cuestión de instantes caen por tierra los castillos internos que habían edificado para protegerse. Esto no los incomoda, sino todo lo contrario; en esa soledad encuentran su mejor compañía: a sí mismos. Su vida interna, su magia y la voz que les habla todas las mañanas se escucha más clara que nunca. Sus cuerpos se van llenando con la misma canción que escucharon en el coche horas antes y la música sale por las ventanas de sus narices, por los lagrimales, por sus partes bajas y hasta por el pecho.

Mientras todo esto sucede se escuchan a lo lejos sonidos esporádicos que el mar dispara, el movimiento del agua, el aletazo de algún pez... Ahí, más juntos pero más solos que nunca, celebran al mismo tiempo su soledad personal, que se convierte en su hogar, y es así como la claridad que necesitan para seguir el viaje sanamente entra a sus vidas.

Cuando salen de esa experiencia cósmica, empapados en pura felicidad, el agua que les escurre cae al piso emocionada de reincorporarse a la tierra, compartiendo un poco de esa pócima secreta que ellos dos han descubierto.

Una vez en el auto, Mariano abre la capota para dejar entrar la luz de las estrellas. El silencio no se ha interrumpido durante todo el suceso y así continúan, mirándose, hablando sin palabras. Saben que el momento que compartieron fue definitivo, que su vínculo ya no podría romperse, y, animado por esa seguridad, Mariano hace la tercera pregunta.

—Mila, ¿esto es el principio o el final de mi historia?

7

Por la tarde Mila llama a Mariano para decirle que está frente a su oficina. Le pide olvidar su trabajo y bajar a disfrutar el final del día con una caminata por la ciudad. Él pega un brinco y se asoma por la ventana para confirmar su presencia.

—¡Hola! —grita contento desde arriba.

Ella no puede verlo debido al tinte de las ventanas del edificio, pero aun así sube la cabeza y mira directo a su ventana.

—¡Aquí te espero!

Él toma sus llaves y la cartera, y corre al elevador sin percatarse de que Rigo lo mira desde su oficina con cara de sorpresa. Es la primera vez que ve salir a su amigo de esa manera, su pelo alborotado y su ropa mal acomodada. Cuando Mariano llega a la calle, Mila lo espera boyante.

—¡Vamos por ahí! —dice ella apuntando al frente.

A él le gusta la idea de caminar ya que desde hace meses, cuando su colega John —que era el otro deportista de la oficina— falleció de un cáncer fulminante, ya no se permitía caminar como forma de recreación. Antes lo hacían juntos, una hora cada jueves. Los dos se llevaban los asuntos de la oficina a las calles y caminando determinaban las estrategias más adecuadas para cada nueva inversión.

La zona donde se encuentra la oficina de Tivoli Cove Investments se localiza en Santa Mónica y mide aproximadamente medio kilómetro de largo. Consiste en tres calles repletas de tiendas, restaurantes y artistas. Junto a la puerta del edificio hay un trompetista que viste una chamarra desgastada; Mariano lo mira y le deja un par de monedas en el estuche que tiene a sus pies. Mila piensa que él lo admira por su anarquismo.

Cuando empiezan a caminar de nuevo sus cuerpos se acercan de forma inconsciente y encuentran un ritmo propio y distinto al de los demás transeúntes. Él viste un suéter café de cuello alto que lo protege del viento, que aunque sopla ligeramente le revuelve la melena obligándolo a peinarse con suavidad para despejar su cara. Mariano se pasa los dedos por la cabellera en dos ocasiones: cuando su mente le pregunta algo y cuando su corazón brinca de emoción.

Mila trae unos *jeans* oscuros y una camisa blanca que, a contraluz, deja ver ligeramente su silueta. Tal vez el sol o la felicidad hayan dado a sus dientes un blanco más brillante de lo habitual y su voz parece la de un eremita, de aquél que vive en paz. Si no le observara los pies, cualquiera creería que flota. Sus botas, planas y altas, de un café brillante, le recuerdan a Mariano a una compañera de la preparatoria que siempre las llevaba y era mundialmente conocida por su técnica de montar.

La ciudad de Santa Mónica es, además de un centro comercial en auge y una gran urbe, el hogar de indigentes, la mayoría de los cuales duermen en las calles cercanas al mar. Mientras caminan, Mariano y Mila encuentran a uno de estos seres, tirado en la acera, cubierto con cajas y con todas sus cosas amontonadas en un carrito de supermercado.

—Vi un documental que decía que la gente más rica de este mundo es la más avara —dice Mila mientras junta las cejas y contrae los hombros, disgustada e incrédula—. ¡En serio! Un maletero que trabajó en un edificio de Nueva York que concentra al más alto número de multimillonarios de la ciudad, confesó en una entrevista que fue ahí precisamente donde recibió las propinas más bajas.

—Los más ricos no hicieron su fortuna de un día para otro —opina Mariano—. Y lo que pasa con esa gente tan tradicional es que una de sus maneras de entender el dinero es siendo reservados con él. Para ellos un centavo no gastado es un centavo ganado. "A penny saved is a penny earned." La única excepción a esa regla se da cuando gastan para mantener o mejorar su estatus. Pueden gastar millones en un yate o en una casa de fin de semana siempre y cuando eso les dé una mejor apariencia ante la sociedad.

—Lo que pasa es que generalmente cuando se tiene dinero se tiene poder, y es importante saber utilizarlos. No puedes haber nacido en un lugar privilegiado y no repartir el regalo. Dar lo que sea: tu cariño, tu dinero o tu tiempo...; algo. No por una idea utópica, sino por lo valioso que es aprender a tocar vidas y regalar esperanza. ¿Imaginas si todos nos encargáramos de vez en cuando de otro ser humano? Sería una cadena de amor perfecta. No tenemos que mantener a nadie, lo que yo digo es que simplemente, de vez en cuando, compartamos la dicha del triunfo.

—Estoy de acuerdo. Y aunque me parece una visión idealista, me entretiene.

—Mariano —interrumpe ella, tomándolo de la mano—, ¿sabes por qué, cuando estás con alguien que amas, tomas su mano y los dedos se entrelazan?

—¿Por qué?

—Es lo que sucede dentro de ti, lo haces de manera automática. Capturas las huellas del otro, es un reflejo de lo que en ese momento sucede en tu interior.

Mila hace la afirmación mientras caminan frente a varias tiendas de ropa. Ambos buscan con la mirada a los desconocidos que van y vienen a su alrededor. Apresurados, lentos, despreocupados, alegres, tristes o ausentes, todos tienen una curiosa similitud: sus manos van sueltas, libres de otras.

—Si hicieras un experimento en el que tú y cualquiera de estas personas se metieran en un cuarto completamente oscuro, colocando sus cuerpos en lados opuestos, créeme, sus palmas y las tuyas se encontrarían —asegura ella.

Mariano posa la mirada en sus dedos enlazados y nota que a su corazón acelerado le acompaña una respiración espesa y seca. Mila, mientras habla, recorre las vitrinas y asienta o niega con la cabeza según el objeto que observa.

—Insistimos tanto en lo de afuera que nos olvidamos de liberar la magia encapsulada que escondemos dentro. Es curioso que tengamos tanto miedo.

—¿Miedo? ¡No! —asegura Mariano, seguro de que es uno de los sentimientos que mejor conoce.

—Sí, es ridículo que dejemos de hacer cosas para evitar el daño: lo que uno siente. Se nos olvida que si el interior duele, es fantástico. El dolor es la medalla que nos recuerda la belleza del misterio que nos vuelve seres humanos.

Mariano la mira; para ella, estas conclusiones son naturales y salen de su interior como si fueran una verdad absoluta.

—Si nos aventáramos a la vida con los brazos abiertos, nos daríamos cuenta de que tenemos alas, de que somos nosotros los seres supernaturales, y no los que describimos en los cuentos —continúa Mila—. Los príncipes y las princesas, los ogros y los héroes pasean a diario entre los autos.

—Entiendo tu argumento y estoy de acuerdo —afirma él.

Mariano es un hombre de respuestas. Nunca se queda atrapado en el silencio y rebate con destreza en cualquier conversación. Ser conciso y convincente, ése es su método. Goza de ser uno de esos personajes que entretienen con facilidad. Conoce su habilidad y por eso no entiende que con Mila todo sea diferente: frente a ella su lengua tropieza constantemente y la prodigiosidad de su mente parece dar tumbos.

—Un ejemplo —observa Mila—: cerca de mi casa hay un lote de coches usados donde tienen un perro amarrado. Por las noches lo sueltan pero vive atado a una pared. No importa si hace frío, llueve o siente ganas de estar en otro lado. Todos sus días son idénticos. Él es una de esas princesas custodiadas, vive sin honor. ¡Me enfurece tanto! ¡Me encantaría liberarlo!

Mariano pone cara de vándalo y gira la cabeza, lleva el cierre del jersey hacia abajo como si necesitara que el aire fresco lo invada; se sube las mangas y sin detener el paseo, de un pequeño salto se coloca delante de Mila y camina hacia atrás.

—Vamos a liberar al perro —susurra él—. ¡Vamos! —vigila un segundo la hora en su reloj, toma a Mila por los hombros y le hace un guiño largo y pícaro—. ¿Dónde está? —pregunta, con la travesura encarnada en sus palabras.

Mila tiene ese gesto de equilibrio entre el bien y el mal. Mira hacia atrás. Nadie ha escuchado lo que traman. Se lleva la mano a la boca e intenta ahogar su deseo tratando de ponerlo en el olvido, pero no logra esconder aquella mueca traviesa.

—¡Vamos! Está en la calle Arizona.

Apresuran el paso y cierran el pacto con la mirada. Se sienten como dos criminales con antecedentes en los archivos policiales y, pese a que todavía no han cometido el delito, al ver a un oficial de policía que dobla la esquina se retuercen sus corazones y sus latidos alcanzan una prisa inexplicable. No necesitan esquivar peatones, ausentes aquel extraño miércoles, ni detenerse en los cruces debido a la falta de tráfico. La velocidad de Mila adhiere su camisa al cuerpo. Dos cuadras más abajo doblan a la izquierda y paran de inmediato.

—¡Ahí! —apunta Mila. Su mano derecha tiembla en el aire y su cara recuerda ese habitual gesto de los turistas frente a las pirámides de Giza.

—Está abierto —dice Mariano.

—¿Esperamos? —pregunta ella en tono retórico.

—Sí. Mientras tanto, vayamos a comprar algo para cenar. Conozco un pequeño restaurante en aquella esquina —sugiere Mariano mientras apunta al final de la calle.

Eligen una jardinera donde la luz comienza a declinar, cayendo en diagonal a la altura de la punta de sus zapatos. A una tenue sombra, ambos sentados y con las botellas de bebida casi vacías entre sus pies, terminan de comer: él una hamburguesa de quinoa; ella, una ensalada de pasta. La espera parece correr más deprisa cuando uno se alimenta. Comen tratando de volverse invisibles y la conversación es casi inaudible para cualquiera que pase a su lado. En ese ambiente de secretismo Mila observa que la bolsa de comida tiene dibujado un corazón. El restaurante lo había impreso en medio de las palabras *I* y *Pickels* que es el nombre del lugar; su dedo, como si tuviera voluntad propia dibuja el perfil del símbolo mientras su boca, incontenible, emite su opinión al respecto.

—Siempre he pensado que hemos sobreutilizado la palabra amor. Me parece un concepto soberbio al que le hemos perdido el respeto. ¿Te imaginas qué pasaría si sólo pudiéramos decir esa palabra un par de veces en nuestra vida? La guardaríamos como un tesoro, y cuando al fin la pronunciáramos tendría la fuerza que merece.

—Estoy de acuerdo contigo. ¿Quieres saber algo que escuché alguna vez? En Japón la palabra amor evoluciona según el sentimiento.

—¡Qué interesante! —exclama Mila—. Explícame.

—En ese idioma, a tus amigos o a la persona que te gusta le dices *daisuki*. Después, cuando comienzas una relación más seria la palabra se transforma en *ashiteru*, y culmina cuando llega la persona con la que quieres pasar el resto de tu vida, a la que le dices *koishiteru*.

Mila lo ve con los ojos muy abiertos. No consideraba a Mariano capaz de captar tales sutilezas, y cuando puede responder lo hace con un verdadero tono de sorpresa.

—¡Eso es tan lindo! Es precisamente a lo que me refería, creo que es una mejor manera de ofrecerle respeto al significado real de la palabra, a la profundidad del sentimiento. ¿Mariano? —pregunta Mila buscando su mirada, que no perdía de vista la entrada del lote de autos.

—¿Sí?

—*Daisuki.*

Mariano siente una punzada en todo su ser. No está preparado para la ola de sentimientos que lo invaden, y de no ser por los años de entrenamiento en controlar sus impulsos alzaría a Mila en sus brazos, besándola y cantando a todo pulmón. "Como en una película vieja", piensa, y más calmado gira hacia ella y, sosteniendo suavemente su mentón, dice:

—*Daisuki*, Mila.

Pese a la conversación y a la cercanía de sus cuerpos, no han olvidado cuál es su misión allí, y cuando Mila se limpia la boca con una minúscula servilleta blanca sus ojos saltan hasta atragantarse.

—¡Mira…!

—Ya están cerrando —termina la frase Mariano.

El hombre que está saliendo del lugar viste unos pantalones marrones de lino y una camisa blanca perfectamente abotonada; bajo el brazo lleva un enorme portafolios negro y de su dedo corazón cuelgan las llaves de un vehículo. No logran verle bien la cara, pero sus gafas de plástico rojo detonan en ambos una paranoica imaginación.

Inmediatamente, Mariano y Mila recogen sus envases y, apresurados pero sin perder de vista al sujeto, los introducen en una bolsa para desecharlos. Aquellos crujidos les parecen los ruidos más escandalosos de sus vidas y, tratando de evitarlos, pasan casi un minuto intentando deshacerse de la bolsa. Cuando lo logran y con la prisa atrapada en su cabeza, ella elige ir delante y él no pierde su estela. La cerca que guarda los coches usados es blanca, compuesta por hexágonos que juntos forman un cuadrado exacto. Con la mano derecha, los dos van pintando una línea invisible en la pared, inconscientes de que ésa podría ser una buena pista para los peritos.

Cuando llegan a la puerta principal, ven que la oficina está apagada y los coches aparcados en un orden exquisito. Muchas marcas, modelos, diseños y años… Innumerables memorias.

—Es increíble —musita Mariano—. ¿Imaginas poder saber la historia de cada uno de los que fueron dueños de estos coches?

—Sería un gran tesoro. Escoge uno, tu preferido —ordena Mila como si jugaran a un juego de mesa en el que recolectar fichas para presumirlas después fuera el único objetivo.

—¡Ése! —señala él apuntando a un Mercedes color plata, un clásico digno de cualquier exhibición.

El coche, igual al que tenía su padre cuando él era pequeño, le recuerda las muchas veces que lo habían llevado y traído de la escuela en el asiento trasero, y en medio de aquella reminiscencia feliz siente cómo su cara languidece y alcanza la expresión de un niño triste. Sus ojos se llenan de agua y la ansiedad se le atora en la garganta. Recuerda cuando iban de camino a casa de su tía, que perdía la vida poco a poco debido a una enfermedad. Mariano, con las rodillas pegadas y los brazos cruzados, atrás, entre la ventanilla izquierda y su hermano, observaba las manos velludas de su padre sosteniendo con firmeza el volante, y su madre, a su lado pero distante, buscaba una respuesta en el cielo. Momentos sutiles de la vida.

—Ése —repite Mariano.

Mila no lo ve, lo observa. Estupefacta, absorbe como una esponja cada uno de sus gestos. Ella tiene un sexto sentido que la diferencia de la gente común. No pregunta nada, únicamente se da cuenta de que él se ha ido por un momento. Es muy reconfortante convivir con este tipo de seres porque todo resulta más fácil. No es necesario decir tantas palabras.

Mariano recoge un suspiro, lo expulsa y acomoda su sentimiento en algún rincón desconocido de su cuerpo. Lo recordará después. En este momento los dos escuchan que algo se mueve en la oscuridad. Paralizados, vuelven a unir sus manos, y al conectar sus cuerpos emanan luz pura, porque el color blanco no es el mismo cuando el fondo es oscuro. Los colores, para Mila, son muy parecidos a los sentimientos, siempre manifestándose según su entorno. Un sentimiento negro muere rápido cuando todo a su alrededor es claro.

En medio de aquella ausencia de color, el animal va apareciendo poco a poco. De tamaño mediano y paso lento, posee contadas manchas ocres y el blanco de su melena predomina sobre su cuerpo; sus ojos se ven tristes y, con pesadumbre, abre la boca para bostezar y evidenciar que vive. Se acerca hasta ellos con una tranquilidad que poseen únicamente los seres que habitan en los monasterios. Despacio, muy despacio, llega a la cerca, se sienta sobre sus dos patas traseras y lleva su atención adonde ellos están.

El silencio lo rompe un auto que atraviesa la calle a escasa velocidad. Suena una canción que Mariano pone en su coche constantemente. *Biggy* de Warpaint. Vuelve la vista atrás y persigue las notas musicales que emergen de aquel Charger 1969.

—¿Qué se hace ahora? —pregunta Mariano.

—¿Cómo? ¿No lo sabes? ¿No tienes un plan?

—No. No lo tengo. De los dos, tú eres la atrevida.

No dice una palabra más. Mila comienza a caminar hacia la izquierda y lo llama mientras posa su dedo índice en los labios pidiéndole sigilo. Sus ojos crepitan como una hoguera y evita reírse cubriéndose la boca. Sus pies van rápido aunque lo hacen de puntillas. Mariano se descubre imitándola, haciendo los mismos gestos y caminando con la misma postura.

Llegan a la esquina, tuercen a la derecha y encuentran una camioneta estacionada, perfecta para ayudarles a descender del otro lado. El perro los ha seguido y mira con atención cada uno de sus movimientos. Mila le pide a Mariano que le ayude a subir, que le ponga pie de ladrón y la impulse. Él se pone de rodillas e inmediatamente descubre que el viaje en el tiempo es posible; en ese instante vive la misma emoción que su mente sentiría cuando le pidiera que se casara con él. Le gusta tanto el sentimiento que olvida tenderle la mano para que ella se apoye.

Mila lo despierta y dice que está preparada. Él extiende sus manos y empuja su cuerpo. La fuerza la eleva, encaja la punta de su bota derecha en uno de los hexágonos y comienza a escalar. Llega a la cima de la barda y vuelve los ojos automáticamente para confirmar que su cómplice sigue abajo. Mariano, aunque orgulloso, ruega que el crimen finalice porque un extraño pánico comienza a invadirlo. Ella baja la valla por el otro lado y llega al cofre del coche, salta y sin hacer ruido desciende del vehículo hasta alcanzar al perro. Pone la palma de su mano con suavidad sobre su cabeza, él la olfatea y, confiado, la lame.

Cuando comienza a acariciarlo, una patrulla gira hacia la calle en la que ambos se encuentran; ella no ve los faros azules en lo alto del vehículo, pero Mariano sí, y de un salto se esconde en la parte más oscura de la cerca. Los culpables siempre evidencian su culpa. Mariano hunde la mirada, quiere correr, mira a un lado, al otro, se hace chiquito y cuando pasa la muñeca por su frente descubre que está sudando.

El coche de la policía se detiene en el cruce, con el motor en marcha; las dos ventanillas dejan salir el sonido de la radio y, de manera inesperada, las luces ganan fuerza y giran a gran velocidad, la sirena irrumpe en la escena y Mariano se paraliza;

cuando se pone de pie para alzar los brazos y declararse culpable, ve con alivio que la patrulla se aleja calle abajo.

Al borde de un infarto, regresa su mirada hasta Mila. Ella sigue acariciando al perro.

—Tenemos que lograr subirlo hasta arriba. Allí lo tomaré para bajarlo con cuidado —indica Mariano.

Mila coloca al perro sobre la camioneta y carga al animal con ambos brazos; Mariano se acerca y comienza a escalar. El esfuerzo descubre la dentadura de él y los ojos de ella aparecen largos como una cuerda tensa. En el aire, el corazón de la criatura tiembla sobre los brazos. Cuando alcanza la cima, Mila le pasa el perro a Mariano y él comienza a bajarlo. Creen atravesar una muralla. La misión parece cumplida pero la camisa de Mila se engancha y toda la parte de atrás queda atrapada entre los hexágonos.

Mila tira de la camisa y, sin poder liberarla, comienza a reírse de manera incontrolable.

—¿Qué sucede, Mila?

—Me enganché —dice riendo.

—¿Te ayudo?

—No puedo sacar la camisa de aquí, espera… —dice sin poder controlar la risa.

Las luces de un coche vuelven a hacerles compañía. En esta ocasión, los dos miran cómo se aproxima hacia ellos. "Tienes que bajar, y rápido", se dice a sí mismo Mariano. Mila continúa arriba y no puede detener su risa nerviosa. Tira de la tela, pero parece atorarse cada vez más.

—Me la voy a quitar y aquí la dejamos.

—¡Hazlo!

—¡Fue idea tuya! —carcajea nerviosa—. Mira en lo que me metiste…

Mariano también empieza a reír. La tensión parece robarle la fuerza y cae al suelo. La risa suena fuerte pero no llama la atención del coche, que finalmente atraviesa la calle. Hay lágrimas, pierde la visión y olvida que Mila trata de descender sin la camisa, que ya cuelga en lo alto de la valla. Lo que sí puede es escuchar cada uno de sus gritos.

—¡Vamos, ponte de pie, toma al perro y vámonos!

Cuando el ataque desaparece, ella está de pie junto a él, con rostro divertido. Mariano alza la vista y la lleva despacio desde la acera hacia ella, escalando por sus piernas y, al alcanzar su cadera, descubre que, efectivamente, está desnuda.

Su cuerpo inmarcesible muestra una línea meridiana que viaja hasta el tórax. La desnudez, sin embargo, es para Mariano como la mejor canción de un disco que, en pleno estribillo, se raya. Ella trae un *top* blanco. La belleza del sexo es dejar que la imaginación haga el resto. Mila se acerca y él la abraza porque la brisa toma fuerza por momentos. Mariano ve temblar a Mila, se quita el suéter y ella se lo pone inmediatamente. Ahora los tres salen corriendo hasta la esquina. Mila y Mariano se abrazan, juntan sus cuerpos pero no se besan, tan sólo clavan sus ojos a medio palmo y, al sonreír, oyen ladrar al perro que está junto a sus pies. Le cuelga la lengua y cuando levanta la cabeza, sin duda, también ríe. La libertad como sinónimo de felicidad.

Se quedan ahí por un momento, mirándose, como si el tiempo hubiera decidido detenerse.

—Lo logramos —dice Mariano.

—Lo logramos —suspira ella, apretando el cuerpo de Mariano y queriendo meterlo por ósmosis en su interior.

—Usamos el poder correctamente, ¿verdad?

—Hoy liberamos a un ser vivo.

—Lo sé.

—¿Y ahora qué? —pregunta ella.

—Regresemos al coche.

★ ★ ★

El PCH o Pacific Coast Highway es una de las carreteras más hermosas de Estados Unidos. El número de películas que se han rodado allí es incontable. El mar es una fotografía real, misteriosa, tranquila, tenue, íntima y con una visión, en ocasiones, interminable. Guarda la cantidad necesaria de secretos y durante el viaje no hay espacios para detener el vehículo, por lo que los conductores deben llegar a su destino evitando las innumerables tentaciones de parar para contemplar el paisaje.

Mariano y Mila deciden levantar la capota del coche para contemplar la luna. La brisa hace ondear el pelo de ella y los dos tararean la canción *Exhale* de Beacon, la número 45 en la memoria del dispositivo. Las notas los envuelven mientras toman las curvas de la carretera deslizándose al ritmo de la melodía. Por momentos, las ruedas parecen desaparecer y el coche volar como un aeroplano suave y silencioso. Mariano despega el brazo del volante, sube el volumen y la piel de ambos se eriza.

Atrás, el perro sentado en el asiento y el viento levantando sus orejas. La libertad ha cambiado a aquellos seres...

Mariano gira con delicadeza hacia la derecha en Topanga Canyon y suben hasta llegar a un pueblito con un encanto ilusorio. Un pequeño paraje que nació de una tribu indígena, donde el sentimiento y la sabiduría ancestral pueden respirarse en cada uno de los callejones. Un ambiente ecléctico donde no importan el estatus ni la apariencia, sino el alma.

—Creo que debemos hacer una pausa y dejar que el perro baje del coche —dice Mila.

—Sí, tienes razón, pero te quiero llevar primero a un lugar secreto. Ahí podrá bajar.

Mariano acelera por las carreteras de Topanga hasta llegar a un camino de tierra. Su auto deja de ser aeroplano y pasa a convertirse en un todoterreno que atraviesa la sabana africana. Apenas son unos minutos más de camino, cuando detiene el automóvil. Han llegado a uno de esos puntos privilegiados de Los Ángeles donde el asfalto de la carretera parece fundirse y se transforma en arroyo. Bajan del coche y se sientan en el cofre.

El perro corre sin descanso, nervioso y alegre. Olfatea todo lo que sus ojos ven, como si la vida se le escapara y fuera necesario llevarse todos los olores de la montaña esa misma noche.

Los pies de Mila han decidido descalzarse. Mariano continúa con los zapatos puestos y los dos recargan la espalda en el parabrisas. Ella toma la iniciativa y se recuesta sobre él sintiendo que la cobija aquella manta de estrellas.

—¿Quién te gustaría ser si fueras famosa? —pregunta Mariano.

—¿Famosa? —repite Mila con sorpresa—. No creo que me gustara ser famosa.

—¿Por qué?

—Porque cuando somos famosos volvemos a otros adictos a nuestra presencia. Si somos los primeros en la lista de otros, somos los últimos en la nuestra. Debe cansar complacer a tanta gente.

—Tienes razón, pero éste es un juego y dura poco tiempo —arguye Mariano.

—Así es —afirma Mila—. ¿Sabes a quién admiro?

—¿A quién?

—Siempre me han fascinado la historia y la personalidad de Eleanor Roosevelt. Tuvo una infancia muy dura. Su mamá murió cuando ella tenía sólo ocho años, y su hermano y su papá poco después. Cuando te sucede algo así, o te rompes o te vuelves una muralla, y esta mujer se volvió fortaleza y protegió a la nación y a toda la gente que la habitaba.

—No lo sabía. Recuerdo poco de su historia.

—¿Sabes cuál es mi frase preferida de ella?

—¡Sorpréndeme!

—"El futuro pertenece a quienes creen en la belleza de sus sueños."

—Es preciosa.

—Es algo que me sigue enamorando. Todo comienza en la cabeza, todo lo inventa primero tu interior; los sueños son tan importantes... Estés dormido o despierto.

—¡A mí me gustan más los sueños que se sueñan estando despierto!

—Lo sé. Éstos son los mejores porque, aunque te sorprenden cuando tu mente los entiende, mientras aún no han llegado allí tienes la capacidad de moldearlos a tu gusto —asegura Mila—. ¿A ti quién te gustaría ser?

—¿Perdón?

—Sí, sí. ¿Cuál de los famosos quisieras ser?

—¡Oh, sí! Perdona, me quedé pensando en los sueños. Pues a mí últimamente me parece fascinante la historia de Elon Musk.★ Se ha vuelto algo así como una especie de héroe de carne y hueso para mí. Y ¿sabes qué me gusta de él?

—¿Qué?

—Que por mucho tiempo no tuvo página de Facebook ni Twitter. Es como yo, no le gusta alardear de las cosas personales.

—Yo soy igual —dice Mila—. Abrí hace tiempo una cuenta en Twitter que quedó vacía y la cerré. Las redes sociales son herramientas con dos funciones: nos conectan con otros seres de una manera electrónica pero nos desconectan del presente inmediato. Si no nos encontramos bien internamente, nos

---

★ N. del E. Elon Musk es inventor, físico y empresario sudafricano naturalizado estadounidense. Es conocido por cofundar Paypal, entre otras grandes empresas.

regresan a la pubertad y nos vuelven sarcásticos, nos impiden dar la cara. Reflejan nuestra sombra de una manera extraña.

—Pero...

—Pero nada, la honestidad es algo que el ser humano ha perdido. La valentía de enfrentarse cara a cara unos a otros, sin miedo a las consecuencias, es lo único que debería importar.

Mariano se endereza y la mira. Ella nota de inmediato que sus ojos han cambiado de forma casi imperceptible. Él, alzando las cejas, revisa su reloj y siente la necesidad de regresar a casa. Le da un beso en la frente a Mila y le dice que es hora de irse.

—Mañana tendré un día difícil, mucho trabajo, reuniones, asuntos pendientes —las palabras abandonan su boca y su cerebro no las puede detener. La mira intentando disculparse y baja del cofre del auto con movimientos torpes y lentos.

Mila asiente y también dice tener que resolver varios problemas. Su rostro, que no sabe esconder la verdad, parece desconcertado pero ella evita su mirada y desciende del coche.

Mariano llama al perro con un silbido. Cuando lo ve acercarse gira hacia Mila y comenta:

—Un buen amigo mío tiene un refugio para perros aquí, en Malibú, ¿sabes? Yo me lo quedaría, pero me daría pena tenerlo en casa encerrado. Mi trabajo puede volverse demandante. En un hogar verdadero él será mucho más feliz. Yo creo que si llamamos a mi amigo estará despierto. Es uno de esos búhos que duermen de día.

—¿Y no puedes tenerlo en tu oficina? —propone Mila.

Mariano se detiene y pone cara de tristeza; quiere quedarse con el animal.

—Creo que estará en mejores manos en un hogar feliz. ¿Lo llevamos? —sugiere.

—Bueno, vamos.

Suben los tres al coche. Cuando llegan al refugio se enteran de que está cerrado. Mariano camina hasta una puerta de madera que tiene una palanca que permite abrirla; por ahí entrará el refugiado. Mila está tan cansada que espera en el coche mientras el animal ingresa a su hogar provisional.

En cuanto Mariano regresa, nota que ella se ha dormido. Arranca con suavidad, apaga la música y comienza su regreso a la ciudad. Dentro del coche el tiempo cambia y las sensaciones de pasado, presente y futuro se disuelven en un tiempo único, el que le queda con Mila.

8

A las ocho y treinta de la mañana Mariano prepara su casa. Nervioso, mueve todo de un lado a otro procurando que cada cosa esté en el lugar adecuado. Dentro de unas horas Mila lo visitará por primera vez. En la entrada se detiene ante el espejo; ve su figura desaliñada y en pijama, pero con una mirada firme producto de los dos cafés que ha bebido. Queriendo relajarse y deshacerse de la prisa y la excitación, va a la sala y enciende el equipo de música; pulsa *play*, y un piano lento y solitario parece hundirlo en una ficticia tranquilidad. Sube al segundo piso, va a su cama, la tiende con su delicado edredón de lino blanco y lo estira de todas las esquinas hasta que no hay una sola arruga. No permite que el pasado arruine su presente y, de golpe, toma las almohadas y las lanza al fondo de su clóset. En su lugar coloca dos cojines de sillón con la bandera de Inglaterra impresa. "Deberías deshacerte de ellos" —recuerda—, y con un gesto de desdén espera que a Mila le agraden más. Visita uno a uno todos los rincones de su hogar para comprobar que nada se le ha escapado, y con la dicha dibujada en su cara llega al mueble de la entrada, donde un marco blanco muestra una fotografía que jamás ha sido movida. Decide guardarla en el cajón.

El sonido que envuelve a su hogar conforme sube lentamente el volumen le permite esconderse en cada una de las notas. Ha invertido una cantidad más que considerable en este sistema, sin embargo, había logrado lo que deseaba. Aquel equipo de música llegó hace seis años desde una tienda de alta tecnología cuando acompañaba a un amigo creador de bandas sonoras para películas de Hollywood que estaba en busca de una guitarra. Apenas habían puesto un pie en el felpudo interior cuando Mariano se sintió atraído por la melodía que procedía del pasillo. La música hacía vibrar sus pies y sin mediar palabra, por mero instinto, fue caminando hacia el origen de la misma. El avanzado diseño del aparato, su tono dorado, su hipnótica pantalla de caracteres azules, las angostas bocinas de metro y medio de altura, y el televisor de 65 pulgadas colocado entre ellas llamaron sobremanera su atención. Enfrente al espectáculo tecnológico, la tienda había colocado un sillón para que los clientes pudieran sentarse y disfrutar cada uno de los infinitos matices sensoriales de aquel sistema. Mientras su amigo se decidía entre una Schecter y una Fender, él tomó asiento y se perdió en aquel maravilloso concierto de *Oxygene 4* de Jean-Michel Jarre. Media hora después, su amigo eligió la Fender y Mariano pagó aquel aparato de alta fidelidad.

Además de pintar cuadros y diseñar edificios secretos, con el paso de los años Mila había desarrollado un pasatiempo: escuchar y coleccionar música. Su reproductor contenía una selección de quince mil canciones, todas ellas elegidas manualmente. Las melodías engrandecen su existencia y cada una de sus vivencias se relaciona con una canción. Innumerables son ya los instantes de su historia que poseen título y artista. Este hecho lo descubrió Mariano cuando notó que su propia historia ya tenía una extensa banda sonora. El plan era aumentar el repertorio que adornaba su vida, y la tarde del domingo parecía el mejor día para hacer realidad la esperada velada musical. El aparato sería el encargado de reproducir sus canciones preferidas. Mila llegaría temprano porque habría que exprimir cada minuto y esperaban que el tiempo les cediera toda su generosidad. Mariano compró moras rojas el día anterior y dispuso las mejores cápsulas para su cafetera.

Ya bañado, mira nuevamente su rostro —ahora alegre— en el espejo, despeina su cabello y se arremanga la camisa, riendo de nervios y pensando que la naturalidad será su mejor arma. La mesa de la cocina está preparada. El reloj marca las diez cuarenta y cinco.

Toc, toc. El sobresalto hace que sus pies despeguen de la alfombra japonesa. Puede escuchar el latido de su corazón y, por un instante, teme que ella, al otro lado de la puerta, también lo note. Cuando baja la manilla y abre la puerta, la encuentra radiante junto a un frondoso ramo de flores.

—Siete flores —dice ella—. Cada una distinta y todas combinan.

—¿Por qué esa cantidad?

—Una por cada día que llevamos juntos.

—Gracias —tartamudea mientras busca sus ojos entre los botones—. Pasa, pasa, no sabes las ganas que tenía de que… ¿Por qué no quedamos más temprano la próxima vez? La espera fue larguísima…

Ella ríe, él recibe las flores y juntos caminan hasta la cocina.

—¿Así que siete?

—Sí. Son mis flores favoritas, como estos últimos siete días.

Mila se ve relajada y tiene un aspecto fresco. Del cuello le cuelga un collar largo que cae hasta la mitad del tórax, lo que acentúa la perfección de sus pechos. La blusa deja al descubierto sus brazos marcados y delgados; levemente desabotonada, evidencia un bronceado casi natural que combina a la perfección con su fina ropa interior. Ha elegido unos pantalones elásticos, ceñidos y pegados a la piel, tanto, que mientras Mariano pone las flores en agua no puede dejar de pensar cómo sería recorrer las curvas de sus piernas, acentuadas aún más con los tacones bajos que lleva.

—¿Quieres café?

—¡Me encantaría! —responde ella.

Los dos se miran; desvían la vista y vuelven a encontrarse. Junto al café, Mariano pone un poco de fruta. El reloj de pared marca las once de la mañana y el sol atraviesa las enormes cristaleras que rodean la casa. La luz los embellece. La corta distancia que hay entre los dos parece desaparecer. Al final de la cocina hay una puerta de vidrio que deja ver el jardín y la alberca; dos árboles abrazan simétricamente una mesa y sus sillas. Por la cantidad de hojas regadas en el suelo, Mila se da cuenta de que hace tiempo nadie sale a esa área de la casa. Él bebe su tercer café y antes de que ella tome la fruta que ha colocado en una charola blanca, la invita a sentarse en la sala.

—Ese cuarto del fondo es mi oficina —señala con la cabeza porque tener ambas manos ocupadas—. Ahí arriba está mi habitación y la puerta de al lado es la del cuarto de visitas.

La única ventana doble está en la sala y la habitación tiene techo de madera.

Mariano invita a Mila a sentarse en el sillón blanco que preside la sala. A los lados hay dos mesas cuadradas de acrílico *lucite*, material que por su naturaleza casi no interfiere con la decoración. Junto a ellas hay dos menudos asientos, y el conjunto forma un cuadrado incompleto. La apertura queda ante un librero que abarca la pared desde el suelo hasta el techo. Innumerables libros ocupan las baldas, cuyos contados huecos albergan figuras de arte y recuerdos que Mariano ha adquirido en sus viajes. Del lado izquierdo, las dos paredes que custodian la entrada al comedor respiran arte puro. Ambos, en silencio, saborean la paz de aquel rincón.

Cuando se sientan, ella deja la bolsa que traía colgada y empieza a mover los ojos, llena de curiosidad, con una expresión inocente, seductora y mágica.

—Ése fue uno de los primeros cuadros que compré —informa Mariano al ver el dedo de Mila señalándolo—. Es de Franz Ackermann. Pertenece a su serie *Mapas mentales*.

Ella guarda silencio y recorre la pintura como un viaje al fin del mundo por un paraje desconocido y fantástico. Mariano, hipnotizado por los trazos de la obra, no dice una sola palabra.

Aquella complicidad es única y las emociones que sienten casi pueden tocarse; son tantas que deambulan entre ellos empujándolos a estar más cerca el uno del otro.

—¿Sabes lo que me gusta de esta pintura de Ackermann? —dice Mila por fin—: cómo mezcla la perfección y la destrucción tan simétricamente. Ahí viven esos dos mundos de la mano y están perfectamente representados.

—¡Qué curioso! —exclama Mariano con una sonrisa de asombro—. Es exactamente lo que percibí cuando vi el cuadro.

—¿Deseas saber algo?

—Deseo…

—Algún día quiero pintar un cuadro que cuente una historia de principio a fin con sólo mirarlo. Ahí radica la maravilla de una obra. Ha de decirte todas las cosas sin necesidad de permanecer horas frente a ella. Ese vistazo sería como dar el primer beso a alguien que amas.

—No sabía que te gustara tanto Kelley Walker —continúa Mila.

—¿Por qué lo dices?

—Veo que tienes dos piezas de él, una en la entrada y ésa —apunta con los ojos hacia la derecha.

La obra no puede pasar inadvertida. Kelley Walker es un artista estadounidense posconceptual que utiliza publicidad e imágenes abstractas para crear obras que transmiten violencia y espontaneidad.

—¡Es único! —dice emocionado—. ¡No lo puedo creer, Mila! Esas dos piezas son mis favoritas y nadie, nunca antes, las había sentido como tú.

—Algún día compraremos, tú y yo juntos, alguna obra de Ai WeiWei —se atreve a decir Mila.

—¡Hagámoslo una promesa!

Los dos no sólo aceptan, sino que, inquietos y con las puntas de los pies tensas y sujetándose al suelo para evitar el vértigo de aquel instante, se abalanzan con suavidad hasta abrazarse.

En ese estado, cada uno con la boca repleta de palabras que no tienen el valor de presentarse, torpes y emocionados, notan la inusual velocidad de sus corazones. Afuera, la incomprensión que tantas veces los atormentó desaparece porque se han encontrado.

—Tengo unas ganas inmensas de escuchar toda la música que has traído hoy —dice él cuando ponen fin al abrazo.

Los ojos de Mila brillan mientras busca el reproductor en su bolsa. Mariano toma dos moras y sostiene su mirada en ella.

—Yo también tengo muchas ganas, pero estoy nerviosa —se sincera—. ¿Qué pasa si nada te gusta?

—¡Olvídate! Me gustará —dice Mariano, que con delicadeza le arrebata el aparato de las manos, se pone de pie y lo lleva junto a las bocinas.

—¡Ilumíname!

Ella comienza a buscar la primera canción de aquella mañana.

—Mi amor por la música se remonta a cuando yo era niña y mis padres acababan de divorciarse —dice Mila al tiempo que comienza a revisar la lista—. Mientras otros niños inventaban amigos imaginarios para distraerse o superar sus problemas, yo decidí utilizar canciones. Mi papá adoraba a Pink Floyd y yo le robaba los discos para escucharlos a escondidas. Un día, emocionado de notar mi pasión por la música, me regaló un reproductor portátil. Tenía once años y ése fue el mejor obsequio que recibí. Nunca olvido *The Dark Side of the Moon*. Y la canción que tanto me ayudó fue *Time*.

—¡Es un disco soberbio! —comenta Mariano.

—Hay unos versos que hablan de cómo el tiempo nos parece cada vez más corto según vas creciendo. Cuando eres joven y sabes que todavía te queda todo por delante, haces cosas mundanas, desperdicias gran parte de tu existencia. De pronto, un día despiertas con la edad pesando en tu espalda y no puedes recuperar el pasado. Yo era muy joven cuando escuchaba esta canción, pero me emocionaba tanto… Quizá fue porque en mi vida la tristeza tuvo un exceso de protagonismo, sentía que perdía el tiempo y perderlo te hace sentir viejo. De ahí el cliché de que la felicidad regala juventud y vida. Es curioso, pero fue entonces y no ahora cuando me preocupaba más mi edad.

"Comienzo con Miles Davis —prosigue Mila—. Sus notas, por más tristes que sean, levantan el ánimo y no lo aplastan. Aunque *Kind of Blue* es mi disco favorito, hoy no te lo voy a poner. Lo escucharemos otro día, más adelante.

—¿Cuál me vas a poner?

—El disco *Bitches Brew*.

El jazz emerge despacio, como lo hace el sol desde el mar al amanecer. "Sanctuary", dice Mila, y Mariano, en silencio, queda ensimismado en la sutileza de aquellas notas. Lentamente se dirigen hacia un lugar que jamás habían visitado y, bajo el nítido hilo de aquella trompeta, los dos flotan.

—Amo las notas que quedan escondidas bajo la trompeta; escucha la batería y el piano, ambos complementan este maravilloso poema.

—Es una canción mágica…

Mariano, sin saber cómo, mientras ella le hace sugerencias sutiles, ha comenzado a viajar a un lugar lejano, tanto, que no sabría regresar de manera consciente. Aparece en su pasado y allí se encuentra a sí mismo. Se reconoce más joven, parado frente a una hoja que descansa en una mesa de madera. El papel, repleto de palabras sencillas, está escrito con tinta negra. El trazo es redondo, largo y cuidado. El niño que observa se encuentra confundido y hay mucho dolor en su mirada. En sus ojos lee lo que decían esas oraciones, la carta de amor que deja su padre a su madre. "En mí te quedarás siempre."

Ante aquella declaración de amor, las letras parecen moverse y comienzan a desligarse y a bailar. Su madre está al fondo del cuarto y sus ojos derraman gotas de agua llenas de sal amarga, que ella, en vez de limpiar, deja rodar hasta su boca para saborear el dolor. Mariano observa que el chico parece paralizado, y cuando se mueve, en vez de ir hacia la madre escapa a la calle, toma su bicicleta y se aleja pedaleando con fuerza. Puede ver las ruedas girando a toda velocidad y la cadena salpicando su pantalón de aceite. Como adulto, comprende que lo que sintió entonces fue cobardía. Cobardía ante la situación y culpa; culpa por el abandono y el escape. Era lógico que a su mamá le doliera recordar a su padre.

Mariano abre los ojos, mira a la derecha y se calma; ahí sigue ella, viéndolo con un entusiasmo desbordado.

—Viajaste, ¿verdad? Esta música teletransporta… Se abren puertas a lugares en los que uno hacía tiempo no había entrado, quizá por miedo.

Él no dice nada. Su corazón y su mente, en cambio, continúan al son del jazz hasta que Miles Davis termina y Mila busca una nueva canción.

—¿Te gusta Gil Evans? Es otro de mis consentidos —dice—. Siento como si Davis fuera el que te abre la puerta para que Evans te dé la bienvenida. Éste comenzó a crear música en los años cuarenta, igual que Davis, y ¿sabes?, él fue quien produjo sus primeros discos. Es una leyenda.

—Estoy deseando escucharlo.

—Lo que viste cuando cerraste los ojos antes, en la canción anterior, Gil Evans te ayudará a continuarlo. Era fan de Louis Armstrong y aportaba económicamente para su aprendizaje del jazz. ¿Has soñado alguna vez con tocar un instrumento? —pregunta Mila.

—Tal vez…

—A mí me gustaría tocar un instrumento clásico. Ser una pianista profesional.

Él observa aquel rostro excitado y no puede más que asentir. Entonces, sin mediar una sola palabra más, Mila pulsa *play* y Gil Evans invade la sala.

—*Ella Speed* de Gil Evans and Ten es una de mis favoritas.

—¿Qué sientes cuando la escuchas? —pregunta él.

—Es divertida; te traslada a una fiesta donde todos están vestidos de época. Te dan ganas de bailar, tomar champaña y fumar uno de esos cigarrillos largos.

Inesperadamente, Mila agarra la mano de Mariano y tira de ella invitándolo a bailar. Dan pasos veloces, se pegan el uno al otro como Clark Gable y Vivien Leigh en una secuencia inolvidable y cuando sus rostros se encuentran, ninguno intenta pestañear. Él envuelve su cintura y el baile comienza a fluir como un arroyo que escapa entre las rocas; la acerca, la aleja, ríen y giran. Los dos sienten que Gil aparece en una esquina del salón y comienza a tocar el piano para ellos. Mariano la acerca a su cuerpo e impone lentitud al movimiento. Cierra los ojos mientras sus pies se mueven despacio. Nada los interrumpe. Los muebles desaparecen y el baile continúa con una cadencia idílica. El eco de cada nota repica en el techo y llueve dulce sobre sus cabezas.

La canción de Evans termina y Mariano abre los ojos. No recuerda cuándo los ha cerrado. Mila, sintiéndose nerviosa, cobija su timidez cogiéndole los dedos. De pie, no tiene tiempo para elegir canción, y mientras regresan al sillón comienza a sonar Herbie Hancock.

—¡Qué coincidencia! —exclama Mila—. Lo que me gusta de Herbie Hancock es que lo vi en vivo, aquí en Los Ángeles. Verlo hizo que por arte de magia se convirtiera en uno de mis músicos preferidos. Fue como si lo hubiera conocido.

—¿No exageras?

Ella niega mientras se muerde los labios. La canción que suena es *Watermelon Man*. Mila mantiene una conversación pausada y clara; ni una sola de sus palabras invade la música.

—Este disco de Herbie Hancock tuvo una gran influencia en el mundo del hip hop y la música electrónica. Recarga tu espalda en el sillón y escucha toda la canción, sé testigo de dónde viene todo lo que ahora se escucha. ¿Puedes creer que esto se produjo en 1973?

Herbie Hancock no transporta a Mariano a su infancia: lo deja quieto en ese presente perfecto.

—Mi socio Rigo también adora a este compositor. De hecho, me regaló hace años una gran colección de su música. La debo de tener por ahí guardada.

—La música es un sentimiento, y no sólo un arte —observa Mila.

—Explícate mejor —dice él.

—Cuando alguien compone una obra te regala lo que sintió en ese momento. Tú la escuchas con lo que experimentas en ese instante y revuelves la pasión del músico con la tuya, así la pieza toma un matiz diferente. Ahora, cuando tú la compartes, adquiere una tercera dimensión y alcanza un lugar secreto repleto de sensibilidades; y si regalas esta canción a la persona que amas, como esta persona se siente amada, la canción se eleva y toma una grandeza insuperable. Las canciones no cesan de viajar, y en ocasiones, ciertas melodías acumulan tantas emociones que cuando las escuchas algo enorme cae en ti, tan profundo, tan adentro, que te vuelve cómplice de innumerables historias. La música es un sentimiento, no sólo el arte de poner sonidos y silencios juntos.

"¡Me encanta! —continúa mientras Mariano le acaricia la espalda—. Y me emociona compartirte una canción que precisamente es de esas que seguramente han viajado de mente en mente y atravesado muchos corazones. La escuché hace un par de meses en un restaurante. Me gustó tanto que me obsesioné hasta dar con el nombre del artista. Lo conseguí, lo escuché y comencé a compartirla. La letra es tan melancólica que te atrapa.

Mila siente cómo el paladar se le seca mientras las caricias continúan en su espalda. Mira la posición de sus manos sobre sus piernas y siente un deseo irrefrenable de comerse a besos a Mariano. Aquellos dedos paseando detrás de ella y las palabras repicando en su cabeza la cautivan, siente que se ha encendido; sin embargo, se recupera rápidamente y le ruega que ponga aquella canción.

Mariano da un salto, desconecta el reproductor de Mila y enchufa su teléfono sin perder de vista el brillo de sus ojos. Nervioso, pasa una a una las canciones hasta llegar a la que busca. Ella continúa observándolo y se siente ligera, como si la gravedad se hubiera esfumado y sólo un soplo le bastara para flotar.

Jesse Marchant es un cantautor canadiense. Mariano siempre soñó con escuchar algunas de sus canciones con la mujer de su vida. Las había guardado durante años esperando ese día. Sabía que no sería necesario decirlo, únicamente sentirlo, y quizás en el futuro, cuando ellos fueran viejos y caminaran de la mano en algún parque, él podría recordarle que uno de sus deseos se hizo realidad en aquel sofá.

> *Past the strain, fever crushed*
> *I woke to human sound*
> *An empty street*
> *Loneliness, a fire going out*
> *I feel estranged*
> *From all the world around*
> *The feeling's grown*
> *I fear I'm letting go…*

Words Underlined suena cuando Mariano toma la mano de Mila y ella gira con delicadeza su cuerpo para caer en la tentación del abrazo. Con los ojos cerrados, ambos se relajan y en sus pechos los dos corazones parecen sincronizarse. Si se escuchan a sí mismos pueden sentir el leve balanceo de un baile. El vacío de su mente, entregada a las emociones, hace de aquel instante un círculo perfecto.

Cuando la última nota devuelve el silencio al salón, sus cuerpos continúan inmóviles. Mila tiene la cabeza sobre el hombro de Mariano y él aún la abraza. Sus dedos han comenzado a recorrer su brazo y ella siente aquel contacto sublime como un placer celestial. Quedan en ese abrazo los deseos incontenibles de besarla; queda también el deseo de quitarle la ropa y hacerle el amor suavemente. Sus dedos, ahí dibujados, dejan la primera huella de todos los viajes que recorrerían algún día.

—Me has enseñado una canción tan deliciosa…

—Yo la amo —dice Mariano.

—Y yo.

Los dos, tan cerca el uno del otro, confunden el destino de las palabras. Mariano toma un respiro levantándose del sillón y va hasta la cocina por dos vasos de agua.

—¿Seguimos? —pregunta.

—¡Claro! Hay un músico que se volvió uno de mis preferidos y quiero compartir contigo esta canción. ¿Te acuerdas de Roxy Music?

—Creo que sí.

—A este grupo lo conocí por un amigo psicólogo que vivía atrapado en la música de los ochenta. Sufría de depresión y una tarde decidió quitarse la vida. Fue alguien clave durante mi adolescencia, me acompañó en momentos muy difíciles los últimos años de la escuela de pintura e incluso me ayudó a superar los sentimientos encontrados que me separaban de mis padres. Era un gran ser humano, aunque se le podía aplicar el refrán: "En casa del herrero, azadón de palo". Él animaba e iluminaba la vida de otros, pero no lograba esclarecer la suya. No puedo olvidar su funeral. Tocaron una canción de *Avalon* que me hace llorar:

> *And the background's fading*
> *Out of focus*
> *Yes the picture changing*
> *Every moment*
> *And your destination*
> *You don't know it*

—Lo siento mucho —susurra Mariano.

—Con todo esto quiero llegar a Brian Eno. Él formó parte de esa banda por un tiempo. Pero el caso es que, un día, cuando recorría una calle de Boston, encontré un disco titulado *Apollo*. Decidí comprarlo y fue amor a primera vista u oído —dice Mila risueña.

—¿Por qué te enamoraste de él?

—Me introdujo a la música *ambient*, que es ahora una de las que más disfruto. Son bases maravillosas para relajarte y viajar desde tu asiento. *Soundtracks* perfectos para películas. ¿Me dejas poner una canción que te gustará tanto como a mí? ¿Puedo subir el volumen?

—Por favor, hazlo…

Mila sube los decibeles y *Always Returning* invade por completo el salón. Mariano se echa sobre uno de los cojines para disfrutar de la canción, que encuentra de una delicadeza impecable. Las notas viajan por todos y cada uno de los recovecos de sus oídos colmándolos de alegría. La melodía le pide cerrar los ojos, ella lo nota y se acomoda junto a él. Los dos sonríen y la respiración, yendo y viniendo, parece perderse entre las notas invisibles que embriagan el aire.

Mariano regresa una vez más al día en el que los pantalones se le mancharon con el aceite de la bicicleta. Volvía a casa, en esta ocasión, con un pedaleo también intenso, pero no tan veloz. Deseaba abrazar a su madre. Llegaba corriendo, buscándola y gritándole: "¡Madre! ¡Madre!" De pronto aparecía su hermano con *shorts* y tenis verdes. Comía algo que parecía una naranja y vertía sobre él una mirada despreocupada mientras le decía que su mamá había salido a comprar la cena.

El mismo dolor en el pecho que sintió de pequeño lo acongoja en ese instante. Las escenas son idénticas a las de una película. El Mariano de edad madura observa una y otra vez cómo el niño Mariano corre escaleras arriba, enojado y frustrado porque no ha podido reconfortar a su madre. Fue aquél el suceso que lastimó la relación entre ellos dos y el motivo por el que la historia empezó a escribirse de una manera incorrecta. No era lo que él quería, pero sin querer siempre lo hacía. Su madre vivía sola y algunas veces sufría en silencio, y aunque Mariano fuera consciente de ello jamás podía romper el hielo y ayudarla.

La música, sin embargo, de alguna forma lo ha acercado a ella. Cuando acaba la canción de Brian Eno, el silencio toma la sala. Mariano hace ademán de levantarse pero Mila le pide que no lo haga.

—Quédate junto a mí y disfruta del silencio. El silencio también es música.

De pronto, los dos giran sus cabezas. Arde el brillo en las pupilas. Están muy cerca el uno del otro pero acuerdan mutuamente, sin decirlo, que el beso llegará más tarde.

—¿Más música? —pregunta Mila para posponer el encanto. Mariano asiente y ella, sin dudar, pone a The Killers. Los admira y no puede olvidar uno de sus conciertos en Miami.

La tarde va cayendo, las luces de la casa se atenúan y las cortinas se bajan de manera automática. Mila ve la oportunidad, toma el candelabro que está junto al vaso de agua y decide usarlo de micrófono. Se sube a la mesa y, antes de entonar la primera estrofa, le explica a Mariano que aquella canción se la cantó una vez a un ex novio que le rompió por completo el corazón.

Miss Atomic Bomb
Making out, we've got the radio on
You're gonna miss me when I'm gone
You're gonna miss me when I'm gone.

Mariano entiende el juego. Sube el volumen de su aparato y Mila canta más de la mitad de la canción imitando a la perfección a Brandon Flowers. Cuando termina, ninguno de los dos puede parar de reír. Ella baja de la mesa y los dos se acercan al librero para recargarse.

En aquel instante Mariano siente que a su corazón le salen brazos y a esos brazos, manos con dedos por los que se vierten interminables ríos de sangre. Baja la mirada a los hombros de Mila y al observar su cuerpo descubre que a ella le ocurre lo mismo. No es algo siniestro ni sienten miedo porque saben que aquel fenómeno es parte de la naturaleza. Unidas sus miradas, sin un pestañeo, comparten el sonido de su respiración durante la pausa de las canciones. Sus corazones acelerados se toman las manos. Los dos ven cómo este acto mancha de rojo sus zapatos.

Los dos sufren una inmovilización perpetua. Son figuras de hielo esperando la temperatura cálida para derretirse. Sin espacio para hacerlo, se acercan más el uno al otro. Lo que los une es más bien el jalón que los brazos de los corazones se dieron. Es un impulso tan energético que Mila siente cómo Mariano choca contra ella de una manera brusca y dulce a la vez. Ella no retrocede, deja que su corazón arda, que su respiración incremente el tempo y que el destino la lleve adonde la quiera llevar. Los corazones, que ignoran la fisonomía exterior, aprovechan su deformación temporal para descubrirse; lo hacen como ciegos que palpan la cara de un desconocido. Mariano inclina su cara y roza la de ella. Sus alientos se tocan y ambos pueden intercambiar los sabores que duermen bajo sus paladares. Ella se imagina la textura de su lengua antes de que se deslice con sigilo entre sus labios. Los vellos minúsculos de la piel de su cara se mueven cuando respira. La tensión puede romperse en cualquier instante y ninguno quiere perderse la explosión. Tan cerca, a un paso del precipicio más bello del mundo, Mariano y Mila siguen pegados sin tocarse. Desean estirar los segundos hasta volverlos horas y guardar, en el lugar correcto, el recuerdo de lo que fueron antes de darse ese primer beso. Se despiden de la inocencia, la homenajean y utilizan aquella imagen como el ritual perfecto antes de entrar en la siguiente realidad.

Mila también se acerca un poco. La distancia no se puede reducir más pero la exprimen para que cada acercamiento sea una delicia que degustar. Mariano respira y siente un aroma embriagador. El aire no se mueve, está quieto alrededor de sus bocas, emocionado de ser testigo de aquel evento.

Por fin, Mariano rompe el espacio y toca sus labios. El contacto de Mila es un disparo que abre aún más su pecho. Desde aquel instante la saliva de cada uno se convierte en un néctar digno de alimentar a los dioses. Sus lenguas bailan de manera sinuosa en una cadencia delicada y continua; presos en su adrenalina, curan el deseo con las dosis perfecta de esa ambrosía.

El corazón de ella se desvanece porque no está realmente preparado para el gran acontecimiento; esto preocupa al de Mariano, por lo que mira hacia arriba y descubre que las bocas de ellos se besan apasionadamente. Impulsado por la emoción bombea con más fuerza, y en ese momento los planetas que flotaban en el ambiente se alinean. Hay eclipses de luna y de sol, uno después de otro aparecen los más bellos destellos de color púrpura. Mila abandona el tropiezo y salta al vacío entrelazando su boca con la de Mariano con idéntica pasión.

Sólo un beso. Los dos están mirándose sin decir nada y aún con el sabor dulce entre los labios. Allí, en ellos, ha aparecido un jardín virgen a la espera de sus flores, sus árboles y sus frutos; a la espera de un cultivo constante que les permita alimentarse y crecer. La música aterriza sobre la hierba para fortalecer el entorno y alienta el crecimiento de los árboles que los cobijarán en momentos difíciles. Los planetas, como testigos, también se acomodan tras un vuelo pausado, atrayéndose y sin robarse protagonismo y, al fin, las palabras, cada una más poderosa que la otra y todas juntas, se convierten en el alimento de ese ecosistema. El firmamento ha comenzado a nacer y el vergel florece.

Poco a poco los dos vuelven a incorporarse a la realidad. Aparece junto a ellos el librero, el estéreo y la pintura de Ackermann. Sienten como si hubieran desaparecido y renacido en ese mismo lugar. Caminan al sillón y se sientan, cada uno impregnado del sabor del otro. No son necesarias las palabras. En perfecta sincronía comienza la canción *Solitude* de Ryuichi Sakamoto. Los corazones vuelven a sus formas naturales y se esconden cada uno en su cuerpo para descansar y soñar. Pasan los minutos y ellos permanecen sentados sin decir una sola palabra, disfrutando de su compañía y sintiendo su calor interno. Mila se queda profundamente dormida. Mariano sigue despierto dejando que cada suceso se le impregne. Revive varias veces el beso que ya no siente en la boca, sino en las entrañas. Recuerda la revelación que experimentó cuando escuchaba la música y nota que la impotencia que habitaba en él desde el día que su padre murió había desaparecido y estaba listo para reconfortar a su madre.

Suelta dulcemente y poco a poco a Mila, y la deja acomodada en el sillón para que siga descansando. Camina hacia el librero, abre un álbum de fotos de su infancia y lo hojea. Mira con melancolía una fotografía de su madre abrazándolo con fuerza y disfruta el sentimiento de saberse listo para fortalecerla. Deja el libro en su lugar y va a la cocina; por primera vez en mucho tiempo toma confiado el teléfono y llama.

—¿Mamá? —empieza diciendo, y no puede parar hasta haber resarcido todas y cada una de aquellas pequeñas heridas que ha acumulado durante los años de soledad.

9

Hay varias formas de expresar amor. Las palabras son un medio hermoso, una forma rápida y directa de regalar lo que sentimos. Viajan de mente en mente, llevando lo que el corazón quiere decir; son vehículos que, cuando se vuelven poemas, nos obsequian libertad. Las palabras se quedan, se recuerdan, entran en el cuerpo y se vuelven parte de él. No es cierto que a las palabras se las lleve el viento. Algunas veces duelen y, en ocasiones, dejan cicatriz.

★ ★ ★

Hace tiempo, en esa misma fecha, murió el padre de Mariano, tres días después de su octavo cumpleaños. Él tenía una familia afectuosa y una vida impecable; aunque era muy pequeño, lo tiene grabado en la memoria perfectamente. Casi a diario se pregunta qué habría sido de él si su papá no hubiese fallecido. Recuerda que lo iba a recoger a la escuela y nunca llegaba tarde o de malas. Conversaban en el camino a casa y él creaba historias fabulosas.

Sobre la enfermedad que se lo llevó nunca supo mucho. Su madre fue cuidadosa con esas cosas. No le contagió su dolor ni le transmitió la soledad que dejó su partida.

★ ★ ★

Como lo hacen a diario, Mila y Mariano se verán por la tarde. En su último mensaje ella le pide que lleve tenis, y mientras se los pone, en la oficina, imagina lo que va a suceder. En ese preciso momento se acerca Juliette, le informa que la junta de las nueve del día siguiente se ha cancelado; Mariano la mira, y mientras la asistente sale de su oficina taconeando ruidosamente él sigue su senda, como si ella remara en un río del que había que salir cuanto antes. Se despide de todos de forma automática y mientras se aproxima ansiosamente al elevador canta en silencio. Desde que Mila llegó a su vida se ha descubierto haciéndolo en infinidad de ocasiones, generalmente sin mover la boca.

Ella lo espera en la calle, detrás de la oficina. Como siempre, dos segundos antes de verla el rostro de Mariano cambia de expresión y muestra una plena felicidad. Cuando entran al coche la electricidad se vuelve palpable y las palabras empiezan a sobrar, por lo que, en secreto y con en esa lengua casi inaudible que utilizan para trasmitir aquello que sin decirse dan por escuchado, se recrean uno en el otro. A las palabras nunca se las lleva el viento, las palabras se quedan, viajan a todos lados y por todos los recovecos de nuestro cuerpo. Él pone el auto en marcha y doblan a la derecha por la avenida Santa Mónica. La música va llenando el aire de motas negras, como en un pentagrama.

Mariano le pide que le platique sobre lo que pinta; lleva ya quince años haciéndolo y él tiene ganas de escuchar sobre sus creaciones. Ella le cuenta que desde niña la intrigaron los colores, por lo que decidió tomar un curso intensivo de pintura en Nueva York. Le interesaban muchos aspectos de este arte, pero su favorito era la luz. Creía que aunque las pintara cien veces, la luz haría que todas las imágenes fueran distintas.

—Simboliza cambio, felicidad y hasta risa —dice convencida—. El gusto por hacer de la iluminación el tema central de mis creaciones comenzó una vez mientras dormía. Tuve un sueño que sigue marcado en mi mente. En el sueño el mundo ha sufrido una especie de apocalipsis y yo estoy sola, acuclillada en una cueva, abrazándome las piernas con miedo. Es de noche, hace frío y todo está tan oscuro que no se puede ver nada; asustada, salgo de aquel lugar y comienzo a caminar; veo, a lo lejos, una luz que se mueve y escucho unos sonidos que parecen música. Cuando llego encuentro a mucha gente, feliz y tranquila, rodeando un fuego, todos abrazados y cantando. Antes de despertar del sueño veo a una mujer, me mira por encima del hombro y me doy cuenta de que soy yo misma. La razón del apocalipsis nunca se revela en mi sueño, pero fue tan lúcido que me causó miedo a la oscuridad y desde entonces he llegado a comprender la supremacía de la luz.

Mariano maneja y escucha la historia de Mila con atención; se percata entonces de la fuerza que tiene la claridad sobre las tinieblas.

—Eso que llamamos "esencia de vida" muere sin luz, se vuelve piedra —le comenta.

—¡Correcto! —dice ella emocionada—. La luz que llega a este planeta se ha vuelto casi un acompañante, un personaje más de nuestras historias. Le hemos puesto significados, esperanza, revelación interna, conocimiento… Todo lo relacionamos con la luz, por eso es mi tema favorito en la pintura.

—Pues esto que estamos creando tú y yo es luz pura —afirma él conmovido.

El coche se detiene frente a un gran portón blanco, en el número 6 300 de la calle Forest Lawn. A lo lejos hay un edificio de ladrillo rojo que parece una iglesia, aunque puede notarse que su construcción es antigua. Se ve impecable, como si la hubiesen pintado el día anterior. El suelo, entre el portón y la iglesia, está forrado de pasto y da la impresión de ser el pelo de un animal nocturno. En este gran espacio verde hay tumbas, diseminadas como manchas en la espalda de un leopardo; historias y vidas enterradas en medio de ceremonias y despedidas.

El cementerio ha cerrado, pero los están esperando. Se hace de noche con increíble rapidez y la seguridad del sol se escapa.

Mariano, que hace mucho no visita la tumba de su padre, se queda en el auto a digerir el momento, mientras Mila desciende y se acerca a la caseta de los guardias. En ese instante sale de ella un hombre y reconoce a Mariano.

—¿Joven Mariano? —saluda.

Mariano mira a Mila sorprendido. Ella, con un gesto, le deja saber que aquello es una sorpresa que le tiene preparada.

—Sí, soy yo —contesta él.

—¡Hace mucho que no lo veía por aquí! —dice el guardia mientras aprieta el botón que abre el portal. Le aclara que no debería dejarlo pasar a esa hora, pero que hará una excepción con él. Le tiene mucho cariño, lo ha visto crecer y además Mariano, en más de una ocasión, le ha ayudado en algunos trámites importantes. Le indica que la puerta automática se abrirá a su salida y antes de despedirse le pide saludar de su parte a su novia. Mila, que sigue esperando junto a la entrada, hace a Mariano señas de que se acerque. Una vez dentro del coche y mientras lo estacionan le dice:

—Espero que esto te regrese un poco de la luz que perdiste aquel día.

Al salir del auto se acercan a las tumbas, que brotan como flores aquí y allá. Mariano se da cuenta de que a lo largo de su vida los cementerios le han regalado paz y quietud. Se observa sabiéndose vivo y siente que toda existencia merece la oportunidad de hacer más y seguir disfrutando. Su pensamiento es interrumpido cuando a lo lejos ve varias luces y, al acercarse, nota que son velas, decenas de ellas formando un camino luminoso. Voltea a ver a Mila, y cuando se dispone a abrir la boca ella le toca los labios con los dedos y no lo deja hablar. Lo lleva de la mano y van por el sendero de luces para finalmente llegar a un altar de flores de muchos colores.

AQUÍ DESCANSA ALFONSO.
PADRE, ESPOSO, HERMANO.

La inscripción está labrada en una tumba muy bien cuidada. Lo que Mariano siente es tan potente que tiene que ponerse en cuclillas para no perder el equilibrio. Una vez más vuelve al pasado, al entierro de su padre. Recuerda que en ese momento no comprendía nada de la enormidad del evento, lo único que sabía era que quería morir, pero no de tristeza, sino para ir a ese mundo al que su papá había ido. Recuerda también que, cuando echaron la tierra sobre el féretro, comenzaron a pasar por su mente ideas de qué hacer para morirse, y como a su edad no entendía mucho sobre la muerte sus métodos eran, más bien, surrealistas. No eran formas de suicidio, eran viajes. Quería tomar un avión y quedarse en el cielo, donde las abuelas le dijeron que estaba su padre. Quizá dormir más de la cuenta, no despertar nunca y experimentar ese "sueño eterno" del que había hablado uno de los asistentes al funeral. Su madre, mientras tanto, no lloraba y sujetaba las manos de sus dos hijos mientras los protegía de aquel momento atroz. En Los Ángeles casi no llueve, pero ese día empezó a diluviar; la familia se refugió en el coche, donde su mamá les contó historias divertidas y alentadoras sobre su esposo y les regaló un recuerdo agradable en medio del dolor. Les entregó dos cosas. A su hermano el anillo de su padre y a Mariano el reloj, que se volvió esencial en su vida.

El reloj iba con él en todos sus viajes; cuando algo malo pasaba, lo tomaba entre las manos y lo apretaba fuerte, con lo que de alguna manera recuperaba a su padre, quien gentilmente le indicaba la hora, ayudándole a no llegar tarde a ningún lugar. Siempre puntual con sus promesas, puntuales sus latidos y puntual su madurez.

Hace más de treinta años, aquel día, en el cementerio, algo cambió en la niñez de Mariano. Se le quitó la pena y en su vida dejaron de existir los obstáculos. Le perdió el miedo al fracaso porque, de alguna forma misteriosa, al partir su padre le dejó todo el valor que a él ya no le hacía falta.

Al regresar de este viaje al pasado, Mariano comienza a llorar y lo siente como un acto noble, una acción que limpia y purifica. Mila está junto a él, pero ella sabe cómo regalar un momento inolvidable sin ser el centro del mismo. No es el objetivo de sus actos y deja que cada elemento brille por sí mismo. Ése es el tipo de luz que realmente ilumina.

—Gracias —le dice Mariano conmovido.

Mila va por algo que ha ocultado detrás de un árbol. Es una de sus pinturas. Desde donde está, él puede ver el color rojo y la luz blanca escurriéndose por una esquina.

—Éste es tu padre —le explica—, y ésta es toda la luz que entró a su vida hace treinta años.

El cuadro es tan bello que Mariano se queda sin palabras. Tiene un fondo blanco y una línea negra que representa el infinito. El color rojo es el abrigo que su padre trae puesto, está de lado y sólo se le ve un ojo, un brazo y una pierna. Las otras partes de su cuerpo las está viendo el infinito. En la pintura, el piso es amarillo y se mueve como el agua cuando los peces saltan fuera. La luz viene del lado derecho y apunta al centro de la composición. El rostro no está claro, pero Mila ha conseguido que lleve paz a quien lo mire. Un detalle de la pintura llama aún más la atención de Mariano, la manera tan peculiar que tenía su papá de pararse, un modo que traslucía sabiduría y esperanza.

—¡No sé cómo lo hiciste, Mila, pero lo has retratado a la perfección! —dice emocionado.

Ella está de rodillas con el cuadro acurrucado en sus brazos. La cara de Mariano se llena de su alegría y su alma se contagia de amor. Juntos, dejan la pintura en el piso y los besos que se dan saben a realidad y a felicidad infinita. Al mismo tiempo sus mentes siguen compenetrándose la una con la otra. Lo que él siente por ella no está en el diccionario. No tiene nombre todavía.

Toma su cuadro y sujeta el brazo de Mila. Lentamente regresan al camino de velas. De pronto, como si fuera el resultado de la imaginación de uno de ellos, una lluvia muy intensa los sorprende y actúa como un detonante para Mariano, quien una vez más se encuentra frente a esa tumba en medio de una tormenta.

El agua cae torrencialmente y todas las velas se apagan. Mila y él están empapados y sus tenis cubiertos de lodo. Mariano nota entonces que el cuadro está perdiendo toda la pintura y mancha el suelo; se desespera y quiere correr, pero el coche está lejos. Ella lo detiene y le pide que no se agite, que deje a la naturaleza hacer con ellos y con ese cuadro su voluntad.

Parados e inmóviles los dos se abrazan fuertemente mientras la lluvia arrastra la luz de la pintura hacia el suelo y el camino de velas; poco a poco llega hasta la tumba y contagia de brillo a las flores, a los árboles y a su padre.

—Se apagó el cuadro —le dice Mariano con la expresión que tendría una mascota al momento de ver salir de paseo a sus amos.

—En mis pinturas la luz nunca se apaga, Mariano, solamente se transforma. Déjala que siga su curso como mejor le plazca.

La quietud de sus palabras calma su ansiedad, por lo que suelta el cuadro y lo recarga en sus piernas.

La lluvia que cubre a dos amantes es la escena más trillada de las historias de amor, pero ese día Mariano comprende su significado. "Hay una razón por la cual las cosas se vuelven clichés", piensa.

En ese momento, rodeado de luz y cobijado por el agua, purificado por el llanto y completo al fin, Mariano toma la cara de Mila e intenta decir algo que se esfuma con el viento.

—¿Qué has dicho? —pregunta ella tomando su cara también.

—*Ashiteru* —contesta él con la verdadera expresión de la simplicidad.

La palabra viaja primero a su cerebro, donde ella recuerda la historia sobre la evolución de la expresión que Mariano ya le ha contado. Después baja a su boca haciéndola sonreír y por último llega a su corazón, donde se estaciona por varios días antes de que ella la pueda digerir.

—*Ashiteru* —le contesta y acerca su cuerpo aún más a él.

El agua de lluvia, con un olor orgánico y suave, moja sus vestidos haciéndolos sentir desnudos; tienen frío por fuera, pero por dentro burbujeaban. Mariano escucha, como una canción, los golpes del corazón de Mila. Su amor en tres cuartos. Tienen ganas de correr pero se quedan ahí para beberse el momento. Ríen al mismo tiempo y comienzan a besarse. Su música interna empieza acomodando las notas sobre el ritmo de sus corazones, y eso genera un momento de luz en el cual la Tierra respira profundamente porque dos seres humanos se entregan al amor.

Bajo esa nube de risas corren al auto, brincando y mojándose con los charcos. Se suben empapados y se despojan de las chamarras y los zapatos. Mariano arranca y comienza a sonar *Good Morning Hypocrite* de Electric President.

> *Seems like the roads stretch out like veins,*
> *but there's no heart.*
> *Nature's haircut is concrete now,*
> *and we played our part.*

Mila sugiere que vayan a comer algo. A Mariano le entran ganas de agarrarla a besos y compartir por siempre su vida con ella; tener tres hijos y perderse en esa historia el resto de su existencia. Irse lejos y viajar por el mundo creando constantemente momentos perfectos.

La muerte, el apocalipsis y luego el rescate de la luz que penetra, eso era lo que Mariano había experimentado. Con esa luz en su interior deja el cementerio con todas sus velas apagadas y en vasos llenos de agua; deja el lienzo despintado para que la naturaleza lo vuelva a trazar con tonos reales y, con esa energía, vuelva a cobrar vida. Deja ahí al padre, sentado en su línea infinita, satisfecho de haber presenciado la felicidad de su hijo, y se da cuenta entonces de que los hechos se quedan siempre plasmados en la Tierra, y de que, por ello, de las tantas formas que hay para demostrar el amor, las acciones son las mejores.

10

Pasan los días y el bolígrafo que escribe la historia sobre ellos anota las palabras cada vez con más fuerza. Las hojas se llenan de un color azul brillante y la mano presiona tanto que se puede sentir el contorno de las letras en la vuelta de las páginas. Ese reverso de las hojas es el que define a Mariano, quien está en una realidad que lo separa cada día más de su vida cotidiana. En la oficina, algunos hablan de su cambio y hasta se atreven a suponer, en susurros, que la locura lo invade con la intensidad del amor. Juliette es la más intrigada. Algunas veces lo descubre hablando por su móvil en un tono que no escuchaba hacía mucho, y en ocasiones nota que su energía ha disminuido, como si gran parte de su vitalidad estuviera concentrada en un propósito desconocido. En casa, sus horarios están dispersos. Es menos disciplinado y en sus reuniones parece desenvolverse mecánicamente.

Mariano depende de Mila y ella de él, pero los dos saben que eso no es algo negativo, lo sienten como un regalo. Su amor deja ver a Mariano que las cadenas invisibles con las que ella lo ha atrapado son precisamente las que lo liberaron. Esa relación le ha enseñado a reconocer su idiosincrasia y, sobre todo, a valorarla. El sentimiento le ha abierto los ojos y las cosas se han vuelto cristalinas como un lago de montaña; se mira como un animal mamífero que viaja por la galaxia sobre una bola orgánica y disfruta tanto de la simplicidad de la visión que se deja invadir por ella. Como resultado, poco a poco se va olvidando de tomar en serio su existencia. Algo dentro de él le dice que ya sabía esas cosas al nacer, pero lo nublaron los fantasmas de otros, como también lo hizo su propia lucha por ser perfecto. Ahora que todo le regresa a la memoria del alma, siente como si hubiera venido a la Tierra sólo a olvidar su sabiduría interna.

Tiene claro que su unión con Mila ha logrado algo extraordinario y está seguro de que su compenetración será eterna. Los dos sienten que su historia resonará por siempre en la Tierra y eso los hará inmortales. El concepto del tiempo que pasarán juntos no importa y tampoco altera la profundidad de su entrega. Caminan atados el uno al otro, sintiéndose más autónomos que nunca. Y van en la dirección correcta.

★ ★ ★

En Los Ángeles algunas personas acostumbran subir a las montañas cercanas para hacer deporte. Ésta es una actividad característica de seres como Mila, que tienen una profunda conexión con la naturaleza, y aunque Mariano no lo hubiera hecho por cuenta propia, ese día decide enfrentarse a la temible y poco cómoda madre naturaleza. Para llegar a la cima de la colina elegida es necesario recorrer un zigzag dibujado naturalmente por los senderistas, una vereda estrecha cobijada por pinos cuyas ramas bailan con el viento. Durante el ascenso, el aroma predomina, y a pesar de la brisa, casi pueden tocarse los olores. Mila y Mariano caminan lentamente y a cada exhalación una pequeña neblina se forma alrededor de sus bocas.

—Son los espíritus que se nos metieron por la noche —dice Mila bromeando.

La conversación fluye naturalmente, acompañada de susurros, olores y miradas; poco a poco sus palabras los llevan alrededor del mundo platicando sobre los lugares que les falta visitar. Mariano tiene tiempo sin viajar fuera del país y ahora quiere hacerlo con ella.

—¡París! —dice Mila—, uno de mis lugares preferidos.

—¡Egipto! —opina él—. Quedémonos en algún hotel escondido de El Cairo y compremos cosas en los bazares. Podemos tomar un crucero por el Nilo.

—¡Islandia! —dice muy emocionada, sintiéndose en uno de esos concursos de televisión en los que debes apretar un botón si tienes la respuesta correcta—. Además podemos visitar la Laguna Azul e investigar sobre el Asatru.

—¿El Asatru? —pregunta Mariano.

—Sí —responde ella—. Es un tipo de religión pagana. ¿Sabes qué me intriga de ella?

Él está perdido en el tema. No sabe de qué le está hablando, pero le interesa.

—¿Qué? ¡Cuéntame! ¿Cómo que pagana?

A Mila le emociona que se interese porque su amor por los elementos naturales la ha llevado hasta el tema días atrás. Le explica que en el paganismo la fuente de la espiritualidad está en el viento, la tierra y el agua, y que en él los dioses emanan de fuerzas naturales.

—Su cosmovisión se estructura de forma holística y está relacionada con los movimientos de evolución y armonía orgánicos.

—¡Superinteresante! —dice Mariano con verdadera curiosidad y animado por la expresión que se le forma a Mila al hablar de algo que la apasiona.

—¿Te imaginas? ¡Sus templos son los ríos y los lagos, los bosques y los parajes naturales! No existen los dogmas. Su misticismo se basa en cuidar la vida misma. Sus seguidores hacen hincapié en la responsabilidad personal. ¿No te parece lógico que la consecución de nuestras metas y de nuestras acciones dependa de la conciencia que tenemos sobre nuestras propias vidas, y no de la culpa o la inacción?

"¡Detente un segundo! Cierra tus ojos y escucha cómo te hablan los árboles, sus ramas, sus hojas y sus cantos.

Mariano descubre que los árboles se mueven al compás del viento mientras su madera emite crujidos que arrullan. Esos sonidos le hacen recordar las escaleras de la casa de su madre. Viaja en ese instante a un momento muy querido para él, cuando jugaba con su hermano a las escondidillas y era, ese rechinido, el que delataba dónde se había ocultado. Siente un cariño muy profundo por ese mejor amigo de toda la vida al que ahora tiene tan olvidado. "Lo llamaré en la noche", piensa.

—El tema de la naturaleza se ha vuelto uno de mis favoritos —le dice Mila regresándolo a la realidad.

—¿Sabes? Años atrás, con Rigo, creé un fondo de inversión para una compañía que comercializa productos ecológicos para el hogar. La dueña es una artista que goza de buena fama y que además vive de acuerdo con un solo principio: cuidar la Tierra y a los seres que la habitan. Los productos que fabrica son derivados de plantas, y además de no plagar de químicos las manos de quienes los utilizan, su efecto sobre el medio ambiente es mínimo. Yo sigo en contacto con ella y debo admitir que mucha de su filosofía la he vuelto propia. Incluso he decidido invertir en su nuevo proyecto: una bolsa de basura que se desintegra en aproximadamente un año, a diferencia de las que venden en todas partes, que tardan más de un siglo.

— ¿Te imaginas? ¡Cien años o más! —le dice ella, verdaderamente preocupada, mientras recoge una botella de plástico abandonada en el camino y la guarda en la bolsa que ha llevado para la basura.

—Bueno, pero regresemos al tema de nuestros lugares predilectos en la Tierra —dice Mariano, sorprendido y divertido de la acción de su compañera.

—Hay algo en los países del Medio Oriente que me atrae, comenzando por Turquía. ¡Es el primero en mi lista! Atrás, casi de inmediato está Jordania. ¿Te imaginas que visitáramos Petra juntos?

Él voltea a verla con ternura y la abraza con toda la fuerza de su alma, respirando muy profundo para recibir de lleno la esencia de su paisaje.

—¿Qué pasa? —le pregunta ella.

—Nada…, yo siempre…, siempre he querido ir a Petra. ¡Ha sido mi sueño! Es algo muy importante para mí.

—¿De verdad? —dice ella, mordiéndose los labios, intentando sin éxito ocultar la exaltación que la inunda—. ¿Por qué es tu sueño visitar ese lugar?

—Es una combinación de varias cosas. La primera y la que más peso tiene se relaciona con mi padre. Él siempre quiso ir; cuando éramos niños mi hermano y yo, nos leía un libro de historias fantásticas sobre Petra cuyas ilustraciones se han quedado en mi memoria. Viajar allá me parecería un homenaje a él. La otra razón es casi tonta —dice un poco avergonzado—, pero también tiene fuerza. A veces, en mis sueños, me veo a mí mismo entrando en la ciudad por un camino angosto que desemboca en una plaza hermosamente iluminada pero en la que nunca hay nadie, está abandonada y olvidada. Nunca he llegado a saber por qué, aunque supongo que algo tiene que ver el hecho de que la única forma de llegar a Petra sea a pie o a caballo.

—Sí, ya había escuchado de esa particularidad. Creo que se debe a que las paredes son muy angostas.

—¡Sí, es por eso! Es un desfiladero al que llaman *siq*, lo recuerdo porque me parecía un nombre curioso cuando me leían el libro.

—¿Sabes? Yo quiero ir por la arquitectura —dice Mila—. Me intriga ver cómo lograron hacer esos edificios incrustados en las rocas. Quisiera entrar y entender cómo hicieron cada uno de ellos. Quiero imaginarme siendo uno de sus habitantes.

—¡Vamos! —le dice Mariano completamente convencido—. ¡Mila, vamos! —insiste.

—¡Vamos! ¡Vamos pronto y cuanto antes! Deja todo listo en tu oficina y yo entrego los planos de mi trabajo a alguien más.

¿Quieres? —Mila se convierte en una niña que brinca de alegría. Lo abraza y le emociona la idea.

—¡Lo haremos! ¡Esa ciudad será de los dos! Viajaremos pronto, te lo prometo —dice Mariano al llegar a la cumbre.

En la cima de la montaña el cabello de Mila pertenece al viento. Los dos, de pie y tomados de la mano, estáticos y firmes, observan la atmósfera que, arriba de la metrópoli, es tan clara que se distinguen sus detalles. Perciben cómo los miles de sentimientos de sus habitantes atraviesan sus cuerpos, como si subieran en nubes y los pudieran inhalar. Actores frustrados por no ser apreciados. Compositores en estudios, mezclando la futura música de moda. Hay en esa urbe un corazón roto y uno apenas reconstruyéndose, levantando sus partes del suelo. Un hijo naciendo y un viejo muriendo. Los dos están alertas y sienten escalofríos cuando se dan cuenta de que, de adentro de ellos, también se escapa algo de energía y se va por detrás, volando, dispuesta a compartirse con todos los seres del planeta.

Mientras están en la cúspide, admirando el panorama de la ciudad, Mariano le pide una disculpa.

—Perdón, Mila.

—¿Por qué?

—Por enamorarme tan rápido de ti.

—¿Qué te hace pensar que eres el único que se enamoró así de rápido? —le contesta.

Confirman, mientras sus palabras viajan entre ellos, lo valiosa que es una mirada. Cómo un acto tan corto puede sentirse una vida entera. Se vuelven espejos que reflejan lo que ya son: el uno del otro.

Bajan del monte abrazados y riendo de las bromas que Mariano hace sobre una rodilla que ella tiene ligeramente torcida.

—¡Déjala! —suplica Mila entre risas, retirando su mano mientras él trata de tocársela.

—Tengo algo preparado para ti: un almuerzo especial —dice él mientras se meten al coche.

—¿Es una de tus sorpresas?

—Lo es —concluye y comienza a manejar.

Tiempo atrás, el arquitecto que construyó su casa se volvió su íntimo amigo, circunstancia natural considerando que pasaron casi un año decidiendo cada detalle de la obra. Daniel es ahora el encargado de restaurar el edificio Bradbury, que abrió sus puertas en 1893 y es considerado un referente nacional. La construcción es, por fuera, de ladrillo café y tiene estilo renacentista italiano. Su arquitecto, George Wyman, se inspiró en el libro *Looking Backward* de Edward Bellamy, sobre una sociedad utópica que se formaría en el año 2000, y aunque ésta nunca se volvió realidad, el edificio refleja un poco de la magia que su creador quería para la ciudad.

Algunos días antes de la caminata, Mariano llamó al constructor para ver si podía, de alguna manera, visitar el lugar. Su amigo, que le tenía mucho respeto, supo que sería inofensivo y le entregó las llaves. Le pidió que fuera cuidadoso con todo y le indicó que usara sólo las puertas traseras, dándole instrucciones de cómo estacionar su auto.

El edificio los espera erguido y alerta. Llegan en el coche, van dispuestos a impregnar su melancolía en esos rincones. Mariano había ido la noche anterior a dejar, exactamente en medio del patio, una mesita plegable cubierta con un mantel y sobre éste una botella de vino y dos copas en forma de prisma. También ha conectado, en una esquina de la veranda, unas pequeñas bocinas, hechas con la tecnología exacta para contener el sonido de miles de orquestas.

Antes de salir del auto, saca de la guantera las llaves que abrirán el Bradbury y le cuenta a Mila qué hacen ahí.

—Venimos a que te pida algo —dice, mirándola directamente a los ojos. Ella sonríe y al salir queda cubierta por la sombra de aquella construcción. Viaja en el tiempo e imagina la cantidad de generaciones que han pasado por ahí, desde el inicio de la construcción hasta la fecha, admirando aquella belleza;

se concentra en las cosas simples, en cómo las columnas, el hierro forjado y los ladrillos parecen bailar entre ellos.

—¿Te das cuenta de que la belleza es felicidad? —le dice a Mariano mientras toma su mano y entran al edificio.

—Por eso me haces tan feliz —le contesta él.

Al entrar caminan por un pasillo que los lleva directo al patio central, donde un techo de vidrio, detenido cuidadosamente por estructuras de metal claro, cubre el lugar. El sol, que ingresa libremente, da la impresión de haber salido con la intención de iluminar todos los rincones de la edificación y, a su paso, iluminarlos a ellos dos.

La pareja, impactada por el espectáculo, se turba. No están seguros de cómo vivir el momento. ¿Deben vivirlo intensamente y no soltarlo, o dejarse llevar como si ese momento fuera un río que corre y los conduce dulcemente a la continuación de su historia?

Mila ve la mesa y las sillas, y mira a Mariano asombrada.

—¡¿Las pusiste tú?!

—Sí. Para ti, para los dos. Siéntate.

Mariano va por el vino que está junto a las bocinas y, mientras se aproximaba a la mesa, lo comienza a abrir. Al llegar, sin decir nada, sirve dos copas, pone la botella entre ellos y se sienta.

Ahí, en frente el uno del otro, con las copas en medio, Mariano toma la mano de ella y le confiesa algo.

—Mila, quiero que me tengas paciencia. Tiendo a perder la cabeza.

—¿Cómo la pierdes? —dice ella tiernamente.

—Desde chico. Cuando encuentro la felicidad o cuando se me escapa pierdo la cabeza, y creo que la estoy perdiendo ahora por la felicidad que me da estar a tu lado. Quiero pedirte que me tengas paciencia y no sueltes nunca mi mano.

—¡Jamás!

—Quiero caminar mi vida entera contigo, no me importa nadie más. Tú y yo, ése es mi mundo.

—Y tú el mío, toda mi existencia depende de ti y de tu caminar a mi lado.

Mariano se pone de pie y activa las bocinas. Inmediatamente regresa junto a Mila y le pide que bailen mientras sus piernas tiemblan con un poco de pena. La canción *Sodade* de la gran Cesária Évora inunda el lugar; el volumen es ensordecedor por la acústica del techo, pero en cuanto sus sentidos se acostumbran a él la escena se convierte en la réplica exacta de un salón cubano. Él no acostumbra bailar pero ese día sus pies son exactos y no tropiezan con los de Mila. Recorren el patio alrededor de la mesa mientras las notas que produce el aparato viajan hasta lo más profundo de la madera que forra el techo de los corredores.

Mila comienza a sudar y un par de gotas resbalan por el pecho. Mariano la lleva hasta una de las paredes, perfectamente labradas, y la recarga suavemente. Es la primera vez que sus manos recorren aquel cuerpo. Ansiosas y decididas, las pieles que ya eran amigas se encuentran y se reconocen. Sus huellas se pintan del color de Mila y en ella queda la esencia de él. Pasa los dedos por su espalda y oprime el botón invisible que deja escapar el dolor y la desdicha; por consiguiente, su sangre se convierte en un líquido mágico que abre sus flores internas. El aroma llega a su interior y esto hace que se mueva más rápido; viaja suavemente al frente de su cuerpo tocando las partes que los diferencian, esas que Mariano llevaba días queriendo sentir entre sus dedos y en su boca. Hacía ya mucho tiempo que soñaba con ese momento, arrullándose con él para poder dormir. Sus manos avivan algo interno que lo lanza a un estado que no pertenece a ningún lugar del universo, excepto la Tierra. Lo que prueba en ese instante es el sentimiento que habita en todos los seres humanos. La besa, comenzando por la boca, siguiendo a través del cuello y el pecho. Ella lo acepta. Abre su boca, sus piernas y sus brazos, sintiendo internamente cómo su corazón florece. Mariano quiere entrar en ella pero su mano toma la delantera. Son las manos las que nos ayudan a abrir puertas a lugares desconocidos. Es el tacto el que no olvidamos; si cerramos los ojos podemos sentir las texturas que se han quedado grabadas. Ese recuerdo nos hace regresar a nuestro centro.

Mila utiliza el mismo sentido para recorrer el cuerpo que la busca. Lo hace con la dulzura que sólo las mujeres más sensibles poseen. Comienza con una mano mientras deja que su boca viaje en todas las direcciones comiendo lo que encuentra a su paso. Afuera no llueve, pero aun así se mojan por completo. Esto hace que Mariano se transporte a la preparatoria y recuerde su clase de química. En su salón había una niña de ojos claros y hoyuelos en las mejillas que se sentaba junto a él, y los experimentos que realizaban siempre terminaban en tragedia porque le gustaba tanto que temblaba incontrolablemente. Fue en aquella clase donde aprendió algo que ahora se destapa en su memoria. Recuerda la lección sobre fluidos newtonianos y al maestro explicando que éstos son diferentes al agua y al aceite. Dijo, mientras apuntaba a unas imágenes en el pizarrón, que dichos líquidos son más espesos y su viscosidad depende de la presión que se les aplique. Recuerda el sencillo ejercicio de agitar una botella de salsa Ketchup para hacer salir su contenido con facilidad.

Mariano se siente uno de estos líquidos. Se imagina pesado y denso, dentro de un envase. Mila lo agita tan fuerte que su textura gelatinosa desaparece y ahora escapa sin parar del recipiente que lo contiene. Es ahora un fluido newtoniano dispuesto a recorrer el cuerpo de ella impregnándola con rastros de él. Se da cuenta de que ella, de la misma forma, es un jugo espeso y de que la colisión entre ellos dos también la ha transformado. Están ahí parados, suaves y sin combinarse, pero sus colores personales se han revuelto, logrando formas parecidas a las que trazan los ríos cuando recorren la Tierra.

La música los acompaña mientras continúan enlazados y mojados, limpios de sus vidas y sus historias pasadas. Se preguntan en silencio si hubo algún día mejor que éste; se abrazan y se quedan recargados en la pared de ladrillos, convertidos en parte de ella: son esculturas labradas de esa misma cerámica roja y, poco a poco, se funden con el lugar en un solo sentimiento.

11

El sol entra a remover las pestañas de Mariano, que despierta antes de lo habitual y con ganas de visitar su lugar predilecto sobre la Tierra. Es el primer jueves del mes de julio y tiene varios días sin ver a Mila porque ella ha estado trabajando arduamente en el proyecto comisionado por la ciudad.

Él, por su parte, resurge cada mañana. Su transformación es una metamorfosis rápida y rotunda. Despierta más temprano y se acuesta más tarde, pues sus sueños se han vuelto realidad y ya no necesita soñarlos. Cuando corre lo hace con mucha más alegría, y aunque conserva su estilo, ahora se viste con colores más claros y prendas menos formales. En la oficina, últimamente le cuestan trabajo las pláticas largas y en muchas ocasiones pierde la concentración, no contesta preguntas simples y empieza a delegar más y más responsabilidades en Juliette.

Aquel día, en su despacho, Mariano se pone a organizar los archivos que había abandonado. Concentrarse en ese acto le toma dos cafés y casi el doble del tiempo necesario; no tiene cabeza para nada de la vida práctica: su mente está retirada al estudio de los asuntos del alma. Comienza por poner en orden los papeles de su escritorio y continúa con los cajones que hay en la parte baja del mueble de enfrente; mientras se dirige hacia el librero se da un golpe en el pie con el sofá y no puede contener un quejidos de dolor. Se apoya para descansar y, mirando hacia arriba, encuentra entre varios libros su vieja caja de fotografías. La baja, la abre y se sienta a verlas; toma la primera y al azarla descubre a su hermano, de siete años y pantaloncillos cortos, brincando en el parque. El fotógrafo había logrado capturar las dos piernas dobladas en el aire y la risa congelada en el tiempo. La pone de nuevo en la caja y saca otra, color sepia, que muestra al padre de su mamá, un viejo risueño de cara partida por las arrugas.

Mariano piensa que rara vez se toman fotos en momentos de intranquilidad. Los motivos para ellas son, casi siempre, los de alegría. ¿Qué pasa con los episodios negros llenos de sombras? ¿Qué pasa con las ausencias, con la lejanía, con las noches en que el corazón se encoge de angustia? Ésos son los momentos secretos, guardados en el desván de cada familia. Instantes no documentados que se quedan con nosotros y viajan por la memoria, tragedias que nadie plasma. En cambio, las pausas felices son la versión heredable de por dónde transitó nuestra vida. Por eso los retratos rara vez muestran lágrimas o ceños fruncidos. La felicidad es la melancolía que brota entre dos latidos. La tristeza se esconde en los renglones que no escriben las fotos.

La tercera está impresa en papel muy gastado. Muestra en blanco y negro una familia a la orilla de una carretera, de pie junto a un Plymouth: dos señores y una niña de aproximadamente siete años de cabello café y ojos almendrados. En la imagen todos aparecen con una mano en alto, saludando a un espectador desconocido. Alguien o algo en este retrato produce un sentimiento incómodo en Mariano, por lo que suelta la fotografía y cierra la caja. Inmediatamente regresa a su mente la idea de viajar, por lo que vuelve a su escritorio y abre su navegador de internet. Busca su agencia de viajes preferida y, después de una serie de eficientes clics del ratón, compra dos boletos en primera clase y reserva una habitación en el hotel que muchos de sus clientes le han recomendado. Con la cara de un pillo que se acaba de comer las galletas del bote prohibido, toma el teléfono y llama a Mila.

—¿A qué hora terminarás de trabajar?

—Tengo tanto trabajo que creo que no terminaré nunca —contesta ella.

—Ve a tu casa y prepara una maleta para un par de días. ¡Nos vamos de viaje!

—¿De viaje? —dice desconcertada.

—¡Ahora mismo! —indica él.

—¿Ahora mismo? Tendría que dejar estos planos a alguien aquí en el despacho, ¡me regañarán!

—Arregla eso, anda, ¡es fin de semana largo! En media hora paso por ti.

—¡Tienes que darme un poco más de media hora! —dice ella preocupada.

—Entonces te doy cuarenta y cinco minutos, ¡pero no más! —bromea él.

—¡Haré todo lo posible! —contesta ella emocionada.

—Estaré afuera de tu casa —dice Mariano antes de colgar.

Se levanta de su escritorio y, mientras guarda los papeles que inundan su mesa, imagina a Mila apurada e inventando excusas para dejarlo todo y viajar con él. La conoce tan bien que sabe que en ese momento su rostro exhibe una mezcla de emoción y pánico. Sabe también que no necesitará esperarla, porque ella hará lo imposible por llegar y empacar en menos de diez minutos, y que, aunque le hiciera reproches mientras prepara la fuga, estará emocionada. Ya habrá empezado a preguntarse adónde irán.

Él, también emocionado, sale camino a casa y llega directo al clóset. Lo desbarata, avienta algunas prendas a su valija, corre al baño por su cepillo de dientes y lo empaca. Cierra la maleta y baja rápidamente las escaleras. A mitad de su carrera se detiene en seco: es la primera vez que hace un viaje tan de improviso y no está seguro de tener todo lo necesario. En realidad, nunca ha sido bueno ordenando una maleta y en muchas ocasiones sufre recriminaciones por ello. No quiere repetir escenas pasadas donde sus olvidos arruinan un fin de semana perfecto.

Una vez abajo y seguro de no haber olvidado nada importante, llama a un taxi y programa la alarma de la casa; antes de marcar el último dígito de la contraseña, su expresión cambia: se da cuenta de que nada de lo que hay en la casa evitará su felicidad; anula la activación pensando que, si la alarma se dispara por la noche, no quiere saberlo. Siguiendo la misma lógica, deja apagado su celular en la mesa de la entrada. Duda un par de veces y luego, decidido, cierra la puerta y espera el taxi.

No tarda más de quince minutos en llegar al edificio de Mila, que ya estaba afuera con un maletín de mano junto a sus piernas.

Se sube a la parte trasera del taxi y de inmediato pregunta adónde van.

—¡Es una sorpresa! —dice él.

—Bueno, pues espero que no sea a ningún lugar frío porque no he traído más que una chamarra ligera —advierte ella, y salen directo al aeropuerto. En menos de dos horas están volando hacia la felicidad.

No es verdad que la paz se encuentre en las montañas, Nueva York la tiene toda concentrada. La guarda en cada esquina, en sus parques y en sus museos, en su locura diaria. Es el lugar perfecto para encontrar al ser perdido años atrás, cuando el miedo dictó dejar de ser lo que realmente somos. Dando vuelta a una esquina de la gran ciudad uno se puede tropezar consigo mismo, cargando la misma maleta llena de los mismos recortes que conforman el mismo rompecabezas.

En las montañas hay tanto silencio que los fantasmas llegan pronto y el pánico penetra con tanta furia que la lección no se asimila. En Nueva York la gente anda por todos lados; habiendo en ella tantos espejos, es más fácil ver el propio reflejo. Esta ciudad tiene toda la paz concentrada, escondida entre la algarabía de la gente, los escapes de los coches y aquellos que viven en las calles. Ahí puede estarse, con un coche y un abrigo nuevo, viendo al hombre de la 47 pidiendo dinero en el piso, siendo ese hombre uno mismo.

El taxi al que suben Mila y Mariano es un clásico, un Checker Marathon amarillo. Hace muchos años que éstos casi se extinguieron en la Gran Manzana, pero andan de suerte y les toca uno con suficiente espacio en la banca trasera como para hacer el amor. Los dos piensan lo mismo y se lo dicen con la mirada. Hay dos autos como ése en todo Manhattan: el de ellos, esa mañana, y el que lleva ya tres meses en un taller sin saberse qué diablos tiene.

No es cierto que cuando se está enamorado todo se ve color de rosa; los colores del amor son más bien serios y rebuscados, difíciles de lograr. Mariano y Mila llegan a su hotel y descubren que el mundo a su alrededor es una pintura de Munch: las pinceladas se incorporan y de pronto se vuelven personas, y ellas lo son cuando se les habla y le devuelven a uno la mirada; después, casi de inmediato, se convierten en formas líquidas de nuevo, se incorporan al arte pintado desde que se vio al ser amado y se funden al cuadro inicial. Cuando se está enamorado, no sólo las personas son pintura; también los elevadores, sus botones y su célebre música para no pensar. Todo está hecho con las cantidades perfectas de sólido y líquido para que a uno nunca le pase nada malo.

Mila suelta la mano de Mariano, le da un beso en la mejilla y lo deja camino a la recepción del hotel. Ella va a explorar los detalles del lugar, que le parecen divertidos sin dejar de ser elegantes. En medio del salón principal hay un sillón gigante y frente a él una mesa de vidrio donde han dispuesto libros y revistas de arte. Ella se sienta y se pone a hojearlos. Mientras, él, sin poder parar de reflejar su dicha, llega a la recepción y emocionado registra a Mila como Virginia Wolf. La amabilidad con la que lo atienden es insuperable, y aunque a la recepcionista le parece extraño que registre a alguien con ese nombre y que además pida una llave extra, no hace preguntas y le da la bienvenida sonriendo a modo de complicidad.

Mariano toma las llaves y, como sólo trae equipaje de mano, rechaza la ayuda que le ofrecen de encaminarlo a su destino. Mila observa desde donde estaba que ha terminado el registro y que están listos para subir. Toma su maleta y lo encuentra junto al elevador.

Al abrir la puerta de la habitación los dos siguen riendo con la broma de Mariano. Mila no para de hacer comentarios sobre *Las olas*, su libro favorito de la autora en quien la ha convertido. Y cuando le pregunta por qué ella, la respuesta es simple:

—Ella equilibra perfectamente el mundo racional y el irracional, como tú.

Cuando dejan de mirarse y exploran la habitación, descubren con asombro que la cama que tienen enfrente es muy elevada y debajo cabe toda una familia de seres mitológicos, incluyendo a sus mascotas. En el techo hay varias estrellas pintadas que, al apagarse la luz, se iluminan tenuemente. El baño es del mismo tamaño que el cuarto, pero de color plateado. La tina es honda y está rodeada de velas listas para prenderse. Las sábanas son blancas y hay seis almohadas. Las mesas de noche son de color claro y muy altas. Hay una canasta de frutas, todas rojas, acomodadas en un escritorio largo de madera oscura.

Después de observar cada detalle de lo que será su hogar los próximos días, Mila y Mariano dejan las maletas junto a la puerta porque, en ese momento, no les interesa la ropa. Ella se dirige hacia el escritorio y de uno de los cajones saca un cuaderno con el logotipo del hotel y una pluma, y escribe sobre la tapa: "Las reglas". En el amor hay reglas, le había dicho a Mariano, porque destruyen lo de afuera para construir castillos con arquitecturas únicas e irrepetibles, vidrios tallados que dejan pasar la luz en forma rebuscada.

Él se acerca dulcemente, toma su cara con las manos y de un impulso hace que se acuesten de lado sin separar las miradas. Perdida en el manto de nieve de la sábana, Mila descubre que los besos que se dan cuando uno ama no saben a saliva. Tienen textura divina que vuelve a la lengua pócima secreta que transforma cualquier momento en luz infinita. Si se cierran los ojos, se deja de ser humano y le salen a uno escamas de colores que brillan y entran al cuerpo viajando hacia el estómago, donde se quedan para siempre. Un beso es más potente que el sexo, porque sucede en la boca y los sabores difícilmente se olvidan; quedan plasmados en esa parte del cerebro que traiciona y resucita recuerdos en momentos inesperados.

Mila no suelta la libreta, por lo que la abre y comienza a escribir el primer acuerdo: "Date permiso de perderte de vez en cuando". Mariano entiende el juego; toma la pluma, da vuelta a la hoja y escribe el siguiente: "Jamás compartirte". Ella es para Mariano, hoy y siempre. Y así siguen hasta llenar más de quince páginas. Cuando las reglas empiezan a ser sugerencias de lo que está por suceder, ella saca su aparato de música y lo conecta en las bocinas del hotel. *Immunity* de Jon Hopkins comienza a tocar delicadamente. Mariano camina hacia la tina y enciende las velas que la rodean. Mila se sienta en el borde de la bañera para abrir el chorro del agua y apoya en sus piernas la libreta mientras escribe en la siguiente página la palabra *Petra*. Cuando la tina se llena a la temperatura perfecta comienza a cortar las hojas y las coloca adentro como si fueran barcos de papel. Los escritos caen deliciosamente y, al mismo tiempo, su tinta va integrándose al líquido de esa bañera como un aceite medicinal para dos enfermos que quieren sobrevivir.

Mariano comienza a desvestir a Mila como por arte de magia, primero con la mirada y después con las manos, y se da cuenta de que cada parte de su cuerpo es mejor de lo que había imaginado. Con los dedos parece pulsar las notas más precisas de un instrumento, creando una complicada melodía ejecutada *ad libitum*. La piel de Mila es tan suave que a Mariano le dan ganas de comérsela ahí mismo, al lado del agua. Hacerla suya, ponerla dentro de sí y no dejarla salir nunca, pero se contiene y la deja de pie entre las nubes de la bañera, mientras una ansiedad rebelde empieza a brotar en ambos, desde el centro del estómago hasta el corazón, pintándolos de rojo a su paso.

Prueban lo hondo de la tina con dos pies, uno de ella y uno de él, sin dejar de verse a los ojos, incorporándose por completo al agua y a las reglas que se escriben ahí. La tinta ha formado resortes azules que serpentean por todos lados. Las velas apenas permiten adivinar las letras que viajan a lo hondo para luego emerger entre las rodillas, que parecen islas de felicidad. La figura de Mila puede distinguirse claramente, más que perfecta, con su piel cristalina que da la impresión de romperse al menor contacto. El último barco de papel se adhiere de pronto a su pecho. Todavía se puede leer ahí la letra de Mariano. "Hacerte el amor cada vez que quiera."

Él la toma de la cintura y la acomoda arriba de él sin perder de vista su mirada. Quiere disfrutarlo todo, por lo que al hundirse en ella no cierra los ojos. Mantiene la vista fija en sus expresiones, que delatan lo que su cuerpo va sintiendo mientras él entra suavemente. Se da cuenta de lo diferente que es estar dentro de alguien que se ama: siente como si siempre hubiese estado presente en ella y ahí adentro se reconoce, se siente en casa. Se mojan sus pensamientos antes que los sexos; el sabor de lo que producen sus sitios secretos viaja a su boca. Aunque el momento lo excita, entra en calma, siente como si se hubiera convertido en un vampiro benigno que succiona de ella cualquier duda, cualquier dolor y toda desgracia guardada. Ellos dos se consagran como aves que llevaran horas creándose y fueran dos pájaros con alas mucho más grandes que sus almas. Cuando Mariano llega hasta el fondo de ella, ambos entran en un estado onírico y sus rostros se limpian del afuera: cambian de forma y dejan ver con exactitud la real pureza de quienes son. No hay palabras pero sí sonidos primitivos, vibraciones que viajan hasta las extremidades en forma de punzadas. Sus cuerpos dejan de sentir contacto con todo lo que los toca; el agua y la tina desaparecen, permitiéndoles sentir sólo su piel, mientras la fuerza casi agresiva de sus manos comienza a dirigir lo que es ya un concierto. Mariano está aturdido. Lo que siente es infinito, y mucho tiempo después lo recordará mientras trabaja y hace dibujos. Se ha internado en alguien que ama, se mueve en todas las direcciones, alcanza lugares secretos y llena completamente a Mila mientras ella se convierte con cada ola en un puñado de campanas que repican alocadamente. Él se llena del mismo poder que poseen los gigantes; se siente revivido y después de oír aquella sinfonía de bronce, se da cuenta de que la ha besado con otros labios. Hacer el amor no es de todos los días. "Amar a alguien te hace dejar de ser humano", piensa. "Mejor aún, te vuelve humano pero con una valentía supranatural." La ceremonia culmina al mismo tiempo y las notas de la canción interna de cada uno llegan a su clímax dejando salir todo lo que han guardado como un regalo del uno para el otro.

Mariano experimenta en ese instante un viaje fuera de su cuerpo, se ve flotando sobre la tina y abrazando a Mila; hace una pausa y disfruta la escena pero le gusta la idea de seguir subiendo. Sale por el techo, asciende de espaldas y se detiene en un punto donde logra contemplar la metrópoli en su totalidad; toma aliento y disfruta de la vista: Nueva York parece una pintura al óleo con pequeños brochazos de color verde que crean movimiento. Se arma de valor y continúa su viaje hasta llegar a la parte más baja de la estratósfera, donde puede distinguir la curvatura de la Tierra, dibujada a lo lejos con azul y blanco. Sus ojos piden más perspectiva y lo impulsan a seguir separándose del lugar donde vive. A instantes de tocar la exosfera puede ver la mitad del mundo: atrás se encuentra la luna, y el planeta luce tan tranquilo que a Mariano le parece ridícula la palabra *guerra*. Nunca entra en pánico, no le falta el oxígeno y el ritmo de su respiración es de un tempo perfecto. Es entonces cuando, desde esa perspectiva, él puede distinguir cómo se traza una recta de occidente a oriente sobre todo el globo terráqueo. Es la línea de su vida. Del lado izquierdo comienza su historia y termina a lo lejos, del lado derecho. Cada instante se encuenetra plasmado en el eje, permitiéndole observar toda su existencia. Comprendiendo el regalo que se le entrega, Mariano descubre que puede aterrizar en cualquier etapa, escoger su preferida y revivirla. Examina cuidadosamente de izquierda a derecha y se ve habitando sus diferentes facetas; hace una pausa para analizar cada una de ellas: de niño, jugando con un avión amarillo que su madre aún conserva, preparándose para salir a la primera fiesta de la escuela y de la mano de una mujer de pelo negro caminando en una playa. A lo lejos ve su futuro con Mila, que se ve mayor y contenta. Es entonces cuando escoge la vivencia en la cual aterrizar y comienza a descender directo a ella con la misma velocidad de un meteorito. La rapidez produce fricción, creando una cola de fuego que lo acompaña hasta su destino. Conforme desciende, su meta se ve más clara y grande, vuelve a ver la ciudad, sus árboles y sus coches amarillos; entra por el techo del hotel y recorre cada uno de sus cuartos hasta llegar a su momento preferido, el mismo que dejó minutos atrás antes de comenzar el viaje. Aterriza en la bañera con el amor de su vida arriba de él acariciando su cara y dándole besos. "Soy feliz", piensa. "Mi presente es lo único que me interesa."

—¿Ves? —susurra Mila despertando de aquel viaje magistral—. Esto pasa cuando amas. Todo a tu alrededor te deja ver lo feliz que eres.

Mariano, sumergido en el agua, con ella arriba, sonríe y la besa con tantas ganas que casi le entrega el alma por la boca. Salir de ella es doloroso para los dos: ninguno quiere que dejen de ser uno, por lo que proceden con lentitud. Adentro, sus cuerpos se despiden con besos dulces y pasionales, prometiendo no olvidarse.

Después, secos y en la cama, les llega el descanso profundo. Sueñan cosas fantásticas, paisajes surrealistas y notas inexistentes. Bocas dulces los lamen toda la noche. Lo experimentan con los ojos cerrados y abrazados. Mariano está dormido pero su corazón late tan rápido como en las mañanas en las que corre por la ciudad. Dormidos, componen canciones que cantan al día siguiente. Silban todo lo que han platicado sus mentes.

Y, una vez más, juegan el juego, ese juego en el que todo es pintura espesa, sólo que entonces, en la mañana neoyorkina, mientras caminan por las amplias avenidas, la pintura se incorpora a sus cuerpos en forma de caricias y susurros.

Es 4 de julio, un fin de semana largo. Se les ocurre tomarse de las manos y mostrarse sus cosas favoritas.

—Arquitectónicamente hablando, el New Museum es una belleza —dice Mariano—. Es el único lugar que exhibe arte contemporáneo de todo el mundo. La gente debería utilizar los museos como santuarios para encontrar tranquilidad, como un pase directo al Nirvana.

Entran al lugar admirando todo a su paso, incluso los rayos de sol que se filtran por las ventanas y crean destellos en el pasillo. Al final del mismo hay una gran sala blanca que tiene varios cuadros colgados. Automáticamente los dos se detienen frente al que más se parece a eso que han estado pintando desde que llegaron a la ciudad.

Hay una parte del cuerpo que es delicioso oler y está en el cuello, cerca de la parte trasera de la oreja. En ese punto cada ser humano guarda la concentración perfecta de su esencia. Es difícil llegar ahí, requiere todo un viaje y el trofeo lo merecen sólo dos seres que se tienen absoluta confianza y que, cuando por fin se abrazan, perciben ese aroma dulce y placentero. Esto lo aprende Mariano justo en ese momento en que, frente a la *Afrodizzia* de Chris Ofili, huele por primera vez esa parte de Mila. Justo después de abrazarla y almacenar aquel olor en su mente, Mila lo despabila y le dice que se les está haciendo tarde. Va a comenzar la celebración en la ciudad. Salen y toman un taxi para hacer su última parada, el Museo Metropolitano.

Pagan la entrada y corren a la parte izquierda de la galería. Caminan por un pasillo hasta encontrar el elevador, cuyo encargado, quién sabe por qué, aprieta todos los botones. Llegan arriba y van hacia donde se tiene una de las vistas más impresionantes de todo Manhattan. Hay una instalación artística al aire libre, pero pasan de largo sin poner atención al nombre del autor. Mariano no puede creer que está ahí, ese día, con la mujer que ama. Abajo está Central Park, verde, palpitante y con su aire pesado de hojas. Aunque ella trae minifalda, está sudando.

Pasan exactamente diez minutos y oscurece, y con la noche llegan otra vez los besos y los olores, las manos sujetando la cintura y, por dentro, los animales con escamas. Ese día los dos han encontrado la fórmula escondida. Mariano toma la cara de Mila y la acerca a él, percibiendo ese aroma que lo ha cautivado horas antes y que ya le es familiar. En ese instante se inician los fuegos artificiales y ellos dos, parados en la cima del mundo, entre nubes, ruidos y viento de óleo, se besan y se unen por la gracia de una ósmosis inmejorable.

12

El fin de semana los colma de alegría, tanto que deciden estirarlo demasiado y regresan a la ciudad el lunes por la mañana. Mariano, después de despedirse de Mila, se dirige apresuradamente a su casa; lleva ya media hora de retraso en la oficina y sabe que las notificaciones en su celular deben de haberse acumulado. Cuando llega confirma que no activar la alarma y abandonar el teléfono había sido lo correcto. Se ducha en cuestión de minutos y se pone lo primero que encuentra en el armario. Baja y abre el refrigerador, que se encuentra más ordenado y lleno que nunca, pero no se decide por nada. Ya en su auto, camino a encontrarse con Rigo, la pantalla de su celular cobra vida. Tiene 58 llamadas perdidas y apenas cuatro mensajes de Juliette. Esto lo incomoda y, sabiéndose en problemas, decide ignorar el aparato y dejarlo en el asiento del copiloto.

Cuando llega a la oficina, entra apresurado y directo a su escritorio. Enciende su computadora y comienza a revisar el correo. Gracias a que casi todas las empresas habían cerrado debido a la celebración del Día de la Independencia, la cantidad de mensajes no es la que esperaba, pero los que teme recibir abundan en su bandeja de entrada. Los marca todos y los mueve directamente a la carpeta que dice "Nadia". Está a punto de pararse para ir por un café, cuando su conmutador comienza a sonar. Es Rigo, quien pregunta sobre su desaparición durante el fin de semana, su voz revela un poco de frustración.

—¡Hermano, te busqué durante el fin de semana! ¿Todo bien? ¡Me llamaron buscándote! —dice su socio.

—Sí, todo muy bien. Ahora me disponía a regresar esas llamadas —contesta Mariano sin dejar a un lado su semblante de felicidad.

—Te noto cambiado. ¿Te puedo ayudar en algo? —dice intrigado su amigo.

—No, todo está mejor que nunca. Entiendo tu preocupación, pero no es necesaria.

—Me alegra saber que estás feliz, lo necesitabas. Solamente me gustaría recomendarte no dejar atrás los detalles importantes —le aconseja Rigo.

—¡Definitivamente! Hoy pondré todo en orden —confirma y cuelga.

Mariano sabe que esa semana está llena de trabajo y, entusiasmado de entregarse con pasión a sus deberes, se enfrenta al mundo sin esfuerzo y empapado de una lucidez que hasta ese día ignoraba poseer. La energía que le ha dejado el viaje lo impulsa, por lo que toma el teléfono y llama a Mila.

—Gracias por este fin de semana —contesta ella de inmediato—. Si lo nuestro fuera un libro, este viaje sería mi capítulo preferido.

—El mío también —dice él—. ¿Tienes mucho trabajo?

—Mucho, y ahora más por haber estado fuera. Tendré que esforzarme estos próximos días. Debo volver a trabajar.

"¿Mariano?

—¿Sí, Mila?

—*Koishiteru.*

Mariano, que nunca había entendido aquello de que las palabras pueden volverse tangibles, siente cómo la voz de Mila viaja por el teléfono y lo cobija por completo.

—*Koishiteru* —contesta él y casi puede escuchar la sonrisa de Mila del otro lado.

Durante los siguientes días a Mariano le empieza a incomodar un dolor punzante, justo donde se unen el cuello y la cabeza. Tiene un pequeño pero muy molesto palpitar que a medida que avanzan las horas va subiendo en frecuencia e intensidad, hasta inundar la parte posterior de su cerebro. Esto le produce destellos de luz que en momentos esporádicos ciegan sus ojos forzándolo constantemente a cerrar sus párpados y, en esa oscuridad, él ve colores en forma de arcoíris que se mueven sin parar. Estos males, junto a la cantidad de trabajo de Mila, son las razones por las que llevan dos días sin verse.

Aquella noche de miércoles acuerdan cenar juntos. La cita es en Primitivo, un restaurante de comida mediterránea en la calle Abbot Kinney, en Venice Beach. Esta avenida, de aproximadamente un kilómetro de largo, se ha convertido en hogar de galerías de arte y tiendas de estilo ecléctico cuyo ambiente es agradable para seres que, como ellos, desean disfrutar sin ajetreo.

Mariano está junto a la puerta del restaurante cuando Mila baja del coche delatando de inmediato la felicidad que siente de reunirse con él; lleva unos pantalones negros muy ajustados, zapatos altos y una blusa sin mangas, decorada con la imagen de un pez Koi. Su mano derecha carga despreocupada una bolsa de mano y su cabello, recogido en un sencillo moño bajo, le da cierta distinción, como la de un cuadro antiguo y bello. Sus ojos buscan por todos lados y se emocionan al encontrarse con la mirada que la esperaba. El abrazo que se dan dura sólo un segundo, pero eso basta para inyectarles un golpe de adrenalina que dura varias horas.

—¡Tu blusa! —es lo primero que dice Mariano.

—¿Te gusta? Creí que iría bien con esta noche. *Koi* significa amor en japonés.

Mariano experimenta un sentimiento muy particular en ese momento; su corazón siente una punzada que inunda su cuerpo de paz, pero desafortunadamente causa que su migraña aumente intempestivamente. La oleada de dolor llega con tal fuerza que le obliga a cerrar los ojos y fruncir las cejas por un instante; entre el arcoíris que empieza a formase detrás de sus párpados cree ver, como dibujada por el humo, la pileta que había en la calle de su oficina y al mismo tiempo el logotipo de un pez en una gran puerta de vidrio. De inmediato sacude la cabeza y abre los ojos. Ha perdido de vista a Mila y el sobresalto de no encontrarla se ve interrumpido por su voz.

—¡Te extrañé! —dice ella, sin notarlo.

—Cada minuto —contesta, terminando su frase, entornando los ojos y llevándose los dedos índices a las sienes.

—¿Estás bien? —pregunta ella al ver esto.

—¡Mejor que nunca! —le miente Mariano por primera vez.

Hay aproximadamente quince personas en la entrada esperando a que les asignen mesa. Mariano anota su nombre en la lista y los hacen pasar al bar. La canción *Alsema Dub* de Bill Laswell sale de cuatro bocinas colocadas estratégicamente en algunas de las paredes. La *hostess* es una mujer difícil de ignorar puesto que es más alta que ellos dos y tiene un largo cabello lacio. Sus ojos azules brillan cada vez que parpadea y sus mejillas están bronceadas como si acabara de salir del mar.

—¡Hola, gracias por escoger Primitivo para pasar la noche! —dice ella mientras los recibe.

—Gracias —contestan los dos al mismo tiempo.

—¡Esperar en el bar es una buena idea! —asegura amablemente.

—¡Sí, gracias! —dice Mariano mientras las punzadas en la cabeza se incrementan—. ¿Cómo te llamas?

—Juliana.

—¡Como mi abuela! —dice Mila asombrada.

Mariano la mira. Le encanta descubrir esos pequeños detalles de forma espontánea, y cuando lo hace guarda silencio por varios segundos, como si necesitara tiempo para asimilar cada partícula de su amada.

La mujer, que tiene una gran energía, da la impresión de ser una flor abierta que entrega su belleza sin escatimar; no hay un solo cliente en las mesas que no voltee a verla. Al llegar a los bancos del bar les recomienda un vino tinto que han recibido el día anterior. Los dos aceptan sin dudar.

—Bueno, pues seguiré dando la bienvenida a la gente; en cuanto esté lista su mesa, regreso. ¡Si el vino no es bueno, lo invito yo! ¿Está bien?

—¡Perfecto! —dicen los dos hipnotizados por su ánimo.

Juliana regresa al vestíbulo del restaurante. Mariano y Mila conversan y se carcajean sin parar, sintiendo el corazón en la garganta, no en el pecho. La gente que está a su alrededor disfruta y aunque el bar se encuentra repleto, la pareja no interactúa con nadie. Los protege una cápsula transparente a la que sólo logran entrar un par de murmullos y algunas notas de la música de fondo. Sus copas de vino aparecen de pronto frente a sí. Ninguno de los dos se ha dado cuenta de cuándo se las dieron. Ríen, cómplices de su despiste.

—Qué ganas de vivir para siempre —dice Mila con voz dulce.

—Pues Ray Kurzweil, un autor futurista que he estado leyendo, dice que algún día podremos hacerlo —le informa Mariano—. La realidad es que le creo. Lo dice en uno de sus libros, donde incluye una serie de recomendaciones para lograrlo.

—¿Quién es él? —pregunta ella interesada—. ¿Qué recomendaciones?

—Es un científico. Asegura que gracias a la ciencia lograremos vivir por siempre. Lo descubrí después de haber visto un documental suyo sobre la singularidad.

—¿Qué es singularidad?

—Antes déjame terminar con lo de la inmortalidad. Este autor sugiere que si tomas té verde todas las mañanas, cinco raciones de fruta y verduras, haces ejercicio e incluyes en tu dieta los suplementos nutricionales que él mismo produce, optimizas a tal nivel tu salud que casi no envejeces.

—¡Pues deberíamos hacerlo!

—Además —agrega Mariano—, él opina que debes tomar vino tinto al menos dos veces por semana —y apura un trago de su copa.

—Eso me parece lógico y divertido —bromea Mila—. ¿Qué más?

—Bueno, sus suplementos suman unas ciento cincuenta píldoras al día.

A Mila se le saltan los ojos, como si no estuviera ya de acuerdo con semejante ritual diario.

—¡Lo juro!

—Estoy confundida.

—No es complicado —explica Mariano—. Su objetivo central es que las personas de nuestra edad logren extender su vida lo más posible para así vivir por siempre o lo más cercano posible a eso.

—En verdad no entiendo.

—Él está seguro de que en los próximos veinte o cincuenta años la tecnología alcanzará tal nivel que todas las enfermedades degenerativas podrán ser eliminadas.

—Sí, lo creo. ¡Espero! —dice Mila—. Leí sobre la terapia genética en algún sitio. Al parecer, con la celeridad con la que están avanzando será posible remplazar un gen defectuoso con la copia exacta de otro sano dentro de pocos años. ¿Te imaginas este avance? Sería algo que cambiaría los procedimientos que ahora hacen daño, permitiendo luchar contra la enfermedad de forma más eficaz y menos invasiva.

—¡Ah! Justo por ahí iba el tema de la singularidad. Esos genes de los que tú hablas son hechos por el hombre, por lo que en realidad son máquinas con inteligencia artificial, aparatos del tamaño de una célula que podrán viajar dentro de tu cuerpo y llegar justo donde se necesite.

Juliana llega a decirles que la mesa está lista. Los dos dejan sus copas vacías y se levantan de la barra, emocionándose al ver que les han asignado la más escondida del lugar.

—¡Gracias! —dice Mariano a Juliana.

—¡Estamos de suerte hoy! ¡También seré su mesera! Tenemos muchísima gente y muy poco personal —les explica mientras leen el menú.

—¿No estás muy cansada? —pregunta Mariano.

—¡Cansada, nunca! Feliz de trabajar —dice Juliana y procede a recitar las especialidades del lugar.

—¿Agua mineral? —pregunta.

—Claro —contesta Mariano.

Juliana asiente con la cabeza y va a la cocina por el agua.

Mila le dice a Mariano que pasará al baño rápidamente y que pida por ella. Ha escogido una ensalada de betabel, queso de cabra y espinacas.

Juliana regresa casi de inmediato y mientras llena la copa Mariano ordena para él la ensalada y el *rib eye*, uno de los especiales del día. Cuando Mila regresa del tocador, él nota, por la expresión de su rostro, que algo le incomoda.

—¿Qué sucede? —pregunta.

—Qué linda mujer es la *hostess*, pero me da la impresión de que me ha ignorado por completo —le contesta mientras se sienta en la mesa—. Parece que no soy la única que te encuentra adorable.

A Mariano le parece gracioso el comentario de Mila y lo deja pasar con una mueca de incredulidad.

—Tienes razón, yo también lo noté. Quizás está acostumbrada a ser la más bella del lugar, y este día lo eres tú —dice convencido mientras toca su cara con las manos.

Mila, al sentirse halagada por el comentario, decide olvidar el tema retomando el que dejaron a medias.

—La singularidad —le recuerda.

—¡Ah, claro! Básicamente este autor propone que el patrón de evolución tecnológica se ha acelerado tanto que está creando una pauta de crecimiento exponencial. Kurzweil piensa que el progreso que lograremos será infinito y eso nos llevará a lo que él llama la singularidad, al hecho de que las máquinas no sólo alcancen al cerebro en razonamiento, sino que lo superen.

Se nota que a Mariano le apasiona el tema.

—Y cuando rebasen el cerebro humano podrán desarrollarse sin nuestra ayuda —concluye con una elegante y satisfecha sonrisa.

Mila, amante de dejar a la naturaleza evolucionar por sí sola, no está de acuerdo, no le gusta la idea.

—Todo esto me parece…, nada orgánico —dice.

—Pero en verdad existe la posibilidad de que no sea malo. La tecnología nos ayuda muchísimo más de lo que nos lastima. No lo veas como una imposición a la naturaleza, sino como parte de su evolución. Este científico predice que para 2029 seremos capaces de simular hasta nuestra inteligencia emocional.

—¿Pero a qué te refieres con todo esto? —pregunta Mila—. ¿Lo que tú dices es que en aproximadamente cincuenta años ya existirán robots pensantes entre nosotros?

—Algo por el estilo, sí. Habrá máquinas ultrainteligentes que serán capaces de superar el intelecto del ser humano, y es precisamente ahí donde el progreso será impulsado superando la evolución natural que hasta ahora se tiene prevista. Mila, ¿te imaginas? Una dirección diferente a la que seguimos en el pasado, una nueva forma de vida mucho más avanzada, la era de la singularidad.

Juliana trae la ensalada y la carne, y los pone delicadamente sobre la mesa. Le sonríe a Mariano y vuelve una vez más a la entrada del restaurante a atender a los que llegan.

Mila, incómoda ya por su actitud, la mira alejarse y sacude la cabeza como una niña pequeña remedando a otra. Mariano la mira sorprendido y no puede evitar una carcajada. Es la primera vez en mucho tiempo que ve una reacción así de sincera y despreocupada.

—¿O sea, que estas máquinas serán lo que dejaremos de herencia a la Tierra como símbolo de lo que logramos antes de desaparecer en el cosmos? —pregunta Mila con voz seria, tratando de evitar los comentarios de Mariano, que está a punto de pedirle que repita el gesto.

—Tratemos de verlo con un lente menos drástico —empieza a responder Mariano conteniendo su risa—. Creo que esta inteligencia artificial, más que tomar nuestro lugar, hará que logremos subsistir y explorar más lugares de la galaxia, otros planetas, por ejemplo. La tecnología siempre ha sido un cuchillo de dos filos. Mira, un ejemplo simple es el de los teléfonos celulares. Supuestamente deben facilitarnos la vida, pero al mismo tiempo nos la han complicado. Como ha hecho la *hostess* contigo.

El encanto con que suelta la frase es tal que Mila lo perdona y con un movimiento de sus ojos lo insta a continuar. Él, encantado y aún viéndola como una niña traviesa, prosigue:

—Esa idea que se nos ha inculcado de estar siempre disponibles pesa. Es una distracción que nos desconecta y por lo regular no nos deja estar presentes en el momento.

—Estoy de acuerdo —dice Mila, mientras come su ensalada—. Pero tú y yo seremos inteligentes y utilizaremos la tecnología de una manera más positiva. Por ejemplo, ¡lograremos no envejecer más! —Mariano la mira y toma su mano—. Esto me recuerda uno de mis poemas favoritos.

—¿Puedes recitarlo? —le pide Mariano, expectante.

—Es de Fernando Pessoa, un poeta portugués. No sé si pueda recitarlo perfectamente de memoria, pero te lo puedo leer —dice, mientras busca el poema en su celular.

En la gran oscilación
Entre creer y no creer,
El corazón se trastorna
Lleno de nada saber

Y, ajeno a lo que sabía
Por no saber lo que es,

Sólo un instante le cabe
Que es el conocer la fe.

Fe que los astros conocen
Porque es la araña que está
En la tela que ellos tejen,
Y es vida que había ya.

—Me ha fascinado y lo recitaste muy bien —dice Mariano, entre gustoso y apesadumbrado, llevándose las dos manos a las sienes. El malestar ha vuelto con la potencia duplicada justo en ese momento, cuando se siente más cercano a ella.

—Ese dolor te viene cada vez más seguido, no estás bien… Tienes que ver a un especialista —dice Mila preocupada—. Caminemos un poco y veamos si así se te quita; el aire fresco purifica y te puede ayudar.

Mariano pide la cuenta utilizando la clásica señal con las manos.

—Vamos —dice él—. Probablemente tengas razón.

Cuando Juliana llega con la cuenta su cara demuestra la intriga que le producen las estancias cortas.

—¿Todo bien?

—Sí, Juliana, gracias. El servicio y la comida estuvieron excelentes. Sólo que me duele la cabeza —explica Mariano.

Después de pagar salen y se dejan llevar por el flujo de la calle, tomados de la mano.

—Cuando era chico, después de la muerte de mi padre, comenzaron a darme estos mismos dolores de cabeza. Recuerdo que mi madre me ponía bolsas de hielo en la sien durante la noche. También me dolían los ojos y a veces hasta los dientes.

—Hay que sentarnos —sugiere Mila.

Mariano acepta, sintiendo que realmente no puede seguir caminando. Se acomodan en una banca de la calle y Mila lo abraza y le pide que le platique sobre los dolores que padecía cuando era pequeño.

—Mi madre dice que fue mi manera de confrontar la situación en aquel entonces. Me cuenta que junto con los dolores llegó una cierta lejanía mía.

—¿Lejanía?

—Ella la llama así. Como si hubiera partido a otro planeta.

—¡No te vayas a otro planeta esta vez! —pide ella.

—No lo haré —dice él tiernamente.

—Me gustaría platicarte algo —dice Mila y comienza a contarle que años atrás leyó algo que uno de sus filósofos preferidos había expresado en una conferencia en la India—. Osho planteó que todos los seres humanos existimos, de alguna manera, en un estado esquizofrénico.

—¿Esquizofrénico? —pregunta Mariano.

—Sí. Recuerdo que cuando lo leí me encontraba en una gran lucha interna, estaba experimentando el desprendimiento de las ideas religiosas que mis padres me habían inculcado. En aquellos momentos quería practicar más mi espiritualidad sin la necesidad de pertenecer a una religión. Mira, Osho afirma que las organizaciones políticas, como las religiosas, dependen mucho de esta estrategia, la de dividir al hombre.

—¿Cómo que dividir al hombre?

—Sí —continúa ella—, este místico asegura que estamos conformados de dos cuerpos, el que vemos y sentimos, y el alma, que es el que no vemos, el cuerpo interno. Vivimos con los dos divididos y en constante conflicto entre ellos. Mira, por ejemplo, esos robots de los que hablábamos en el restaurante. Los científicos han logrado hacer máquinas avanzadas y complicadas, pero en realidad nada alcanza a ser lo completamente perfecto que son nuestro organismo y nuestra mente. Nuestro mecanismo interno no puede compararse con nada y, en realidad, el alma y lo que vemos no están separados; son uno mismo, son dos partes de una cosa. Lo que vemos por fuera es el templo de lo interno.

—Entonces, ese filósofo del que me platicas ¿le llama cuerpo interno al alma? —pregunta Mariano.

—Precisamente. Y el otro es un vehículo que nos cuida, nos protege de la lluvia y del frío.

—Me gusta la analogía —dice él, mientras su cerebro deja a un lado el dolor de cabeza y se tranquiliza.

Mila continúa.

—Nos encontramos en una guerra civil personal porque peleamos contra nosotros mismos. Es casi imposible que los miedos se vayan, que el coraje desaparezca. Yo creo que la transformación comienza cuando volvemos uno el afuera con el adentro. Queremos ser santos por fuera, pero estamos en tal conflicto interno que la iluminación no llega jamás.

Mariano entiende eso mejor que nadie; ha vivido una lucha interna muy intensa los últimos años.

—¡Por eso la mente no me deja en paz cuando trato de meditar!

—¡Exacto! —le contesta Mila—. Tu exterior y tu interior están en guerra, no están alineados. Vuélvete amigo de tu interior, dale lo que te pide.

—Tú me has ayudado a lograr eso.

—No. Eso es algo muy personal. Creo que al llegar yo abriste tu corazón y eso logró que vieras las cosas más claras. Te ayudó a sentir.

A Mariano le regresa una punzada fuerte a la cabeza y se lleva las dos manos a los ojos. Le comienza a doler la quijada, por lo que mueve la boca pretendiendo masajearla. Mila se levanta de la banca y le dice que irá al café de la esquina por un té.

—Te traeré algo que te calme. Creo que lo mejor es que te vayas a descansar.

Ella desaparece entre la gente de la calle y él se queda sentado tratando de ignorar el dolor. Le llegan pensamientos sobre la plática que acaba de tener con Mila y le sorprende que ella supiera de su sombra interna. "¿Cómo se ha dado cuenta?"

Sus cavilaciones se ven interrumpidas por el timbre de su celular. Mete su mano al pantalón y saca el aparato. Lo que ve en la pantalla le produce tal incomodidad que borra el mensaje; al mismo tiempo, siente a alguien detrás de él.

—¿Mila? —voltea rápidamente pensando que es ella, pero no encuentra a nadie.

Pasan quince minutos y Mila aún no regresa; Mariano, intranquilo, se levanta de la banca y camina hacia el café. El viento sopla directo a su cara y le hace cerrar los ojos. El arcoíris ha desparecido.

Al llegar a la cafetería no ve a Mila por ningún lado. En la fila hay sólo dos clientes esperando su orden y una señora está sentada en la mesa de la esquina. La decoración es de estilo francés, con un mostrador repleto de pasteles hermosamente decorados y un pizarrón de color negro con el menú coquetamente pintado con gis. Al fondo del lugar pueden verse los baños. Mariano piensa en buscarla ahí. Toca la puerta que tiene una silueta femenina pero nadie responde, por lo que se atreve a abrir lentamente. No hay nadie. El de hombres tiene la luz apagada, es evidente que está vacío.

—Señor, ¿puedo ayudarlo en algo? —dice amablemente el mesero del lugar.

—Busco a una mujer rubia, más o menos así de alta. Vino hace unos quince minutos por un té y no regresó a donde quedamos de vernos.

—No, no ha venido nadie con esa descripción —le contesta.

—¿Y es usted el único que ha estado atendiendo? —pregunta Mariano.

—Sí, sólo he estado yo. Estoy aquí desde las cinco de la tarde.

Mariano sale del lugar algo inquieto, pero conoce a Mila y sus manías, por lo que piensa que quizás ha ido a otro lugar por alguna sorpresa para él. Regresa a la banca pero tampoco está ahí. Su preocupación ha empezado a opacarse por el dolor, siente que sus sienes explotan y teme que ella no regrese pronto. Ha decidido pedirle que maneje y lo lleve a casa. Se sienta y llama de inmediato a su celular. "El teléfono que usted marcó no existe", dice una grabación que aparece cada vez que marca. "¡Qué extraño! Quizá no puedo marcar bien el número." Cada vez que intenta concentrarse en la pantalla del teléfono los flashes multicolores lo ciegan y evitan que sus dedos respondan a la orden de su cerebro.

Mientras sigue llamando, sus ojos buscan por todas partes a alguien que se parezca a Mila. Tiene miedo de alejarse de la banca y que se crucen en el camino. Teme por ella, a quien imagina en medio de un apuro y sin poder contactarlo. Entre llamadas, indecisiones y punzadas, se queda sentado en el lugar durante casi una hora. Sin notarlo, su cuerpo ha empezado a inclinarse sobre sí mismo tratando de protegerse del dolor y, cuando vuelve en sí, nota que el bulevar está vacío. Mariano entra en pánico. Camina toda la vía hasta su fin, sin dejar de voltear a todos lados y entrando en algunas tiendas buscando a Mila; revisa las calles perpendiculares y hasta aguza el oído por si se escucha alguna sirena. El hecho de no encontrarla sólo alimenta su desesperación.

Resignado, regresa al restaurante, donde había dejado su coche; el lugar está casi vacío y el trabajador que recibe los autos lo reconoce en seguida.

—¡Un Tesla negro! ¿Cierto? —pregunta apresurado.

Mariano contesta sí con la cabeza, aunque en realidad todavía no quiere que le entregue el coche. Está seguro de no poder manejar.

En vez de esperar afuera el auto, decide entrar al lugar y buscar a Mila. Solamente quedan dos mesas ocupadas y sus ojos no logran verla, y tampoco a Juliana.

—Lo siento, ya estamos cerrando —dice una de las meseras.

Mariano la mira y murmura algunas palabras mientras se dirige a la puerta. En la acera encuentra al chico de los autos esperándolo con su coche encendido, por lo que busca su cartera para entregarle el boleto.

—¿Se encuentra bien? Está pálido, sería mejor que no maneje. ¿Quiere que llame un taxi?

Mariano niega con la cabeza.

—Aquí tiene —dice, dándole el boleto junto con un par de billetes.

—¡Gracias! —dice cortésmente el muchacho—. Lo he dejado encendido, tenga cuidado, no se ve usted muy bien.

Mariano se sube al coche y lo primero que nota es que la estación de radio toca una música grotesca. Recorre la calle de Abbot Kinney y, mientras maneja, todos los establecimientos cierran. La calle está completamente vacía. La situación le parece extraña y vuelve a llamar a Mila. El teléfono sigue sin funcionar. "Tendré que ir a buscarla a su casa."

El trayecto no es largo, pero entre el dolor de cabeza y la preocupación olvida varias veces dónde dar vuelta y le toma más de lo normal llegar al edificio. Paró por una aspirina y parece que su efecto era rápido ya que los flashes desaparecen y su coordinación es mucho más precisa.

Después de estacionar su automóvil se da cuenta de que la calle está más oscura que de costumbre. Sólo un faro funciona en toda la cuadra; esto le produce un escalofrío que lo estremece por completo mientras se acerca a la puerta. Toca el timbre del número 237 pero nadie atiende. Junto al conmutador está pegado un papel con la palabra AVISO en grandes letras rojas. Se recarga en la puerta y puede notar que está abierta. Sin dudarlo, entra y sube hasta el departamento de Mila. Toca varias veces sin recibir respuesta, por lo que llama de nuevo a su celular, pero la voz metálica le contesta otra vez.

Mariano sale del edificio y siente, mientras baja las escaleras hacia la calle, que el terror se apodera de él. Libre del dolor de cabeza por primera vez en varias horas se detiene a pensar y decide avisar a la policía.

La ciudad de Santa Mónica es relativamente pequeña, por lo que no tarda más de cinco minutos en llegar a la estación. Detiene el coche junto a una patrulla y siente una profunda incomodidad de encontrarse ahí.

El aire del lugar tiene un olor muy particular. Mariano imagina que aquella tarde han limpiado los pisos con el producto químico más fuerte que existe en el mercado. Se escuchan voces a lo lejos y al fondo está un policía sirviéndose café lentamente. En la ventanilla, una señora mal encarada que lee algo en su celular le preguntó.

—¿Puedo ayudarle en algo?

—Vengo a reportar a alguien perdido —le dice Mariano con un tono sombrío.

—Perdido… —repite la mujer mientras saca papeles de cajón—. ¿Hace cuánto que no ve a esa persona? —pregunta.

—Bueno, no sé…, un par de horas —dice Mariano.

—¿Un par de horas? —contesta la encargada del lugar—. ¿Cuál es su relación con esa persona? —pregunta inmediatamente.

—Soy su novio —contesta.

—¿A qué hora la vio por última vez?

—Aproximadamente a las nueve y media.

—¿Pelearon? —inquiere ella, al mismo tiempo que ve su reloj.

—No, para nada —dice él.

—¿Hay alguna otra razón por la que su novia no quiera estar con usted en este momento? —insiste.

—¡Qué clase de pregunta es ésa! —exclama Mariano molesto.

—Son preguntas rutinarias —informa ella mientras le da una forma para llenar—. Tome asiento en esa sala y por el momento conteste este cuestionario. Alguien estará con usted lo antes posible.

Mariano toma el papel, que viene equipado con una pluma y

una tableta para poder recargarse y comienza a contestar las preguntas; empieza con su nombre, edad y dirección, pero cuando llega a la pregunta que requiere enlistar a las personas con las cuales vive, aspira profundamente, lo que hace que el olor del lugar le produzca náuseas. Su cuerpo está a punto de devolver la cena, por lo que tiene que dejar la silla y salir corriendo a la calle.

Afuera, recargado con un brazo en la pared, comienza a sentir vértigo. Le llega un zumbido agudo y su corazón late con peligrosa rapidez. Va a su coche tambaleándose y una vez adentro decide ir a casa para tomar aliento y organizar sus ideas.

El retorno lo siente eterno. Por su mente atraviesan pensamientos lúgubres de qué sería su vida sin Mila. Al abrir la puerta y caminar un par de pasos, el espejo del pasillo refleja su cara de preocupación; todo está oscuro y el miedo se acumula dentro de él. "¿Qué habrá pasado? Quizá se encontró a alguien…" Baja la mirada y ve una fotografía enmarcada que puso años atrás en la mesita de la entrada. Cuando se dispone a guardarla en el cajón se detiene, mira a su alrededor y decide dejarla donde estaba. Después, en la cocina, se sirve un vaso de agua con muchos hielos. Va a las escaleras y las sube lentamente; a mitad de camino hace una pausa e inhala profundamente antes de continuar. El silencio de la casa influye en su forma de caminar, la vuelve lenta y sigilosa, como si no quisiera romperlo y le guardara respeto. Llega directo al baño, donde se quita toda la ropa y se echa agua en la cara varias veces. Trata de recuperar la compostura mirando su reflejo casi desfigurado por el miedo. En determinado momento la soledad que siente es tan profunda que tiene que cerrar los ojos para no llorar. Los arcoíris no vuelven a brillar, el dolor ha desaparecido. Va a su cuarto, se acerca a su cama y se acuesta lentamente, como lo hacen los enfermos que acaban de pasar por una operación delicada. Debajo de las cobijas sigue despierto, revisando constantemente su teléfono. "¿Qué estará pasando?" Y por primera vez desde que conoce a Mila duerme inquieto y sin soñar.

13

El reloj despertador marca las seis y veinticinco; el sol apenas asoma y una luz tenue penetra entre las cortinas. Mariano sigue en la cama; sus ojos, hinchados por el insomnio, mantienen la mirada fija en la nada y sus manos se aferran con desgano a los extremos del cojín como si quisiera pasarle toda la tensión que tiene acumulada.

Respira profundo mientras gira su cuerpo. Ahí está Nadia.

Había llegado el viernes por la mañana y durante todo el fin de semana trató de localizarlo. El lunes por la noche, después de explicarle su desaparición, el último hilo que unía su relación se había roto y ahora podría decirse que son dos extraños que viven juntos desde hace tres años. Es jueves y ella saldrá de viaje una vez más.

Mariano conoció a Nadia en las oficinas de uno de sus capitalistas más importantes y se sintió totalmente atraído por ella, mujer elegante y sofisticada, de ojos almendrados y cabello oscuro. Cuando la vio por primera vez llevaba zapatos de tacón muy alto y una falda con dibujos de diseño inmejorable. Su blusa de manga larga era de la mejor seda y su cinturón le daba el toque final al atuendo, como objeto de alta costura y diseño exclusivo. Este detalle fue lo que más lo atrajo. Él considera la ropa la capa externa de la piel. Cuando la conoció quedó encantado además, con su forma de hablar: lo hacía con una gracia digna de la nobleza. Su tono de voz era suave y sereno; sus gestos, sutiles y delicados; su sonrisa, hermosa y perfecta. Mariano recuerda cada detalle de aquel encuentro como un espectador que no puede creer lo lejano de su recuerdo y lo diferente de sus emociones en la actualidad.

Nadia era amiga del cliente que los presentó. Esa tarde, luego de una conversación de lo más placentera, ambos lo invitaron a que se les uniera para ir a una función de teatro al día siguiente. Pronto las salidas del trío se hicieron frecuentes, hasta que el tercero en discordia desapareció de la ecuación y sólo quedaron Nadia y Mariano. Sus fines de semana se desarrollaban entre compras en las tiendas más prestigiosas y cenas en los restaurantes de moda. Sus pláticas casi siempre tenían que ver con el aspecto de las cosas, no con su esencia. Para ella era muy importante la perfección estética y visual, por lo que procuraba proyectar una imagen ideal y su calendario estaba siempre lleno de planes y cronogramas. Al principio de la relación él encontró esto atractivo; le gustó el orden y creyó que ése era el camino correcto a la felicidad.

"Incluso mientras duerme parece no relajarse por completo", piensa Mariano al observarla detenidamente. Ella era el sueño de cualquier hombre: perfecta, incluso al despertar.

Un ave choca contra la ventana y lo sobresalta. Junto a ella todo es calmo y sereno, y eso lo desespera. La relación, que comenzó con muchas proyecciones, es ahora un reto diario para él ya que Nadia, en su afán de no perder la sensatez y sobre todo la compostura, va terminando poco a poco con la vitalidad de Mariano.

Ella no es ni cálida ni fría; es más bien una mujer de temperaturas tibias, resguardada bajo una coraza de la que pasión y emoción rara vez escapan. Es difícil imaginarla gritando o aun llorando. Parece luchar a diario por crear lo que debiera ser la mujer ideal. Lo más exasperante es lo mucho que se esfuerza por mantener el protocolo, la imagen y la apariencia. Su belleza parece salida de una revista, la de esas modelos que venden una imagen de perfección irreal que muchas mujeres quisieran.

En realidad, Mariano ya no recuerda por qué la relación se inició tan rápido. Podría decirse que ella llegó en el momento indicado. Él estaba atravesando una etapa muy dura: la hermana de su madre, su tía favorita, había fallecido inesperadamente causando toda una revolución familiar. Nadia, por ser organizada y pragmática, se encargó de todas las cuestiones externas de su vida y las solucionó con tal velocidad que él se sintió protegido y cómodo, así que terminó entrando en una zona de confort que ahora encuentra deplorable. Aquello que sintió alguna vez por ella no fue amor, sino algo efímero y sin profundidad. Lo peor de todo es que ese territorio se convirtió en un campo de batalla, un lugar oscuro que lo hacía gritar internamente, desesperado por correr a otra realidad. Después de vivir juntos aproximadamente un año, Mariano comenzó a percatarse de que ella no era para él.

Una tarde, luego del trabajo, finalmente tomó el valor necesario para confrontar el problema y terminar la relación. Se reprochaba el ser cobarde, pero lo que más temía era herir a otra persona. Eso, y un poco la soledad. Pensando en cómo decírselo, caminó a la librería de la calle tercera y le compró un libro nuevo, publicado por su editor preferido. Adentro colocó una carta que le había escrito semanas atrás. Ese día terminaría con ella. Al llegar a casa y cruzar la puerta encontró a Nadia en la cocina, sentada bajo el reloj de la pared. Su rostro tenía una expresión que jamás había visto y sus ojos comunicaban algo distinto de lo habitual; estaba esperándolo con un sobre en las manos. Mariano dejó el libro y la carta dentro de su portafolios y le dio un beso en la frente. Al hacerlo vio que el sobre tenía escritas las siglas UD; esto lo puso nervioso porque parecían malas noticias. Lo que vino después fue un remolino, semanas de emociones nuevas y desconocidas, de expresiones de afecto que trataban de ser sinceras y nunca lo lograban, de soledades en compañía que les dolían a ambos, en especial cuando alguien los encontraba y hacia notar lo bien que se veían juntos. "Mejor que nunca", escuchaban y se apenaban, mientras se abrazaban y fingían acompañarse en la soledad...

—¿En qué piensas? —le pregunta Nadia cuando despierta. Él había estado soñando con los ojos abiertos y con la vista fija en ella.

—¿Por qué no fuiste a correr? —dice él.

—Ayer llegaste muy tarde.

Mariano no se siente bien, su cuerpo está lleno de melancolía; los eventos de la noche anterior todavía se mueven dentro de él y no puede abstraerse de ellos. En un acto involuntario, no sabe si de compasión o de qué más, estira la mano y toca la cara de Nadia. Es algo que no hace desde hace mucho tiempo, por lo que ella se conmueve; sin embargo, no puede mostrar reacción alguna, más bien se siente gélida, confundida y con una tristeza que crece por dentro.

—Fui a una cena.

—¿Por qué no contestaste mi mensaje de texto?

—¿Tu mensaje? Perdón —dice él tartamudeando.

—Últimamente olvidas muchas cosas, principalmente la cortesía.

Mariano está totalmente estático y con la mente en la nada. Se siente confundido, dolido y avergonzado. Una gran culpa lo inunda por no poder quererla. El solo pensar que lo que más ama no es esa mujer que está junto a él, compartiendo su cama, sino otra, lejana, que además no sabe dónde está, hiere su cuerpo y su ser.

—¡Dime algo, Mariano! ¿O también olvidaste cómo responder? —Nadia está siendo sensata. Su actitud, como bien sabe su compañero, no es de pelea, sino de practicidad. Toda pregunta debe responderse, eso es lo que ella quiere decir.

Él, que lo único que tiene en mente es la imagen de Mila, sólo puede contestar:

—Lo siento.

La lejanía entre ellos produce un dolor tan profundo en Nadia que le es difícil derribar la muralla que se ha levantado en medio de esa cama. Llora por dentro y la soledad que siente es abismal, pero las facciones de su cara y las acciones de su cuerpo están totalmente controladas. Teme decir lo que piensa y eso la aleja aún más de él. Literalmente se come el dolor, lo digiere rápidamente y se levanta directo a la ducha.

Mariano se queda acostado, y a pesar del remordimiento que experimenta, su mente no puede apartarse de Mila. "Quizá desapareció porque se enteró de Nadia." Sin importar lo cuidadoso que había sido en esconderla, al fin había sido descubierto. Él sabe que en ese ocultamiento la traición es a la mujer que comparte su cama, por no animarse a terminarla de una vez por todas. La realidad es que todo permanece igual. En esa carta las palabras permanecen ocultas en un lugar lejano. Su máxima frustración radica en que ahora que finalmente ha llegado a su vida lo que siempre buscó, no tiene el valor para huir de la situación presente y comenzar de nuevo. Se siente un idiota. Es ridículo aferrarse a alguien con quien no existe más que vacío y junto a quien la casa que comparte se ha vuelto un resumidero de emociones amargas, flotando en el aire y llenando el lugar.

A veces, caminando a la cocina, Mariano se topa con la pena de Nadia deambulando por ahí. Él hace suyo ese sentimiento y lo transporta al baño de la planta baja. Otras, ella bebe sin querer de la rabia que hay en la sala y se pelea con todos en su oficina, sin saber que esa sensación no le pertenece. Así pasan sus días en casa, un lugar conformado por cuatro cuartos y una cocina donde reinan el silencio y la incomodidad, donde ya no hay una rutina que compartir, donde sólo quedan frustraciones y recuerdos.

Su novia se está vistiendo y él, cansado de dar vueltas en la cama, por fin se levanta. Camina hacia el baño con paso inseguro y pies cansados, se lava la cara y piensa que lo primero que hará será llamar a Mila o encontrarla de algún modo, pedirle tiempo para poder resolver su situación. Está claro que ya no ama a Nadia, pero necesita hacer desaparecer los fantasmas que se han creado con el paso del tiempo. Siempre moralista y correcto, Mariano piensa que es deber de caballeros dejarla en perfecto estado, acompañándola en los primeros pasos. "Un hombre de verdad debe dejar bien establecida a la mujer que amó antes de soltarla", piensa al ducharse.

La puerta que se abre interrumpe su concentración.

—Disculpa, no sabía que estabas en la ducha —dice ella dándole la espalda—. Me voy, regreso en menos de una semana —agrega en tono sereno.

—No te disculpes. Nos vemos cuando vuelvas. ¿Te llevas al perro?

—Sí.

—Que tengas buen viaje.

—Hasta pronto —contesta Nadia mientras cierra la puerta.

Mariano, ni bien la escucha salir, acelera su ritual. Su mente sólo tiene presente la imagen de Mila y el enigma de su desaparición. ¿Adónde se habría ido?

Cuando escucha cerrarse la puerta principal, corre a la ventana del pasillo que da a la calle y puede ver el auto alejarse; mientras lo hace se da cuenta de cómo la cantidad de viajes que ella realiza por su trabajo han perjudicado la relación aún más.

Cuando se convence de que en realidad la mujer con la que vive nunca lo ha tenido como prioridad, una paz molesta invade su cuerpo. Sin perder tiempo, ni bien se acomoda los pantalones, toma el teléfono y llama a Mila. Está nervioso y expectante, e incluso se sorprende al ver que logra ejecutar la llamada perfectamente.

—¡Hola, amor! —responde ella como si nada hubiese pasado.

—¡Mila! —grita él emocionado. Oír esas palabras es mejor que cualquier medicina. La fuerza regresa a cada uno de sus átomos. No puede creer la ingenuidad con la que lo saluda; sin embargo, se siente en paz. Al fin sabe dónde está.

—¿Qué pasó ayer? —pregunta sin reprocharle nada, intentando guardar la calma. En sus palabras se puede escuchar más una súplica que un reproche.

—¿Ayer? ¡Nada! —responde—. El proyecto en el que estoy trabajando me tiene completamente loca —en su voz hay un tono relajado y risueño, por lo que Mariano no sabe si lo está tomando por tonto.

—Mila, ayer desapareciste.

—¿Desaparecí? Pero si habíamos quedado en que hablaríamos hoy —asegura Mila con una certeza en la voz que lo confunde aún más.

Ellos en verdad no se habían visto, o así lo sabía ella.

—Ayer, en Abbot Kinney, después de nuestra cena en Primitivo, entraste a la cafetería y jamás volviste a la banca donde estábamos sentados. ¿No recuerdas? —dice él preocupado.

—Ayer no te vi, Mariano. ¿Qué cafetería? ¿Qué banca? —pregunta Mila como sospechando que se trata de una broma. A juzgar por la manera en que ha cambiado su voz, ella no está jugando. Su tono aseguraba que ellos dos no se habían encontrado.

Las últimas palabras de Mila lo hacen perder el equilibrio. Tiene que sentarse en la cama para tomar aire y con el teléfono aún en su mano y los ojos enmarcados en ojeras, finalmente cree que ha comenzado a enloquecer. Se siente confundido. Hace memoria, porque si de algo está seguro es de que su mente se dispersa mucho y, a veces, le hace ver cosas extrañas. Se lleva una mano a la sien y se calma un poco. Lo que lo hace volver a Tierra es la voz de ella.

—¿Amor? ¿Estás ahí? ¿Qué pasa? Estás jugando, ¿verdad? —su voz suena dulce y angustiada—. ¡Me preocupan tus dolores de cabeza!

Mariano intentan recordar cómo llegó a su cama la noche anterior, no logra poner las piezas en su lugar. Su mente está en blanco. Ve sólo pequeños fragmentos de los sucesos, como si hubiera bebido demasiado. En ese momento siente una fuerte punzada en el cerebro y vuelve a ver los arcoíris. Su rostro está transformado, es otra persona, y poco a poco percibe cómo, ahí dentro, se derrumban sus pensamientos.

—Te amo —es lo único que atina a responder.

—Yo hasta el infinito —contesta ella—. Tengo que irme a seguir luchando con estos dibujos, pero siente por favor que te acompaño a donde vayas. Estoy dentro de ti y tú en mí, eso no va a cambiar, y pronto iremos a recorrer el mundo juntos —dice emocionada y cuelga.

Mariano, con el teléfono aún en la mano, se tumba en la cama y estira los brazos; toma aliento y trata de ordenar los sucesos del día anterior. Nada tiene sentido para él, así que le parece prudente empezar por el principio. Trata de aclarar los hechos: ¿dónde se encontró con Mila? ¿Cómo era el mesero que los atendió? ¿Qué comieron? ¿Qué bebieron? No le es posible armar algo concreto, una historia con un principio, un desarrollo y un final. Su memoria dispara imágenes sin orden, incongruentes.

El timbre de su teléfono suena en ese momento. Siente la vibración como una mano que lo rescata mientras yace en lo profundo de un río. Es su socio.

—¿Rigo?

—Hermano, ¿cómo estás? No olvides la junta que tenemos a las nueve y media.

—¡La junta! Lo siento, ya estaba saliendo para la oficina.

—¿Cómo siguen tus dolores de cabeza? —pregunta Rigo.

—Ayer tuve uno muy fuerte. Estoy preocupado, esas visiones de las que te platiqué están regresando.

—Te daré el teléfono de una especialista. Creo que es por todo lo que has vivido. Ten cuidado y haz lo que tengas que hacer para estar mejor. Te veo en la oficina.

Mariano deja en la cama la lucha que trae con su psique y corre al armario a buscar una camisa y unos zapatos. Al bajar las escaleras se encuentra con Inés, la mujer que hace el aseo cada semana.

—¡Buenos días! —la saluda.

—¿Qué tal, Mariano? ¿Cómo está? Parece cansado —dice ella mientras deja su bolsa y sus llaves en la mesita de la entrada, donde está la foto de él con Nadia.

—Sí, algo cansado, pero nada más. Hasta luego, que tenga buen día.

—Hasta luego.

Al llegar a su despacho, va por un café a la cocina, luego enciende su computadora y corre al balcón. Piensa que quizá su amada pasará por ahí, como hace un par de meses cuando la descubrió. Afuera, respirando el aire fresco y mirando los árboles cercanos, descansa de lo pesada que fue la noche para él. Lo interrumpe una campanilla que suena en su celular. Saca el aparato de una bolsa del pantalón y ve un recordatorio: "Fiesta de Jack. Viernes 11. 8:30". Mariano sonríe al recordar que irá a esa fiesta con Mila. "No estoy haciendo lo correcto", piensa, pero lo que siente por ella es muy profundo. La necesidad de estar a su lado en todo momento predomina sobre cualquier razonamiento común. Nadia ya no le importa y, aunque no quiere lastimarla, tiene muy claro que no seguirá fingiendo. "Terminaremos cuando ella regrese."

Juliette lo arranca de esos pensamientos tocando la puerta del balcón para informarle que los clientes han llegado y lo están esperando. Últimamente, muchas cosas están intentando bajar a Mariano a Tierra, pero a él le cuesta ver las señales.

Antes de ir a la sala de reuniones llama a Mila para confirmar que se verán el viernes para la fiesta de su amigo. Han acordado que pasará por ella a las ocho en punto. Mariano decide que debe hablar con Rigo sobre Nadia; sólo él puede ayudarle a juntar las fuerzas necesarias para terminar con el asunto. En la noche, después de tomar dos pastillas para el dolor de cabeza, cae fatigado en su cama y se duerme con la ropa puesta. Le llegan sueños que se convierten en pesadillas en cuestión de instantes y lo hacen despertar repentinamente; al hacerlo, voltea a ver el reloj y se percata de que realmente no ha pasado el tiempo. Vuelve a cerrar los ojos para tratar de descansar. El ciclo se repite constantemente. Mariano, en duermevela, prueba el sabor de la ansiedad y de aquello a lo que tanto teme: la soledad.

14

El coche estacionado frente al garaje le hace creer que él está en casa. Detiene el auto y cuando abre la puerta el perro sale primero y corre hacia la entrada. Nadia saca sin ganas su equipaje de la cajuela y camina detrás de su mascota. Tiene un nudo en el estómago y un vacío enorme: la lastima llegar y no tener la sensación de estar en su hogar, sino, más bien, la de entrar en tierras hostiles. Antes de introducir la llave en la cerradura piensa en varias de las escenas que, en contra de su instinto, ha propiciado para romper el silencio con el que ella y su novio vienen jugando desde hace meses. Cierra los ojos y busca las palabras adecuadas, la actitud necesaria y sobre todo el sentimiento perdido, pero no los encuentra; resignada, empuja la puerta de vidrio mate y entra.

El animal corre entusiasmado moviendo la cola y se dirige a la cocina. Nadia cuelga su abrigo en el perchero y pasa frente al espejo de la entrada; en él se refleja una mujer con cara de preocupación y cansancio pero con el pelo pulcramente recogido sobre una blusa de seda color naranja claro que delinea su esbelta figura. En la mesa, junto a una fotografía en la que aparece perfecta y orgullosa junto a Mariano, él ha dejado su celular. Todo indica que se encuentra en casa pero aún no la escucha.

—¿Hola? —grita dejando su maleta en el suelo.

Como nadie contesta, se dirige hacia el estudio. Al abrir la puerta espera ver a Mariano con auriculares y concentrado en la pantalla de su computadora portátil, pero no está. Por un momento piensa que ha salido a pedalear por la playa. Se dirige a la cochera, y al ver su bicicleta colgada de la pared confirma que no está en casa.

Aunque sabe que no debe esperar una gran bienvenida, sino, cuando mucho, que Mariano salga a ayudarla con las maletas, tiene la esperanza de verlo. A pesar de la distancia que hay entre ambos, él es siempre un caballero, y ese simple hecho la hace sentirse menos como una extraña y la ayuda a mantenerse a flote en esa difícil relación.

Recuerda enseguida el bloc de notas que colocó en el cajón del mueble, junto a la puerta, después de que al regreso de uno de sus tantos viajes Mariano debió dejarle el nuevo código de la alarma, que la agencia lo obligaba a cambiar cada cierto tiempo. Inmediatamente Nadia se da cuenta de que el aparato de la entrada está desactivado y de que no hay ninguna nota para ella.

Sin entender lo que sucede empieza a recorrer la casa con cierto temor. Sube a la planta alta para buscarlo en las habitaciones. Abre la puerta del final del pasillo, de un dormitorio que mantienen siempre cerrado, y al recorrerlo con la mirada sus ojos se llenan de lágrimas. Incapaz de dar un solo paso más, su mente la transporta a los únicos momentos tristes que se ha permitido experimentar.

—¿Mariano? —dice, anhelando ver la mirada enérgica y la imagen seductora que la cautivaron el día que lo conoció.

Al no escuchar respuesta, va hacia la habitación principal, camina hacia la cama y, por primera vez en mucho tiempo, deja que su corazón y su memoria tomen la batuta. Entre sollozos recuerda la primera conversación que sostuvo con Mariano en la recepción de las oficinas de su mejor amigo. Él se veía muy elegante, con una camisa blanca de algodón almidonado y unos pantalones de caída perfecta combinados con zapatos color café de diseño exclusivo. Su presencia era imponente y solemne; su figura estaba muy marcada, lo que a Nadia le gustó mucho. Para ella, la apariencia física es muy importante a la hora de escoger al compañero de vida. Compara aquella imagen de Mariano con el hombre que es en la actualidad. Se permite, sin excusas, notar las diferencias que desde hace más de un año son evidentes; su cuerpo, debido a las excesivas caminatas que se ha impuesto, se ha definido aún más pero su ropa monocromática lo oculta; las prendas de diseñador, las colonias exclusivas, las corbatas y los zapatos italianos descansan empolvados en una esquina mientras, poco a poco, Mariano se ha venido apagando.

El contraste es tan marcado que de pronto llega a su mente una imagen de su niñez. Cuando era pequeña, su padre cayó en una depresión profunda después de separarse de su madre. Como no pudo volver a levantarse, dejó de trabajar y su hija tuvo que hacerse cargo de él. Nadia lo extrañaba mucho y siempre luchó por mantener su admiración, pero su padre, perdido en un torbellino de emociones que ni los mejores analistas consiguieron desenmarañar, nunca volvió a mostrar cariño por ella.

Asustada por los parecidos que empieza a notar con Mariano, se reincorpora, elimina las imágenes de su cabeza y acomoda los almohadones que tanto le gustan. Mariano aprovechaba sus ausencias para guardarlos y colocar en su lugar dos cojines de sillón con una horrorosa bandera de Inglaterra bordada al frente.

Cuando recupera la compostura escucha al perro ladrar en la puerta y lo sigue hasta la cocina, donde descubre el porqué de su reclamo: sus platos están guardados en la alacena. Le sirve agua y alimento y decide tomar algo ella misma; sola y de pie en la cocina, descubre que su vida se ha convertido en una extensión de aquello que descartó hace tanto.

La convivencia con su madre y su hermano nunca fue feliz. Él escapó muy pronto casándose con una mujer que Nadia consideraba "demasiado alegre", y cuyo espíritu libre y relajado no encajaba en el pragmatismo con que ella protegía su vida. En el fondo envidiaba a su cuñada, quien era mucho más espontánea y atrevida, y la odió aún más cuando al quedarse sola con su madre la situación empeoró. Entre ambas no había más que una relación fría y distante, llena de culpas y rencores; un juego psicótico donde la ganadora era quien más sufría.

Era esa sensación, la de sobrevivir a diario a una guerra fría, la que flota entre ella y Mariano y la que le genera a cada instante una punzada de peligro inminente e inevitable; por eso se aferra a los recuerdos y trata de recuperar lo que alguna vez los unió llenando la casa con fotografías de los buenos momentos pasados juntos. Lo que más destacaba de las imágenes es el viaje por Italia. Ésa fue sin duda la cúspide de su relación y su momento de mayor armonía. Las calles de Roma con sus empedrados y sus faroles; la motocicleta que alquilaron; los deseos formulados en la Fuente de Trevi; las promesas de amor en la Boca de la Verdad; su miedo al visitar las Catacumbas de San Calixto, y la forma en la que él la abrazaba en medio del campo con el sol de la Toscana volviéndolo todo una película de Fellini.

A menudo, cuando en un intento de volverlo todo a la normalidad se preguntaba qué era lo que había hecho a ese viaje tan perfecto, su corazón le decía que fueron las ocasiones en las que se había dejado llevar por el momento, pero su mente, tratando de resguardarse de cualquier daño, la convencía de que en realidad había sido el hecho de que ella llevaba el control de todo y se encargaba de que cumplieran con cada ítem del itinerario y de que no llegaran tarde a ningún sitio.

Con un suspiro suelta el vaso y se recarga con las dos manos en la encimera de la cocina, inclina la cabeza hacia abajo y cierra los ojos. Piensa en llamar al socio de Mariano, camina hacia su bolsa y toma el teléfono, que lleva siempre en un compartimento especial. Comienza a marcar con miedo, sabe que esa pregunta no es adecuada.

—¿Nadia? —contesta Rigo.

—Hola, Rigo, ¿cómo estás?

—Qué bueno que llamas. Quiero invitarlos a ti y a Mariano a un asado que haremos en casa por el 4 de julio.

—Qué amable, Rigo, pero acabo de llegar de viaje y precisamente por eso te marco. Mariano…, su teléfono está aquí y su coche se encuentra afuera, pero él no está en casa. Me preocupa que le haya sucedido algo.

—Tranquila, no creo que sea algo para preocuparse, seguro habrá una explicación; por favor, dile que me llame cuando llegue y, ya lo sabes, están invitados a casa el día de mañana.

—Muchas gracias por la invitación, Rigo. Le informaré en cuanto llegue y le diré que te llame.

Nadia cuelga y abre el refrigerador. Sus ojos contemplan asombrados lo que hay adentro: una bebida isotónica y un cartón de huevos vacío. Su rostro se opaca por un momento, de inmediato gira y observa más detenidamente la cocina. Está impecable gracias a Inés, pero si uno presta atención nota que aquella casa refleja el abandono; las alacenas están vacías, a no ser por los restos de paquetes abiertos hace mucho; en la basura hay sólo botellas de agua o refresco, y los platos están guardados y empolvados. Su rostro se entristece y, como si tratara de huir de aquella escena, mira hacia el patio. También allí encuentra el desgano que reina en esa casa. Hojas regadas en el piso, la piscina cubierta por una lona de color azul, la pequeña construcción destinada a los asados, cubierta de polvo y abandonada. Nadia es consciente entonces de que aquel hogar ha dejado de serlo hace mucho y comprende por primera vez que su ausencia constante es parte del problema.

Comienza la noche cuando sale hacia la tienda. Ha decidido poner todo en orden y revisado la casa anotando lo que falta en ella. En su lista incluye productos comestibles y de aseo diario, y en letra pequeña, como si hubiese dudado al escribirlo, "Flores para la habitación".

Mientras maneja, su mente vuelve al pasado y revive el día en que Mariano le propuso vivir juntos. La jornada, llena de éxitos profesionales para ambos, había culminado con una celebración en su restaurante preferido; luego del postre, a la segunda copa, Mariano le pidió mudarse con él. "Es lo mejor que podemos hacer", le había dicho. Nadia aceptó sin pensarlo y, aunque la felicidad recorrió cada centímetro de su cuerpo, él no pudo percibirla.

Los días pasaron y, aunque hubo momentos de dicha, la línea que llevaba los números de su vida no subía, sino que iba en picada. A veces, los sábados temprano, cuando Mariano abría los ojos Nadia ya había dejado la cama, no en un intento de huir de él, sino en una campaña para pintar de colores el mundo de ambos. Trataba de despertar con sus manos, que se sentían como estrellas, cada rincón de la casa. Él la notaba moverse, fingía seguir dormido y se quedaba acostado y sin fuerzas, sintiéndose solo y tratando de reunir el valor necesario para contarle que todo aquello había terminado; pero ella subía con pisadas confiadas y cuando llegaba al segundo piso lo miraba y lo jalaba nuevamente a la realidad, lo obligaba a vestirse y le hablaba de las actividades para la tarde, y sin saber cómo, él se descubría de nuevo en la habitación, encerrado en abrazos y dispuesto una vez más a dormir a su lado.

El cláxon del auto que está detrás de ella la sobresalta, pisa el acelerador y llega a su destino en menos de cinco minutos.

Al abrirse las puertas automáticas del supermercado se encuentra con una amiga que trabajó en su firma legal años atrás.

—¿Nadia? —le dice en voz muy alta.

—Olivia, ¿cómo estás? —contesta ella un tanto asustada porque el grito hace que todos la miren.

—¡Nosotros de maravilla! —dice la amiga sobándose una inmensa barriga de embarazada.

Nadia mira su vientre y, con movimientos torpes, le da un abrazo.

—¡Felicitaciones! ¡Te ves fantástica!

Su amiga le da las gracias y le cuenta que, un año y medio atrás, conoció a un gran hombre y que en cuestión de meses llegaron al altar. Después le pregunta sobre Mariano, en una clara alusión a su propia boda. Nadia contesta, como es de esperarse, que todo va estupendamente entre los dos y que siguen viviendo en Santa Mónica, juntos y felices. Se despiden con abrazos y se desean buena suerte.

Ella entra a la tienda y la siente parecida a un laberinto. Para relajarse, se refugia una vez más en aquello que domina: el orden. Mira la lista y se encamina hacia uno de los pasillos cercanos. Poco a poco su mente regresa a la cruel rutina en la que ella trata de descifrar lo que su novio piensa, pero sus esfuerzos una vez más son inútiles. El silencio se ha instalado entre los dos y sus raíces son ya demasiado profundas.

Algunas tardes, los dos salen a charlar por las calles mientras pasean a Rupert, un terrier nervioso con mirada tan humana que asusta, y aunque es un buen perro, a Mariano le cuesta trabajo quererlo. Le gustan los animales, pero los perros son leales a sus dueños hasta el punto de funcionar como sus espejos, y en este caso muestra todo aquello que Nadia esconde.

Él la escucha durante estas pláticas pero no puede evitar el pensamiento de que tanto las charlas como la comida tienen fecha de caducidad. Cuando se mastica algo y sabe horrible, hay sólo dos opciones: o se escupe y uno se salva, o se ingiere y el cuerpo se enferma; y ellos llevan ya muchas pláticas rancias porque no tienen valor para escupirlas. Caminan y llega un momento en el que el silencio se vuelve tangible; entonces Nadia toma la batuta, habla sin parar de su oficina, del clima, de su último viaje y, agotada, cae en un mutismo lloroso pero sin lágrimas. En ese momento, disimuladamente, dirigen sus ojos hacia las casas de ventanas iluminadas, tras las cuales hay parejas felices abrazadas en sus comedores y en sus salas. Ambos tratan de imaginar cómo será la vida ahí dentro, y cuando atisban un pequeño grano de felicidad retiran la mirada y piensan que ya era demasiado tarde para ellos. Al terminar el paseo, llegan al lugar donde viven, esa edificación de paredes frías y cuartos silenciosos a la que ninguno llama casa; cenan cualquier cosa y toman agua.

Hay días en los que pelean durante la cena y alguno amenaza con irse, porque en realidad la puerta siempre está abierta, pero ninguno de los dos puede hacerlo. Ni él ni ella.

Nadia camina por el pasillo de los productos orgánicos. Su aporte a la vida de Mariano es la filosofía de una vida sana. Ella detesta la comida precocinada y congelada, y prefiere tomarse tiempo en la cocina para preparar platillos deliciosos y nutritivos. Cuando llega al final del estante encuentra mandarinas, la fruta que más le gusta a él. Se emociona y llena una bolsa de ellas, pero en cuanto la coloca en el carrito recuerda que Mariano no está en casa, por lo que la regresa al mueble y sigue caminando. Ya no quiere comprar nada, pero tampoco quiere regresar. Cuando llega a la caja escoge aquella que tiene más clientes; una vez formada recuerda que hace mucho detestaba las filas porque la hacían pasar demasiado tiempo lejos de él.

Media hora después mete lentamente las bolsas a la cajuela y enciende el coche con desgano. Se queda en el estacionamiento meditando un par de minutos y después arranca. Su auto la protege de la realidad, lo siente como una cabina en la que puede refugiarse por unos instantes y reflexionar. Llega a un alto y pasa frente a ella una pareja de novios que emanan hilaridad; sin querer hacerlo pero con la sinceridad más grande los mira con envidia.

Mariano y ella van al cine algunas veces, pero no se toman de la mano. Llegan temprano y al final esperan a que termine la música de los créditos. Camino a casa, comentan alguna escena, critican ferozmente la trama o alaban la fotografía. Los dos sienten lo opuesto con respecto a casi todo y eso los asusta, pero cada vez que se abre la puerta que los invita a salir de aquella vida y comenzar una nueva, la soledad los aterra aún más.

Cuando los silencios se acumulan como piedras en su espalda, Mariano se zambulle en la alberca, que suele estar fría. Rupert ladra con vehemencia en la orilla, porque sabe que el agua está helada y es demasiada para bebérsela. Nadia llega corriendo y lo invita a salir para echarle encima una toalla y un abrazo; lo acaricia y, en silencio, le dice que no se aparte, que la vida allá afuera es difícil, que se conforme con lo que tienen. Su miedo lo calienta y lo deja seco, y así llega la tarde, que se convierte en noche, y siguen prometiéndose que todo pasará. Duermen juntos pero apartados, con una sola fantasía en común: poner un pie fuera de esa vida aburrida y monótona, donde los besos con sabor a saliva y las caricias perfeccionadas para culminar en un ritual vacío son heridas que no cicatrizan.

El sonido de la direccional la regresa a la Tierra, da la vuelta en su calle y estaciona el coche junto al de Mariano. Entra en la casa con las manos llenas de bolsas, llega a la cocina y comienza a acomodar meticulosamente las compras en el refrigerador, acomodando de forma meticulosa cada cosa y tomándose el tiempo para separar todo. Nadia siempre ha sentido que cuando uno ordena su entorno, su mente toma forma. Cuando termina, se sirve un vaso de agua y se sienta a la mesa a tomar un descanso. Recuerda la vez que esperó a Mariano con el sobre que traía noticias determinantes; las siglas UD, impresas en color azul, llegan a su memoria tan claras que parecen seguir frente a ella. El momento la hace sentirse extraña, y cuando está al borde de las lágrimas la despierta una llamada. Corre y saca su celular de la cartera. Es Rigo.

—¡Hola!

—¿Rigo? ¿Sabes algo de Mariano? —pregunta consternada.

—Sí, por eso te llamo. Acabo de colgar con Juliette. Me dijo que salió de viaje.

—¿De viaje? ¿Adónde? —pregunta Nadia enojándose pero tratando de no perder la compostura.

—Juliette no supo decirme bien, sólo sabe que salió de viaje porque cuando fue a apagar su computadora se dio cuenta de que en la pantalla estaba abierta la página de la agencia que usamos, que le agradecía la compra y y le deseaba buen viaje.

—No lo puedo creer —dice Nadia desilusionada—. Regresé antes sólo para estar con él. Además, ni siquiera me llamó para avisarme. Él no es de hacer ese tipo de cosas.

—Lo siento —Rigo duda un momento y agrega—: Nadia, ¿puedo decirte algo?

—Claro.

—No he notado bien a Mariano, está distraído y no lo veo en sus cinco sentidos.

—Lo sé —contesta melancólica—. Sé a qué te refieres.

—¿Te espero mañana?

—Creo que mejor descansaré, pero gracias de todas maneras.

—Entiendo, pero si necesitas algo no dudes en llamar.

—Lo sé, Rigo, gracias.

Al colgar, Nadia se pone a llorar desconsoladamente. Siente funesto el viaje de Mariano. Una sensación de agotamiento se apodera de ella. Sube las escaleras y se prepara un baño. El agua le ayuda a aclarar las ideas y mantener la compostura. Cuando sale, se pone crema en la cara, se lava los dientes y va a prepararse algo de comer, pero al abrir el refrigerador el hambre desaparece. Su cuerpo y su alma desean olvidarlo todo, evadir la realidad y acallar los pensamientos. Regresa a su cuarto para ver la televisión, cambia los canales inconscientemente y se decide por una serie que le han recomendado. En cuestión de minutos se queda dormida sin ponerse ninguno de los productos que la protegen de la edad, con el cabello húmedo y desordenado y con un viejo traje deportivo de Mariano.

El resto del fin de semana le hace justicia al término *saudade* y es una muestra de lo que será comenzar de nuevo su vida. Deambula por la casa sábado y domingo sin hacer nada; pide comida a restaurantes cercanos y termina el programa que tiene seis temporadas. No se ducha e incluso vuelve a fumar cuando encuentra unos cigarrillos refundidos en un cajón.

El lunes él aún no ha regresado. Nadia despierta temprano porque tiene una reunión importante. Se pone maquillaje bajo los ojos, tratando de ocultar su desvelo, y se para frente a su vestidor escogiendo meticulosamente cada prenda de su indumentaria. Sale de su casa con Rupert siguiéndola, suben al auto y se alejan. Mientras maneja, no puede dejar de pensar en Mariano. Toma el teléfono y llama a Juliette, pero son las ocho de la mañana y ella aún no ha llegado a la oficina. "Has llamado a la extensión de Juliette, deja tu mensaje y me comunicaré de inmediato", dice la grabadora.

—¿Qué tal, Juliette? Soy Nadia: por favor, llámame en cuanto escuches esto. Gracias.

Las oficinas donde trabaja son las más elegantes de la ciudad y pertenecen a una de las firmas de abogados más reconocidas del país. El edificio está en Wilshire Boulevard y su despacho privado apunta a Beverly Hills. Dos ventanales de vidrio cubren la habitación del piso al techo; la decoración es sobria y minimalista. Sobre un sofá negro cuelga una pintura de Edward Ruscha llamada *Crossover Dreams*. Este lienzo fue muy importante en su momento, ya que al cumplir un año con Mariano ella se lo regaló e incluso contrató a un decorador para que el despacho de su novio combinara a la perfección con la obra. Semanas atrás, la pintura había llegado envuelta en papel café, y cuando le preguntó a Mariano por qué se la devolvía, él sólo le dijo que había decidido redecorar.

Nadia mira el cuadro y siente como si todos y cada uno de sus huesos se rompieran; sin embargo, piensa que un ataque de histeria no sería adecuado. Va hacia su escritorio de vidrio, sobre el cual hay una computadora con un monitor de 27 pulgadas y a su lado una silla de diseño anatómico. Permanece contemplando la pantalla, que tiene una fotografía de Rupert como fondo. Esa imagen la hace voltear hacia su fiel seguidor, que ya se ha acomodado en una camita adecuada especialmente para él. Nadia exhala todo el aire que le queda dentro y comienza a abrir los archivos para mandar a imprimir el trabajo que hizo la semana anterior en Shanghái. Ella se encarga de todos los clientes internacionales. Abre su email, esperando encontrar noticias de Mariano, pero se desalienta al darse cuenta de que no hay nada. En ese instante se asoma su asistente a la puerta y la saluda calurosamente.

—Nadia, ¡qué alegría tenerte el día de hoy! Es increíble cómo has viajado este año —dice agachándose para acariciar a Rupert.

—A mí también me alegra estar aquí. Espero que hayas pasado un buen 4 de julio. ¿Tengo mensajes?

—Vengo llegando, pero al parecer no hay nada. ¿Un café?

—No, gracias, Jodi, voy a prepararme para la reunión. ¿A qué hora era?

Aunque la pregunta le parece extraña, la asistente decide no decir nada y responde rápidamente:

—A las diez.

El volumen y la cantidad de voces aumenta a medida que avanza la mañana, por lo que Nadia se pone de pie y cierra la puerta. Su perro no le quita la vista de encima: sabe que algo no anda bien. Su abatimiento es tan abismal que le resulta difícil concentrarse en lo que hace. Imprime el documento incorrecto y comete errores que cada vez la frustran más; después de varios intentos y de por fin lograr hacer las cosas bien, toca a su puerta uno de los socios mayoritarios de la organización.

—Nadia, ¿cómo estás? —dice su jefe mientras juega con Rupert.

—Sobreviviendo —contesta ella en tono de broma.

—¿Y no lo estamos todos? —le contesta siguiendo el chiste—. ¿Lista para la reunión de hoy?

—¡Lista! —contesta y organiza los papeles que ha impreso.

Juntos caminan por el corredor hasta la sala de conferencias: una habitación imponente que tiene la mejor vista que la ciudad de Los Ángeles puede ofrecer. El lugar está ocupado por una enorme mesa redonda con capacidad para 24 personas; sobre ella, en el centro, un conmutador permite llevar a cabo reuniones con gente situada en cualquier lugar del mundo. En una esquina hay un mueble con fruta, jugos, café y pastelillos. De la única pared de concreto de la sala cuelga un Mark Rothko sin título que uno de los socios adquirió cuando abrieron el despacho. Nadia dispone los paquetes con la información y prepara los últimos detalles de su presentación, cuando comienzan a llegar los clientes y abogados de la firma; entran dos secretarias que transcribirán todo lo que se diga; las cortinas se cierran automáticamente y una pantalla comienza a descender cubriendo la pintura. La junta ha comenzado.

La reunión termina mejor de lo esperado. Al salir, ella se despide de cada uno; en el pasillo algunos la felicitan; otros le hacen preguntas sobre lo tratado. Un colega le desea buen viaje a España y le dice que se verán allí el jueves por la noche. Nadia asiente con la cabeza. Sigue caminando hasta llegar al escritorio de su asistente, quien le entrega la lista de las llamadas recibidas durante la junta. Una de ellas es de Mariano. En ese momento su corazón bombea tan fuerte que la sangre le llega en exceso a la cabeza y la hace cambiar de color. Corre a su oficina, cierra la puerta y llama inmediatamente a su novio.

—Hola.

—¿Mariano? —dice Nadia, sintiendo el alivio de por fin escuchar su voz—. ¿Adónde fuiste el fin de semana? ¿Por qué no llevaste tu teléfono? ¿Por qué no me avisaste?

—Discúlpame, Nadia, no me he sentido bien, o quizás, al contrario, me he sentido muy bien. Ya no sé qué está pasando. Debí haberte llamado y avisarte que iba a Nueva York.

—¿Nueva York?

—Sí, Nueva York. El jueves me entró la espontaneidad y tomé el primer vuelo que encontré.

La actitud de Mariano cae en el cinismo, pero no es intencional. Está nervioso y no puede ocultar su felicidad. No sabe cómo llevar la situación. El viaje que acaba de hacer ha alimentado su alma de tal manera que en su cuerpo no cabe el dolor.

—¿Espontaneidad? No te entiendo.

—¡Sí! ¿No te parece formidable? Todos los humanos deberíamos tener un poco de ella.

Nadia se queda helada. No entiende por qué ella no puede ser parte de esa felicidad. La lastima saber que puede ser feliz sin ella a su lado. En ningún momento lo imagina con otra mujer; lo que le duele es darse cuenta de que, de alguna manera, él ya ha comenzado a emprender el vuelo sin ella. Ahí sentada, con el teléfono en su oreja, voltea a ver la pintura devuelta que tiene en frente y lee un par de veces en silencio lo que dice.

—¿Nadia? ¿Sigues ahí?

—Sí, aquí sigo —contesta enojada—. ¿Te veo en casa?

—Ahí nos vemos. Adiós.

Aquella noche, cuando Mariano regresa del trabajo, Nadia ya ha llegado. Al oír el ruido, ella corre hacia la puerta y abre. Rupert la sigue. Cuando se ven, se paralizan, se sostienen la mirada y descubren en el otro el mismo abismo sin fondo. Él aún tiene la mano en las llaves y ella se contiene los reproches. Ninguno encuentra las palabras adecuadas para romper ese mutismo que se hace eterno. Ninguno quiere ser el primero en moverse. Él sabe que le debe una explicación y ella tiene tanta rabia que le quema la garganta, pero, a la vez, está tan feliz de verlo llegar que algo en su interior se ablanda. Se quedan contemplándose, hablando sin decir nada, sabiendo que es el fin, viendo cómo su relación terminó. Rupert, con un ladrido, rompe la lejanía que iba creciendo entre ellos. Nadia vuelve en sí y deja pasar a Mariano, dándole la bienvenida con un tímido beso que intenta llegar a sus labios pero que termina en una de sus mejillas.

Pasan a la cocina y se sientan a comer dos ensaladas que ella ha comprado camino a casa.

—¿Cómo te fue? —Mariano rompe el silencio—. Siento no haber avisado.

—Descuida, qué bueno que llegaste a salvo. El jueves salgo de nuevo.

—¿Adónde esta vez?

—España —dice ella.

—Lejos —contesta él, en una afirmación que contiene todo aquello que no se puede decir.

15

Es viernes y Jack dará su famosa fiesta anual en pocas horas. Estas celebraciones son todo un acontecimiento pues reúnen el círculo completo de amigos a festejar el aniversario de una de las compañías que él y sus socios abrieron años atrás.

Se acercan las ocho de la noche y Mariano sale a buscar a Mila. Son para él momentos de ansiedad; si le pidieran hacerlo, no podría describir la emoción que desborda su interior. Ella siempre le ha generado, más que un magnetismo, una simbiosis que ni siquiera el tiempo ha logrado erosionar; un estado primigenio de enamoramiento embriagante que crece desde lo más profundo como una espiral que gira y lo invade por completo.

Mariano está abstraído en sus sentimientos cuando llega a su destino, estaciona su coche y al dirigirse hacia el edificio puede ver que alguien sale. Apresura el paso y entra mientras saluda al hombre como disculpándose. Éste lo mira rápidamente y luego, como si no quisiera problemas, lo ignora; él continúa y sube presuroso las escaleras que lo llevan hasta la puerta marcada con el número 237. Cuando toca, lo hace lentamente, como si estuviera componiendo una canción, pero no obtiene respuesta. "Qué extraño. Habíamos quedado a las ocho." Mete las manos al bolsillo buscando su teléfono celular pero se da cuenta de que lo ha dejado en el coche. "Ella es lógica, puntual y coherente, así que, quizá, se le ha hecho tarde. No hay por qué alarmarse." Regresa a su automóvil con la boca un tanto seca, como cuando se recibe una noticia que duele. Encuentra el teléfono y marca su número. El tono de ocupado le responde de inmediato, lo cual le parece extraño porque hace tiempo que no lo escuchaba. Vuelve los ojos a la pantalla para corroborar si está marcando el número de Mila. "377 849 637 3642", lee varias veces, y al confirmar que es el correcto decide quedarse sentado en la puerta esperando por ella.

El tiempo pasa sin que haya señales de ningún tipo y, sintiendo que es inútil seguir en el lugar, arranca su coche. Al hacerlo, el estéreo se enciende con tal fuerza que le provoca un sobresalto. Una canción mal sintonizada suena a todo volumen. Consternado, lo apaga de inmediato y comienza a conducir por las calles de Santa Mónica. Mientras maneja, sigue marcando con insistencia, pero el pitido repetitivo sigue ahí. Sin saber qué hacer va a su casa a ver si de casualidad la encuentra, pero su perfume y su estela, sus toques representativos, no han estado allí. Él cree con fe ciega que cuando se está así de compenetrado con alguien es posible reconocer por dónde ha pasado la persona amada. Para él, un ser con el corazón abierto es como un sabueso que lo registra todo.

El estado de desconcierto de Mariano va creciendo, y para cuando regresa una vez más al auto lo que siente ya se ha convertido en terror y preocupación extrema. El reloj marca las nueve quince y han pasado varias horas desde la última vez que habló con Mila; entonces cruza por su mente la idea de ir a buscarla a la fiesta. ¿Se habrá confundido y lo estará esperando allí? Un error en la comunicación, una línea cruzada, tal vez… Después de todo, no es mala idea en absoluto, ya que ella se ha quedado con el sobre que contiene la invitación. Va a casa de Jack.

En su vehículo respira profundo frente al volante y analiza por un momento la diferencia entre la angustia que siente ahora y la alegría de días pasados. A Mariano le gusta percibir sus emociones; pocas veces se deja llevar por un impulso, pero las desapariciones repentinas de Mila pueden cambiar las cosas.

El auto de Mariano sube rápidamente por Cahuenga Avenue y lo lleva hacia la fiesta. A lo lejos pueden verse las luces de la ciudad que brillan con intensidad y se vuelven cada vez más cercanas. Hollywood Hills es un barrio prestigioso ubicado en las montañas de Santa Mónica y se destaca por sus mansiones y las celebridades que las habitan. Mientras atraviesa esas calles, Mariano también se siente una estrella, un actor interpretando un rol en su propia vida, como alguna vez había dicho Shakespeare: "All men and women are merely players…", sólo que esta vez el papel que representa es el de la víctima.

La casa de Jack no tiene una entrada ostentosa, típica de aquellos a los que les gusta impresionar; más bien es una joya del diseño, construida en los cuarenta por Richard Neutra. La edificación es de estilo minimalista, amplia, moderna y luminosa, muy característico del talentoso arquitecto. Mariano conoce muy bien la historia de la residencia ya que su amigo se la contó el día que lo invitó al *tour* de rigor. Son muchas las anécdotas que habitaban las casas de Neutra, pero la preferida de Jack y de Mariano es aquella que cuenta que la escritora Ayn Rand vivió durante un tiempo en una de las casas de este famoso creador. Cada vez que vuelve a este hogar es presa de una extraña melancolía y fantasea con algún día encontrarse a la novelista esperándolo en la biblioteca.

Su amigo y él se interesan por el arte y comparten un gusto especial por las tendencias modernas y de vanguardia, aunque a la hora de decir cuáles son sus artistas favoritos tienen grandes diferencias. El anfitrión se inclina por creadores ya consagrados, que, incluso, caen en lo común. Tal es el caso con la pieza que está exhibida en el vestíbulo. Es una obra de tamaño mediano y, sin duda, de gran impacto: una caja transparente con un animal disecado y conservado en formaldehído. Sin duda, es un excelente tema de conversación para los invitados. Sin embargo, de lo que Mariano realmente disfruta es de aquellas obras no necesariamente glorificadas, sino más bien ocultas a la mirada de las masas y conectadas con el arte de un modo distinto y más auténtico.

Cuando llega a la gala de Jack un servicio de *valet parking* recibe su vehículo. Está nervioso y baja del coche con movimientos torpes, dejando caer algunas monedas que decide no recoger para ahorrar tiempo. La entrada está obstruida por una cantidad inabarcable de gente. Tratando de atravesar la multitud, evita el contacto, no quiere saludar a nadie y, aunque se le aproximan algunos conocidos, los ignora y sigue de largo. No le preocupa parecer desatento, lo único que quiere es encontrar a su amigo lo más rápido posible. Adentro, la canción *Chest in the Attic* de Daniela Stickroth suena a ritmo veloz y él camina buscando a su camarada a la misma velocidad de la música. Su corazón rima con la melodía y genera una extraña catarsis. Puede decirse que sus sentimientos se unifican al compás y generan una armonía única.

Mientras atraviesa el salón inspecciona la multitud de rostros que lo rodean. No sabe si la vista lo está engañando, pero no puede distinguir ninguna cara. Todo es borroso. De repente, poco a poco, se va percatando de que la mayoría de los presentes traen puestos antifaces que los hacen imposibles de reconocer. Las máscaras tienen un aspecto extraño: representan lo que sus portadores son en realidad. Algunas tienen expresión triste; otras, preocupada; dos o tres muestran sonrisas vacías, y la mayoría parecen pedir, casi a gritos, que las remuevan.

En una esquina del jardín un DJ se mueve al ritmo de la música. Trae puesta una camisa que le llama la atención a Mariano por el logotipo que tiene impreso ¿Qué le recuerda? Se queda pensando en el emblema por un momento, tratando de descifrar de dónde viene. Son dos letras rojas UD. El fuerte volumen de la música y los gritos de las personas se fusionan en un murmullo aturdidor en el que se pierden las voces y dejan de reconocerse. Él está totalmente perdido y desconcertado. Su estrés y el bullicio no lo dejan pensar con claridad. En ese momento aparece su amigo Jack y lo saluda con un abrazo, de esos que se les da a los que se considera hermanos. Mariano cambia su cara de preocupación por un instante para poder devolver el saludo, pero mientras lo hace no deja de recorrer la fiesta con la mirada.

—¡Mariano! ¡Qué bueno verte! Gracias por venir —exclama el anfitrión lleno de euforia.

—¡Hola! Estaba buscándote y aquí estás. No me hubiera perdido tu fiesta.

—¿Cómo está todo en casa? ¿El trabajo? —Jack empieza la plática con el típico interrogatorio.

—Todo está muy bien, gracias —replica finalmente su invitado.

—¡Qué bueno!, me alegro de que así sea. ¿Y en cuanto al tema de Nadia que me habías platicado hace un tiempo?

—Precisamente de eso me estoy encargando en este momento, no te preocupes, luego lo discutimos.

La charla continúa por unos minutos pero va bajando de tono y poco a poco se va desvaneciendo hasta perderse en un limbo. Rápidamente Jack se vuelve invisible a sus ojos, que se turban con la imagen de Mila aún desaparecida. Mariano se disculpa con su amigo y sigue recorriendo el lugar. Camina hacia la piscina, junto a la cual hay un grupo de gente, y mientras se aproxima lo intercepta una mujer de cuerpo esbelto y delicado que lleva una máscara adornada con finas plumas de colores. Los matices azules, iluminados con delicados hilos de plata y la mirada misteriosa y desafiante de aquella máscara lo distraen completamente.

—¿Mariano? ¿Vienes solo? —dice la mujer como sorprendida de verlo sin pareja.

Totalmente perplejo, la saluda por cortesía, reconociendo en su voz a una de las amigas de Nadia. A pesar de todo, no le pone tanto interés y contesta algo rápido. De repente, a lo lejos ve un brillo, de aquellos que encandilan, como cuando el resplandor del sol ilumina de frente un diamante. Una luz poderosa y radiante. Ahí está ella.

Mila está conversando con tres mujeres, dos hombres y un mesero. Todos ríen por algo que el mozo ha dicho. Ella actúa despreocupada, espontánea, alegre y natural. Esa actitud lo hiere de un modo que no quiere admitir. No puede creer todos los sentimientos que lo han invadido y que lo atormentan. Mariano se acerca desesperadamente como si algo se le escapara, aunque está feliz de encontrarla. El verla lo colma de paz, pero el camino lo siente largo, como cuando uno sueña que corre y no avanza.

—¡Mila! —grita Mariano.

Ella se vuelve y lo ve con ese amor familiar que tiene su mirada y con una paz que de pronto se salpica de adrenalina. Sus ojos son del mismo verde de siempre, pero encierran algo nuevo, algo distinto. Viste un traje corto de tela fresca, cuyo color crudo combina magníficamente con su melena. Se acomoda el cabello detrás de las orejas, como suelen hacer las mujeres que hablan con el movimiento de las manos, y lo saluda con mucha simpatía, con la misma ingenuidad con la que lo hizo el primer día. Esto deja helado a Mariano, quien siente el ademán como un flechazo directo al alma. ¿Lo está ignorando?

—¡Mila! —insiste Mariano mientras la toma del brazo.

Ella se siente confundida y su cara cambia drásticamente. Un temor extraño la invade y trata de buscar a la gente con la que se encontraba pero ya no puede ver a nadie. Mariano está aún más enloquecido, no puede creer lo que está sucediendo. Su desesperación lleva a ambos hacia una pared decorada con plantas colgantes. A lo lejos puede observarse a dos hombres que miran la secuencia y ríen entre ellos, como si conocieran su historia y estuvieran disfrutando lo que ocurre. Ambos señalan a Mariano y ríen con sarcasmo. Mila está aterrada, pero esa familiaridad, esa simbiosis que siente la retiene allí.

—Mila, ¿qué pasa? Soy yo, Mariano. ¿Estás bien?

—Discúlpeme, no lo conozco. Por favor, suélteme.

Mariano siente su cuerpo inerte. No puede creer lo que está sucediendo. La mira fijamente a los ojos intentando encontrar alguna respuesta, pero la suelta de inmediato. Todo da vueltas a su alrededor en cámara lenta y la vista se le hace cada vez más borrosa; siente su sangre congelada e inmóvil.

—¡Perdón! Tienes razón, quizá me confundo y a lo mejor nos conocemos de algún lado —Mariano decide resolver la situación de esa forma.

"¿Vienes sola esta noche? —le pregunta cariñosamente para mantenerla ahí.

—Sí —contesta ella con la voz insegura—. Me encontré aquí con algunos amigos.

—¿Tienes dos minutos para mí? Pensarás que estoy loco, pero ¿podríamos ir afuera? —propone Mariano—. La música está muy fuerte y quiero enseñante algo.

Por lo general, una mujer no cede con tanta facilidad a la petición de un extraño, pero algo muy pequeño y con forma de hormiga hace que Mila acepte la propuesta; antes de salir mira a todos lados, se abraza a sí misma y le regala al hombre que la mira anhelante una sonrisa inocente y confiada.

Cuando llegan a un lugar apartado, donde la música y las voces ya no los interrumpen, Mariano busca desesperado en su mente algo que decir; sin encontrar las palabras para explicarse comienza simplemente a recitarle su poema favorito:

En la gran oscilación
Entre creer y no creer,
El corazón se trastorna
Lleno de nada saber

Y, ajeno a lo que sabía
Por no saber lo que es,
Sólo un instante le cabe
Que es el conocer la fe.

Mila lo mira asombrada, con esos ojos que ponen los que asisten a ciertos actos de magia. Mariano continúa:

Fe que los astros conocen
Porque es la araña que está
En la tela que ellos tejen,
Y es vida que había ya.

En ese momento el organismo de Mila se transforma, como si se hubiera dado cuenta de algo; Mariano lo nota y trata con más fuerza de hacer que ella recuerde. Comienza a darle pistas, tratando de llamar a su memoria.

—¿Te acuerdas de esa tarde? —dice—. ¿De la montaña y del aroma perfecto? ¿De nuestro viaje por el mundo y de cómo íbamos a dejarlo todo para encontrarnos en otra parte? Soy yo, Mariano, ¡el del mahi mahi y las reglas en el baño! No te vayas, Mila, no dejes que esto nos pase. ¡Recuérdame por favor!

Ella se apoya en una barra cerca del garaje como para no desvanecerse; se lleva las manos al pecho, cosa que hace cuando algo le llega muy adentro y, de la nada, rompe en un llanto desconsolado. No comprende lo que está pasando, una sensación extraña la invade y es como si en su interior se hubiera desatado una tormenta. Mariano no duda y la abraza, buscando sus ojos. Le quita el pelo de la cara y con las manos toma la parte trasera de su cabeza.

—¿Qué pasa? —le pregunta afligido—. ¿Regresaste?

Ella lo mira mientras poco a poco los recuerdos afloran. Mariano le dice que algún día comprarán entre los dos una obra de Ai Weiwei y que ella va a pintar un cuadro que contará una historia de principio a fin con mirarlo sólo una vez. En ese momento ella regresa de un largo viaje, como si hubiese estado adormecida y despertara de pronto. Al principio se siente extraña, ajena a sí misma, pero va incorporándose y apoderándose de cada uno de sus órganos.

—Tengo mucho miedo —es lo primero que sale de sus labios—. ¿Qué nos está pasando? —dice atemorizada.

—¡Regresaste! ¡Gracias! —exclama él suspirando y casi llorando—. No sé qué nos está pasando, pero de alguna manera vamos a solucionarlo —le promete mientras la abraza tan fuerte como un alma desesperada puede aferrarse a su corazón; con ese gesto, Mila, que aún teme perderse de nuevo, inclina su cabeza y se refugia en aquello que conoce, el tacto de los brazos de Mariano, y en esa posición, como si de un cuadro renacentista se tratase, se quedan quietos y abrazados, descansando de lo que pareció una batalla terrible.

16

Las primeras horas del día transcurren pausadamente. Mariano está en su oficina. Llegó al alba y cuenta los minutos para el final de la jornada. Sus zapatos, negros y pulcros, descansan sobre el escritorio, moviéndose al tempo de una melodía; sus piernas cruzadas parecen surgir de la silla reclinable donde reposa su cuerpo; la compró años atrás y en ella ha pasado jornadas enteras de aprendizaje y conocimiento. De su computadora salen los auriculares que tiene en sus orejas y la canción *You Are All I See* del grupo Active Child suena en exclusiva para él.

Los ojos cerrados, la pose relajada con las manos tras la cabeza, todo el conjunto, visto desde afuera, da la impresión de que disfruta el momento, pero la verdad está muy lejos de eso.

Durante el día lo único que hace es pensar en lo que ha vivido los últimos meses; se pasa la mañana entera haciendo recopilaciones mentales, recuperando cada segundo que pasó con Mila. Se transporta junto a ella, y con cada imagen se disparan realidades alternas y las cosas invisibles se dejan ver: lo inanimado cobra vida y los colores resplandecen.

Mariano sabe que ella lo ayuda a respirar y ser libre, pero no comprende nada más sobre su situación. "¿De dónde ha salido este ser tan perfecto? ¿Dónde trabaja? ¿Dónde está su familia?

Las cosas que recuerda no tienen mucho sentido y los eventos no se relacionan. Hay lagunas y vacíos mentales. Mariano siente que todos los hilos conductores que traza no llevan a ningún lado. De repente, el pavor se apodera de él. "¿Y si es sólo una idea? ¿Un concepto? ¿Una entelequia? No, eso no es posible. Tiene que ser real, lo que siento es auténtico. El miedo me hace pensar disparates." La sola idea de perder aquello que lo hace sentir vivo lo llena de espanto. "Ella es real y me ama. Lo primero que tengo que hacer es terminar mi relación con Nadia, pero ¿qué pasará con Mila cuando lo haga?"

Así divagan los pensamientos de Mariano cuando su teléfono cae al piso. Ha vibrado tanto que poco a poco llegó al borde del escritorio. El golpe lo regresa a Tierra, se levanta de un salto y recoge el aparato. Ni siquiera se detiene a ver si hay algún mensaje, no tiene deseos de hablar con nadie. Sin más, abre el cajón y entierra su celular entre papeles. Entonces algo llama su atención: la tarjeta con el número de la especialista que Rigo le recomendó; el instinto lo hace tomar el conmutador y marcar de inmediato.

—Buenos días, consultorio de la doctora Davis —contesta una voz amable.

—Buenos días, quisiera hacer una cita, por favor.

—Por supuesto. La agenda de la doctora se encuentra llena esta semana, pero puedo hacerle un espacio para el viernes que viene a las diez de la mañana.

—¿No tiene nada más cercano? La verdad es que me gustaría verla cuanto antes.

—Lo siento, no tenemos nada disponible.

—Pues que sea el viernes que viene, no hay problema.

Después de haber dado sus datos, Mariano termina la llamada y camina a la oficina de Rigo.

—¡Mariano! Adelante, adelante. Vi tu coche en el estacionamiento y me pareció curioso que hubieras llegado tan temprano. ¿Todo bien?

—¿Puedo cerrar la puerta?

—¡Claro, por supuesto! Te ves fatal, ¿ocurre algo? —pregunta Rigo preocupado.

180

Mariano se sienta, se para y se vuelve a sentar. Lo mira y empieza a hablar, pero inmediatamente deja de hacerlo. Rigo lo mira intrigado y hasta divertido. Por fin, cuando no soporta más la ansiedad de su amigo, le dice:

—Mariano, ¡basta! Tranquilo.

Su amigo lo mira, respira profundo y, a una velocidad increíble, comienza a detallar su historia con Mila. Inicia narrando fielmente el día que la conoció y luego, en un ataque de sentimentalismo, confiesa que ha encontrado a la mujer perfecta. Con pasión y mucho detalle le cuenta a Rigo todos los sucesos fantásticos y maravillosos que vivieron juntos y cómo, en ocasiones, rozaban el límite de lo real.

La voz de Mariano y su actitud conmueven a su socio, pero a la vez lo inquietan.

—¿Y qué sucederá con Nadia? ¿Ya pensaste en ella? Esto la destrozará.

—¿Nadia? —dice Mariano sin saber qué responder—. Tengo que arreglar ese asunto lo antes posible.

Rigo, aunque juguetón y divertido, es un ser de valores, por lo que la simpleza de la respuesta lo exaspera.

—Creo que es prudente que termines esa historia antes de comenzar otra. Es lo más correcto —le dice en un tono casi episcopal.

—He querido hacerlo desde hace tiempo, Rigo, pero no puedo. Me duele tanto lastimarla, abandonarla, siento que tenemos un pacto imposible de romper.

—No. El único pacto que tienes es contigo mismo, y la mentira la dañará más que una verdad que ambos conocen. De los valores, el más importante es la honestidad, y creo que ambos saben que ha llegado el momento de que la relación termine.

—De esos valores de los que hablas, el que me ha mantenido aquí es la lealtad, que para mí es el más importante. Aun así, lo haré, ya estoy llegando al final. Créeme…, lo haré.

—Confío en que harás las cosas bien. Ahora platícame de tus dolores de cabeza. Eso me preocupa mucho.

—¿Por dónde empezar? Veo cosas que desaparecen a los pocos segundos. Los colores, por ejemplo, cambian constantemente, mi mente me engaña todo el tiempo.

—Puede ser peligroso. ¿Por qué no vas a ver a la especialista? Te di su número hace poco; ella es magnífica y podrá orientarte.

—He llamado esta mañana —le cuenta mientras se para de su silla y camina hacia la puerta.

—¡Recuerda que todo se ha inventado ya, menos el cómo vivir! —le grita Rigo mientras él se aleja camino a su oficina—. ¡Sigue las pistas y llegarás a todas las respuestas!

De vuelta en su escritorio, Mariano se prepara para contestar sus correos cuando desde adentro del cajón vuelve a sonar su teléfono. Al ver que el número que aparece en pantalla no está registrado en su agenda, decide contestar.

—¿Hola?

—Hola, le llamo para informarle que la doctora Davis tuvo una cancelación y puede verlo hoy mismo a las doce del mediodía.

—¡Ahí estaré! Muchas gracias.

★ ★ ★

El reloj de pared marca las doce en punto y la sala de espera está perfectamente ordenada. En ella hay dos sillones de cuero, cada uno lo suficientemente grande para que cuatro personas se sienten en él. En el centro hay una mesa con algunas revistas y un delicado arreglo floral. Arriba de uno de los asientos está una pintura al óleo de colores sobrios y líneas rectas.

Mariano gira su vista hacia la ventana; afuera el día es magnífico. La luz natural que entra y la artificial de sólo una lámpara, en la esquina de aquel cuarto, bastan para iluminar el lugar. Cuando se abre la puerta, salen dos mujeres. Una de ellas tiene los ojos hinchados y trae un pañuelo en la mano. Le sonríe y después de despedirse abandona la habitación.

—¡Adelante! —dice la doctora Davis, mientras se apoya en la puerta y la sostiene para dejarlo entrar.

Mientras caminan hacia una sala situada en la esquina del estudio, comienza a hablar.

—Dime, Mariano, ¿qué te trae por aquí?

—Mi mente, sólo mi mente —responde.

—Sí, comprendo. ¿Qué hay ahí dentro que te inquieta?

Mariano toma aliento y se sienta en el sillón color gris, que parece bastante cómodo. Una vez instalado, comienza a pasear su mirada por el consultorio y nota lo bien ordenado que está. Al igual que en la sala de espera, todo se ve impecable. No hay nada fuera de lugar. Los libros del estante de la derecha están acomodados de mayor a menor. Eso es lo único que no le gusta: no tolera ordenar los libros por su tamaño, ni en forma creciente ni en forma decreciente; cree que eso no viste a una biblioteca. Piensa que los libros deben ir mezclados. Sigue reconociendo el lugar y ve el escritorio y las carpetas con documentación desplegadas en la superficie.

Una voz interrumpe su inspección. La doctora ha empezado.

—Cuéntame, ¿dónde vives?

—En Santa Mónica desde hace años —le contesta, pero no puede continuar la conversación. Se siente observado y con miedo.

—Tranquilo. Entraremos al tema sin precipitación. ¿Por qué no comienzas a platicarme qué hay en tu mente, qué te hizo llegar hasta aquí?

Aunque lucha por soltar esa tensión que lo ha acompañado a lo largo del día, Mariano entra en el tema cautelosamente.

—Bueno, empezaré por el principio. Hace tiempo conocí a una mujer. Ha sido una historia muy bella y perfecta; los días que paso a su lado son inmejorables, me siento seguro y ella me colma de inspiración para seguir adelante con mi vida.

—¿Por qué ese tono melancólico? ¿Cómo se llama esta mujer?

—Mila.

—Continúa.

—Vivo con mi novia hace más de tres años —dice abruptamente Mariano—. Ése es el primer problema.

—Ya veo. ¿Y sabe tu novia de esta relación?

—No, no puedo decírselo, la destruiría. Lo cierto es que con ella todo acabó hace tiempo. Estamos juntos porque siento como un compromiso. Creo que tengo la responsabilidad de terminar con ella, pero en el momento adecuado, para poder así cerrar lentamente esta suerte de pacto invisible que hicimos. A Mila la amo. Con Nadia tengo un acuerdo. Es diferente.

—Y entonces, ¿por qué no cierras ese pacto invisible y comienzas tu nueva vida?

—Lo haré pronto, pero eso no es por lo que estoy aquí.

—¿No? —pregunta la doctora.

—No. La razón es otra —sus ojos delatan la confusión que inunda su mente. Cruza una pierna como para acomodarse mejor y voltea mirando seriamente a quien lo interroga—. Esta mujer de la que le hablo, Mila, es tan perfecta que parece que la he fabricado yo —dice Mariano.

—¿La fabricaste? Explícate mejor.

—Últimamente me están sucediendo cosas difíciles de explicar, es por eso que estoy aquí. Mila…, ella…, no sé, es complicado —dice como si cada idea le costara trabajo. Se pone de pie y se dirige a la ventana, da un par de vueltas mirando a la doctora y continúa—: ella desaparece sin decir adiós y después, como si nada, reaparece otro día, en un lugar distinto, actuando normalmente.

Mariano toma aliento para ordenar sus ideas y regresa al sillón.

—La vista me falla, doctora, me hace ver cosas extraordinarias e irreales.

184

—Quizá sea que tienes una imaginación muy poderosa —sugiere la doctora mientras se acomoda en su silla—. Lo primero que te recomiendo es que hagas un ejercicio muy sencillo: haz una lista de conocidos tuyos que te hayan visto con ella y otra de los lugares que han visitado juntos.

A Mariano se le hice un nudo en la garganta. Su vista se nubla y la atmósfera se convierte en algo irrespirable. Siente que ese sillón, que hasta el momento había sido muy cómodo, se convierte lentamente en una roca. Su cuerpo está helado y estático. Numerosas imágenes y de voces ocupan su mente, perturbándolo tanto que su dolor de cabeza lo invade con más intensidad que nunca. La voz de Mila se escucha entre la multitud, distorsionada y borrosa, como una estación de radio mal sintonizada, por momentos nítida y luego llena de interferencias.

Es demasiado para él. Se incorpora para calmar la náusea y se lleva las manos a la boca. Suda intensamente. Al ver esto, la doctora corre a su escritorio y le sirve un vaso de agua.

—Creo que nadie nos ha visto juntos —es todo lo que sale de él después de unos tragos.

—¿Nadie? —pregunta intrigada, subiendo las cejas y encogiendo los hombros.

—Nadie, que yo recuerde.

—¿Alguna vez le hablaste a alguien sobre ella? ¿Algún familiar? ¿Algún amigo?

—Sí, esta mañana le conté todo a Rigo, mi mejor amigo, pero ha sido precisamente él quien me ha recomendado venir con usted.

—¿Por qué crees que te lo recomendó?

—A él le preocupan mis migrañas.

—Entonces tienes dolores de cabeza, ¿verdad?

La doctora lo mira con una intimidad tan cálida que Mariano respira profundamente por primera vez desde que llegó al consultorio. Cuando lo nota más relajado pregunta:

—¿Por qué crees que a tu amigo le preocupan tus jaquecas?

—Son muy fuertes, a veces me dejan tirado en la cama por horas. Cuando duermo, tengo sueños muy vívidos y realmente no siento que despierto de ellos.

—Vamos muy bien. Dime ahora, por ejemplo, ¿sientes que esto es un sueño? —pregunta la doctora, cada vez más interesada en escucharlo.

—No. A esto lo siento real. Es mi vida con Mila la que dispara esta magia. Ahora, todo en este consultorio me parece normal —dice mientras observa a su alrededor.

—¿Así que todo esto te pasa únicamente cuando estás con ella?

—Cuando estamos juntos, cuando pienso en ella, cuando la llamo. Mila se ha convertido en una droga que me hace sentir bien.

—Muy bien, eso es interesante. Cuéntame, cuando estás con ella ¿qué pasa con tus dolores de cabeza?

Él la mira como con sorpresa. Ésa es una relación que nunca se había planteado, y se levanta para analizar la respuesta. Trata de recordar. Mila y su dolor están relacionados.

—Los dolores de cabeza son recientes, empezaron a la par de las inconsistencias de Mila —dice asombrado por lo que su mente empieza a descubrir.

—En casos como éste, lo mejor es soltar el miedo que tienes y, poco a poco, descubrir qué pasa. Cuéntame, ¿Mila aparece antes o después de estos dolores?

—Ella… Cuando el dolor empieza ella desaparece, y antes de verla siempre hay algo que me indica su presencia. Su estela, su luz, eso que sólo quien ama reconoce.

La doctora lo mira con atención y escribe algo en su libreta. Luego, casi de forma imperceptible, lo insta a continuar.

—Tengo miedo —dice Mariano mientras se reclina lentamente, acomodando un poco el almohadón antes de apoyar la cabeza.

—Tranquilo. Dime, ¿tú crees que el dolor y la mujer se relacionan?

186

—No. Estos dolores ya los tuve antes, cuando murió mi papá. Yo tenía ocho años. Recuerdo que mi madre solía aplicarme compresas de agua fría para calmar mis jaquecas —la voz de Mariano empieza a sonar áspera, su tensión se ha elevado y las preguntas de la doctora lo incomodan.

—Tranquilo —le dice una vez más—. Toma aliento y cierra los ojos. Puedo asegurarte que pronto llegaremos a una conclusión. Ahora dime, en este último tiempo ¿has vivido alguna experiencia traumática, algo que te haya afectado? Por más pequeño que sea, en ocasiones puede ser la clave.

—Sí —lo áspero de su respuesta delata que no quiere hablar del tema.

—Correcto. ¿Hace cuánto tiempo que viviste ese evento?

—Quizás un año y medio.

—¿Y te molesta que te pregunte sobre él?

—Me molesta, y probablemente explique mis dolores de cabeza —responde con sequedad.

—Mariano, ¿qué necesitas de mí exactamente?

—Quiero que me ayude a aclarar mis ideas. Creo que el estrés y la monotonía han dispersado mi razón. Eso es todo. Siento que Mila se me está escapando y he venido a que me ayude a no dejarla ir. No quiero, no puedo perderla —dice mostrando su desesperación.

—Mariano, muchas veces nos refugiamos en mundos imaginarios para poder sobrellevar la realidad. Quizás eso te pasó a ti. No tengas miedo, el que tengas creatividad sólo significa que eres libre; con tu ingenio estás reflejando tu subconsciente. Lo que te está sucediendo es que, quizá, tu mente se está manifestando y, ¿sabes?, dejar que nuestras mentes exploten es terapéutico algunas veces. Dime, ¿no ves una relación entre tus dolores de cabeza y las desapariciones de Mila?

—No lo había pensado, pero cada vez que trato de darle sentido a las cosas que vivo con ella el dolor crece.

—Ésas son buenas noticias. Poco a poco te acercas a resolver eso que te arrastró hasta ahí. Cuando lo invisible se manifiesta es cuando las ideas se hacen realidad —dice convencida la doctora—. Mariano, tal vez, como tú dices, tus dolores de cabeza no son los que causan la presencia de la mujer, quizá son sólo un efecto de tu estilo de vida. Te derivaré a un neurólogo que te ayudará con eso y, sobre Mila, recuerda que si algo te causa dolor, es mejor…, extirparlo… ¿Por qué no tomas un descanso de la vida diaria, un viaje corto quizá? En ese paseo analiza esto que te diré: todo lo que ves aquí en esta oficina fue en algún momento una idea en la mente de quien lo creó. Tu celular, tu auto, todo fue un concepto y parte de la fantasía de alguien. La imaginación es vital. No le tengas miedo. Lo que ella genera en ti existe y eso es lo importante. Tu capacidad de sentir aquello es lo que realmente te ayudará.

Agradeciendo a la especialista, Mariano se acerca al escritorio de la recepcionista para agendar una próxima cita y recibir los datos del neurólogo. Cuando está por cruzar el umbral para retirarse del consultorio, la doctora, que se quedó mirándolo desde la puerta, le dice con voz dulce pero retadora:

—Mariano, si es que te puedes imaginar algo, ¿por qué no hacerlo realidad en tu día a día?

★ ★ ★

Tratando de hacer caso a los consejos de la especialista, Mariano decide terminar su jornada laboral antes de tiempo. Piensa que ejercitarse un poco lo ayudará a refrescar sus pensamientos. Listo para dirigirse a la playa, pasa presuroso por la cocina, toma una botella de agua y se despide de su secretaria. Acompañado de todos sus pensamientos sale a la calle y mientras camina puede sentir cómo su cuerpo se desintegra y se reconstruye a los pocos segundos; con cada respiración, su "yo" se desgrana en miles de partículas que se esparcen por el aire para luego reunirse rápidamente.

La noche llega sin que lo note y, decidido a exigirse aún más, alza su mirada buscando la parte más escarpada de la costa. Cuando desciende a la playa se da cuenta de que ha llegado hasta la feria de Santa Mónica; escucha que varias personas a su derecha ríen y juegan en la arena. Voltea, y su corazón comienza a palpitar tan rápido que siente las punzadas hasta en los dedos de los pies. Poco a poco la intuye y, confundido por los colores, suelta la botella de agua que lleva en la mano y se frota los párpados. Una mujer idéntica a Mila está con quien parece ser su amante. Los ve correr, besarse y jugar con picardía. Todo esto produce un sentimiento tormentoso en su interior. Se enfoca en la mujer y la mira con mucha más atención. A los pocos segundos, cuando el dolor de cabeza desaparece, puede darse cuenta de que su cabello es más oscuro que el de su amada. Descansa aliviado. Una vez más se trata de su mente jugándole artimañas. "Mejor me voy a casa."

★ ★ ★

Esa noche, Nadia regresará de viaje y habrá que confrontarla. El final de aquella historia era la parte más importante de aquel teorema. El ruido de la puerta del frente y las pisadas de Rupert delatan su llegada. Mariano está en la habitación quitándose los zapatos y buscando algo cómodo para cambiarse. Su corazón se hace pequeño porque sabe que es necesario enfrentarla. Voltea a ver su teléfono, como pidiendo a gritos que alguien lo llame y lo rescate de la situación. "Tengo que hacerlo, tengo que terminar con esto."

—¿Mariano? ¿Estás aquí? —grita Nadia mientras el perro ladra.

—¡Sí! Estoy arriba —contesta cerrando los ojos—. Enseguida bajo a ayudarte con las maletas.

Al cabo de unos minutos comienza a bajar las escaleras lentamente. Mientras lo hace, siente que unos lazos flexibles atados a su espalda lo jalan de regreso al segundo piso. Por más que se empeña en caminar, los elásticos se lo impiden; hay silencio en la casa y un sosiego que lo incomoda. En la cocina, el perro toma agua y Nadia abre y cierra el refrigerador y la alacena. Mariano jamás pensó que descender unas simples escaleras tomara casi el mismo denuedo que subir una montaña, y cuando finalmente logra llegar a la parte baja, una fuerza lo retiene en la puerta, cerca del desayunador.

Esa zona de la casa huele a Nadia, se respira su energía por doquier, se siente su presencia y se percibe su intranquilidad. Lo que ayuda es Rupert, que llega a lamerle los pies como pidiéndole que siga.

—¡Hola! —dice él parado en la entrada de la cocina.

Nadia está de espaldas, de pie frente a la isla comiendo algo. Voltea lentamente y contesta con una sola palabra:

—Hola.

Silencio.

—Te llamé más de diez veces —le reprocha ella.

—¿Diez veces? —dice Mariano sorprendido porque en verdad no sabe que han sido tantas.

—Por lo menos. Sí.

—Discúlpame, Nadia, tengo la mente revuelta. No sé qué me pasa últimamente.

—¿Quieres algo de comer? —pregunta ella para dejar atrás la discusión.

—Nada por ahora, gracias.

El silencio que sobreviene se materializa, se hace tangible y viaja de la cocina al jardín. Nadia ha dejado la puerta abierta para que el perro salga y los ruidos del exterior empiezan a escucharse. Los sonidos reconfortan a Mariano en cierto modo. Con un sentimiento de nostalgia se acerca a la ventana y empieza a recorrer el patio con la mirada; el césped se ve amarillo y hay que podarlo; la lona que cubre la piscina tiene hojas secas, es evidente que le falta mantenimiento. De pronto, mientras piensa en eso, sus ojos se posan bajo el fresno que hay en la esquina este, y cuando van a seguir de largo, vuelven abruptamente. Mariano tiene que frotarse los ojos dos veces para saber si lo que ve es real. Allí, junto a la alberca, hay un oso. Es una criatura magnífica que respira lentamente; mide poco más de un metro de altura y es de color café. Él, aunque atónito, lo reconoce como un Kodiak, recordando haber visto un programa de televisión donde hablaron de esta especie. Es un macho joven, noble y robusto, de ojos color miel y pelaje brillante. Lo que más le sorprende es la profundidad de su mirada, serena y, sobre todo, sabia. La comunicación que surge entre ellos es profunda, y es como si el animal hubiera aparecido para apoyar sus pensamientos y señalarle el camino. Al mismo tiempo, los dos mueven sus cabezas en forma de afirmación. Algo va a pasar.

Nadia llega a donde está Mariano y se detiene. Observa por arriba de su hombro hacia la misma dirección que él y pregunta:

—¿Qué miras?

—El cambio —dice a secas.

—Ah, vaya —contesta ella abrumada.

—¿Lo ves? —dice él sorprendido y casi ilusionado.

—Tienes razón —reconoce—. Es increíble lo pequeño que era ese árbol cuando me mudé a esta casa y ahora mira toda la sombra que da.

Mariano siente un golpe de soledad que lo lastima por dentro. "Una sombra es oscuridad. Es donde la luz se detiene." Siente todo eso como una metáfora personal. Voltea lentamente a ver a la verdadera Nadia, aquella que también está ensombrecida y oscura. Por un momento el coraje se acumula en su garganta y quiere aprovechar ese instante para finalmente terminar con ella. Es la ocasión perfecta para explicarle que ya es hora de partir, pero su rostro le recuerda algo que le cuesta trabajo digerir.

Mira nuevamente al fresno. El oso aún está ahí. Su mirada sigue dándole coraje, animándolo a abrir el desenlace. "Adelante."

No puede. Sólo hay silencio.

—Qué bueno que llegaste bien —es lo que salió de sus labios.

—Gracias —responde ella descansando al fin de aquel momento tan tenso—. Salgo mañana por la mañana una vez más, pero estaré de regreso el domingo. Aprovecho y voy a Boston para visitar a mi amiga Dana.

—¡Fenomenal! —dice sintiendo cómo esos lazos elásticos que lo apresaban y lo retenían se sueltan de su espalda y, con un fuerte impulso, regresan a toda velocidad a la pared.

Entonces vuelve la vista al jardín. El oso ha desaparecido, pero un par de hojas flotan en su lugar. El día termina y Mariano siente su cuerpo hecho un nudo. En la cama, junto a él, duerme Nadia. Su mente sabe que es ella, pero sus extremidades, su corazón y sus 206 huesos desean que sea Mila.

17

La isla de Santa Catalina es una franja árida muy parecida a la espalda de un toro; está ubicada frente a la costa de California y a lo largo de sus 35 kilómetros esconde numerosas bahías de ensueño donde en otros tiempos se ocultaban los piratas. Vista desde arriba se puede notar que en unos cuantos siglos el lugar se convertirá en dos isletas; apenas una pequeña extensión de tierra, que puede recorrerse a pie, impide que las dos puntas del cayo se separen y se pierdan en la inmensidad del océano Pacífico. Las dos masas, unidas por una angosta cintura, parecen dos manos a punto de saludarse o quizá de decirse adiós.

En las antiguas crónicas de los colonos españoles se describe la historia de la región y la apariencia del misterioso templo que encontraron los conquistadores en el centro de la isla, una construcción circular de piedra adornada con toda clase de plumas provenientes de diferentes tipos de pájaros que los nativos sacrificaban frente a una enigmática figura ubicada justo en medio del santuario. Cuenta la leyenda que cuando los primeros españoles llegaron a la isla se vieron aterrorizados por parvadas de gigantescos cuervos negros, por lo que los aniquilaron rápidamente provocando desesperados sollozos en los nativos. Los indígenas creían que en estos animales vivía el demonio, y por eso los respetaban, veneraban y temían. El haberlos matado fue para ellos una gran tragedia que marcó la región durante muchos años.

Mila y Mariano nunca han visitado el lugar a pesar de haberlo visto varias veces desde la costa. Es sábado y deciden salir temprano a conocerla. Se encuentran en la misma calle donde empiezan casi todas sus citas. Ella lo recibe con un regalo que le pide jamás abrir. La caja está forrada con papel marrón y tiene un moño hecho con cintas azules. Es evidente que el papel fue antes una bolsa de supermercado. Mila piensa que un obsequio no debe quitarle nada a nadie, mucho menos a la Tierra, por eso sus presentes son "ecológicos", una palabra que a él le causa cierta gracia.

Suben al auto y se dirigen al puerto de San Pedro, que tiene un aire melancólico debido a la ligera neblina que lo rodea. Moderat es uno de los grupos favoritos de Mila; la banda se formó hace unos diez años en Berlín, pero su primer álbum completo es una novedad. El disco homónimo, que tardaron años en producir debido a diferencias creativas, toca sus terroríficas notas en el coche de Mariano.

> *Down is the only way out,*
> *cause hell sits above.*

"En fin" —piensa él mientras el auto se dirige al océano que se extiende ante ellos— "no toda canción tiene que ser una profecía". Lo que realmente va saboreando es el silencio entre ellos. Después de una hora y cinco minutos, el coche se detiene. Cuando suben a la embarcación que los transportará se sientan en la proa tomados de la mano. Avanzan con un suave cabeceo mientras el viento se anuncia en el pelo de Mila. Mariano la mira y se da cuenta de que, a su lado, una de sus fórmulas internas por fin se ha resuelto. Siempre se imaginó a sí mismo lleno de algoritmos y operaciones que vivían en su cuerpo suplicando a gritos una conclusión. Como en todas las personas, algunas de estas ecuaciones se le resolvieron al nacer, pero otras, más tercas, continúan con una incógnita.

194

El barco que los lleva a Santa Catalina es viejo y apropiadamente se llama *Vizcaíno*, como el conquistador que nombró la isla. En la parte de adentro hay un pequeño bar improvisado donde se reparten bebidas en vasos de plástico. El hombre que lo atiende es descomunalmente alto y parece un viejo pirata; le sirve a cada pasajero lentamente, con cierto descuido y con automatismo, tal vez habiendo perdido ya la cuenta de los años que lleva yendo y viniendo con la marea. Es eficiente pero no mira a los ojos. Su mente está en otro lado, posiblemente en algún tesoro escondido. Mila, que ha llevado su propia botella de agua, no se acerca; Mariano, por su parte, pide una cerveza y con las bebidas en las manos suben a la parte que está encima de la cantina. El viento es un amante ardiente a quien no cohíbe la presencia de ningún hombre, y osado le acaricia las piernas a ella y con aroma de sal levanta su falda mientras besa su cuello delicadamente. Mariano, indiferente o quizá tolerando lo que sucede entre la brisa y su amada, sonríe y decide disfrutar el momento mientras el aire se lleva sus recuerdos como hojas secas.

—Ojalá ésta sea la era de la belleza interna —dice ella cuando se sientan en un sillón blanco y percudido—. ¿Sabes qué es lo que pasa? Que de pronto la luz se esconde hasta de nosotros mismos. Es como si tuviera vida propia, si no le gusta lo que ilumina, se oculta y no alumbra.

—Creo saber lo que estás pensando —le dice Mariano—. Mira hasta dónde hemos llegado, la era de estar pegados a nuestras pantallas y no profundizar en nosotros mismos. Vivimos dependiendo de una droga para las pupilas.

—Tienes razón —suspira Mila—. ¿Crees que ésta sea la era de la intuición? ¿Consideras que un día tendremos un sexto sentido que nos dejará saber cómo es el interior de cada persona sin importar lo que se ve afuera? ¿Te imaginas lo que sería ir por la calle? Mirarías bajo la envoltura y quizá te sorprenderías de encontrar un corazón latiendo en el asesino que condenan o una intención perversa en la anciana que alimenta a las palomas.

—No sé por qué encuentro esa imagen extrañamente atractiva —confiesa Mariano—. ¿Y qué harás con los que no tengan tu anhelada belleza interna?

—¡Es que esos serán los mejores! —responde Mila arrugando la frente—. Para ellos precisamente desarrollaríamos ese sentido. Porque si nos damos cuenta de su lado oscuro así de rápido, podremos ayudarlos sin necesidad de odiarlos —afirma con la cabeza como una niña.

El *Vizcaíno* se abre paso sin dificultad entre un cardumen de barcos y velas de colores que pueblan la bahía de Catalina. Ya en el puerto bajan de la nave tomados más de las almas que de la mano, dan unos pasos y entran a una tienda pintada de azul y blanco que renta carros de golf. Eligen uno de color beige. Mila se divierte imaginando lo confundido que debe de estar el cochecito: desde su nacimiento, en alguna planta industrial de tierra firme, creyó que su función sería la de transportar deportistas, y en realidad lo único que ha venido a hacer a esta isla es pasear visitantes. Sin embargo, el vehículo está conforme, decide ella, porque su profesión le divierte. Vive historias importantes, declaraciones de amor y traiciones, niños entretenidos en veranos soleados y ancianos recordando épocas doradas.

Una vez con las llaves en la mano, suben al carrito y Mariano conduce hasta una de las partes altas de la isla. Se detienen en una tienda y él compra agua, vino, jamón serrano y frutas extravagantes. Regresa con las provisiones en los brazos, las pone en el asiento que hay entre ambos y antes de arrancar se acerca a ella y le dice que la ama. Ella le contesta dulcemente que lo sabe mientras abre una botella de chardonnay.

Preparados y juntos, se internan por terreno agreste bajo el sol. Al llegar a la cima de una de las colinas el alcohol ya ha hecho su trabajo. De pronto, el carrito de golf se detiene con un respingo. Frente a ellos, en medio del camino de tierra, está parado un monumental cuervo negro, con un pelaje tan oscuro que al verlo parece como si alguien hubiera colocado un pedazo de noche en el aire. Tiene pinta de halcón y de un viajero marino; es atemorizante. Mila le pide a Mariano que no le haga nada, que pasen de largo sin provocarlo y, en una escena en cámara lenta, él se da la vuelta y pisa el acelerador alejándose del ave, que los ve con determinación. Esa aparición tenebrosa es la señal mayúscula de que algo pasará, lo que se confirma cuando inesperadamente los dos recuerdan al mismo tiempo la letra de la canción que venían escuchando camino a la isla.

Down is the only way out,
cause hell sits above.

Minutos después encuentran un espacio fresco junto al camino. El paisaje es excepcional y la isla decrece suavemente hasta una bahía en forma de herradura donde el mar tiene un color azul cobalto. No hay nadie cerca y el viento mece con suavidad los brezos de aquel refugio verde. Maravillados, se sientan juntos con las rodillas en el pecho y sin hablar. En *Historia de California del siglo XIX*, Theodore Hittell cuenta que los españoles quedaron sorprendidos por el semblante perfecto de las misteriosas mujeres que descubrieron en la isla; tenían ojos preciosos y una encantadora sencillez en sus modales. Ahí sentada, abrazada por Catalina, Mila es una aparición que ha estado esperando a Mariano toda su vida. Él, que no puede evitar atacarla con abrazos, la lleva hasta el carrito, y una vez dentro ella gira la cabeza para verlo. En sus ojos se refleja la intensidad del sol y el calor de sus labios alumbra su mejilla.

El primer beso es espeso e intenso, como un café cargado y sin azúcar. Ella se sienta sobre su abdomen y le desabrocha dos botones del cuello de la camisa, pero se concentra en su mente; quiere tener sexo con su mirada, con su piel, con el aliento a frutas y a vino. Le encanta hacerle el amor con palabras, pero no siempre. Ahora tiene tantas cosas que usar y tantas que acariciar que es un crimen perder el tiempo. Mariano está distraído, por lo que ella fluye más de prisa, viajando a su interior, dándose cuenta de cómo funcionan las cosas ahí adentro, tomando notas y apropiándose de sus secretos. Él añora estar dentro de ella, pero comprende que, en actos como ése, no siempre el que entra es el que penetra. Ella se ha internado, desapareciendo dentro de él.

Es una carrera entre los dos, donde las cuatro manos parecen aletas de peces fuera del agua que se abren paso entre la arena mojada para sumergirse en el océano. El tacto de él acaricia el cuerpo desmadejado de ella y la va exhalando con cada uno de sus movimientos ascendentes. Está consciente de que va atrasado. Ella lleva la delantera, ha regresado y lo ha vuelto a pasar en el camino a la meta. Él entra con mucha fuerza y ella siente su desesperación, por lo que abre los párpados y toma su cara para calmarlo. Los ojos se acarician por un instante y se sienten apaciguados. Entonces Mariano encuentra en los labios brillantes de Mila, que están semiabiertos, el camino a su interior. Quiere tocarla y disfrutar todas las partes que el viento recorre.

A las mujeres las comparan con flores por una simple razón: si aman, se abren; y cuando lo hacen, regalan zumo que nutre y olores deliciosos que son, a veces, venenos que no matan pero sí adormecen. Él no puede resistirse al aroma de aquella savia azucarada que ella despide y la prueba con la misma tranquilidad con la que los japoneses crean los jardines *karesansui*. Luego, adentro uno del otro, se miran con algo que no son los ojos, porque éstos se han quedado afuera, sedados y mirando sin ver. Se vuelven cómplices creando pactos muy íntimos, hasta que el frío toca otra vez a su puerta. Mila, sin salir de él y sin parar de besarlo, vuelve lentamente a cubrir sus piernas con la falda y abraza a Mariano para protegerlo del viento. Él busca su blusa y se la pone sin retirarle la mirada. Juntos, se quedan abrazados, siendo uno mismo un largo rato para después acomodarse en el carrito, cada uno en su lugar y avanzar de nuevo, carraspeando y riendo, mientras buscan un lugar para comer.

Llegan al restaurante Félix, en medio del pueblo, estacionan el cochecito justo frente a la puerta del lugar y entran. Regularmente Mariano no toma mucho vino, pero ese día se bebe toda la botella y esto le produce mucha sed. En cuanto entran al mesón y de camino a su mesa, piden al anfitrión del lugar una jarra grande de agua.

—¿Cómo era yo de niña? —pregunta Mila.

—¿Qué quieres decir? ¿Es como un juego? —dice Mariano mientras se acomoda.

—¡Sí, sí, claro! ¿Cómo era yo de niña? —insiste ella.

—No lo tengo muy claro —Mariano suelta un suspiro—. Pero seguro te metías en problemas. Creciste con padres que te amaban, tuviste dos o tres perros, quizás hasta un gato. No eras una de esas niñas tradicionales. Te imagino con juguetes que no se anunciaban en los comerciales.

—¿Y en la preparatoria? ¿Cómo era yo en la preparatoria?

—Tenías admiradores, pero a ninguno le hacías caso. A todos les dabas buena cara, pero tuviste pocos novios. Tenías tu grupo de amigas, todas unidas y un poco ajenas a lo que pasaba afuera. Peleabas constantemente por el cambio. Viviste algunos momentos muy fuertes que todavía cargas, y tu primer beso verdadero no lo diste a esa edad.

—¿Y cómo lo sabes? —dice Mila arqueando las cejas y sintiéndose delatada.

—Porque ese beso me lo acabas de dar a mí, allá arriba.

Mila enrojece, acepta de inmediato que él tiene razón y archiva esas palabras junto a sus recuerdos más dulces.

Después de comer y charlar salen del restaurante. A Mariano comienza a darle un dolor de cabeza muy intenso; los destellos, el arcoíris y los ruidos internos le llegan todos a la vez y lo obligan a cerrar los ojos y cubrirse el torso.

Ambos se asustan porque se dan cuenta de que esta vez les pasa al mismo tiempo. Mila se lleva los dedos a las sienes, comprendiendo por fin lo que él sentía. Tiemblan, y de pronto escuchan un estruendo detrás de ellos. Corren por el callejón y se refugian en el marco de la puerta de una pequeña casa.

—Tengo mucho miedo —dice ella.

Él, viéndola fijamente, le contesta que pase lo que pase jamás permitirá que se separen; aunque mientras lo dice sabe que las paredes del callejón se cierran amenazantes. Mariano quiere protegerla y sin soltarla camina apresuradamente hacia un letrero que dice HOTEL CATALINA. Entran justo a tiempo para que los muros no le aplasten el talón a Mila. Al fondo del vestíbulo, bajo una luz enfermiza y roja, dormita una recepcionista vestida con una blusa beige de hombros muy pronunciados, como los que se usaban en el período de la conquista. La decoración del vestíbulo los transporta completamente. No es de esa época y parece sacada de un cuadro decimonónico. Después de un par de minutos, pagan un cuarto y suben vigilando que las paredes del hotel no se muevan.

Cuatro pisos más tarde llegan a la puerta que ostenta el número 421 pintado con negro. Al verlo sienten que quiere avisarles algo, pero claramente es incapaz de hacerse oír, porque ellos lo ignoran y entran rápidamente. Adentro, la colcha y las sábanas son de un blanco muy opaco y hay un espejo con figuras de cuervos toscos e infantiles a su alrededor. La habitación no tiene televisión pero sí unas bocinas adaptables a cualquier reproductor portátil. Mariano conecta su teléfono y de inmediato él y Mila se meten a la cama para protegerse. No hay besos ni sexo, ni recuerdos de la tarde. Se quedan dormidos y las melodías no se detienen. Mariano, entre sueños, siente como si hubieran pasado todas las décadas y todos los géneros musicales por la habitación.

Cuando despierta, Mila ya no está y el suéter que se había quitado y puesto en la silla se ha ido con ella. El espacio libre de la cama, a su lado, está inmaculado; ni una sola arruga en las sábanas, que parecen todavía más opacas que antes. Nadie ha dormido con él esa noche.

Todo termina. Con ella se esfuman su estela invisible y los colores vivos, todo aquello que Mariano entiende como belleza limpia y pura ha desaparecido. Los minutos otra vez tienen sesenta segundos y los colores han perdido su fosforescencia. Su cuerpo se siente pesado y esa sensación de flotar ha desaparecido.

En los años ochenta dos músicos londinenses formaron un grupo que se llamó No Man is An Island, y esa mañana, en el cuarto de Mariano, la canción *Things change* presenta a un hombre doblado de lado en la cama y muriendo lentamente. Mila ya no está. Él se deja caer de espaldas en las sábanas y éstas sueltan polvo. Luego, siente una gran ansiedad rociada de una extraña tranquilidad. Como cuando la gente se acuesta sobre la nieve, estira los brazos a los lados y comienza a moverlos marcando un círculo. Exhala por la nariz con angustia y luego ríe, ríe muy fuerte y sin parar, tanto que le salen lágrimas de sus ojos. Sus oídos escuchan las notas musicales con una agudeza que lo lastima.

I hate the way things change.
You're leaving me behind you.
Things change.

Estira la mano y desconecta el aparato, pero la canción no deja de sonar en su cabeza. De hecho, se escucha más fuerte y lo va persiguiendo como un vendedor inoportuno en su camino al carrito de golf; por las escaleras del barco y de regreso a su coche; hasta la casa. Atrás, la isla de Santa Catalina se queda cubierta en una insolente niebla que da vueltas en espiral por todas las bahías, orgullosa de haber recuperado a una mujer. El día más hermoso que Mariano vivió con Mila fue aquel en que ella desapareció para siempre.

18

Pasan un par de semanas desde la desaparición de Mila, y para Mariano nada es más difícil que olvidarla. La soledad lo inunda y en ocasiones el dolor lo excede. Nadia ha viajado cinco días atrás a la sede de su despacho en Tokio y él aprovecha su ausencia para luchar consigo mismo. Quiere borrar a Mila, pero a cada segundo ella se transforma en una utopía que no hace más que confrontarlo con su verdad.

Mariano comprende que el olvido es algo inexistente; que eliminar lo que albergó con tanto cuidado en su cabeza es un ejercicio imposible y, sobre todo, que decidir olvidar es la mejor manera de alimentar el recuerdo. Acostado y cubierto hasta la cabeza por las sábanas, se deja envolver por su revolución interna, mientras observa cómo sus piernas y la tela crean algo que parece un iceberg donde sus pensamientos chocan y se hunden hasta el fondo de la cama. Había abandonado su trabajo días después de su visita a la isla, y aunque lo buscaban constantemente nadie lograba contactarlo. Para él, cualquier gesto de comunicación equivalía a rajar con crudeza el capullo que protegía su cuerpo.

Aquella mañana de miércoles dormita durante varias horas acompañado de pesados sentimientos que parecen materializarse, cuando el terror lo despierta y se descubre empapado. Con el sol tratando de romper la opacidad de las cortinas, Mariano retira con fuerza las sábanas de su pecho y siente que algo crece en su interior. Toca el área de su corazón con las dos manos, tratando de localizar lo que, como un tumor, empuja a los órganos de su alrededor. Sus ojos, que se ven más claros debido a la tonalidad gris que los enmarca, aumentan de tamaño al imaginar qué pasaría si no volviera a respirar jamás. De inmediato, y para olvidar el sabor dulce que le produce desaparecer, se levanta de la cama y se encamina hacia el espejo; cada paso lo da lentamente porque la pena se ha convertido en un dolor físico que impregna sus huesos, sus músculos y hasta su piel; al llegar y observar su reflejo, decide no afeitarse. Durante su baño, imagina que existe una cama cálida para su descanso, un lugar al que se entra por una puerta secreta, escondida en algún callejón de la ciudad y adonde gente con su mismo dolor puede ir a recuperarse. Hay, en esta especie de clínica, doctores especializados que enseñan a caminar a quienes perdieron las piernas; enfermeras entrenadas para detectar manchas en el alma y limpiarlas cuidadosamente cada mañana; medicinas secretas, fabricadas específicamente para curar dolores que se esconden en los lugares intangibles del cuerpo. Mariano está seguro de que los potenciales pacientes del lugar pueblan la Tierra y se pregunta cómo no se les ha asignado una fecha conmemorativa; merecen, opina él, monumentos de piedra negra con letras doradas en las que se leyeran claramente sus nombres cuando los rayos del sol los iluminaran.

Con su mente fija en el diseño de aquel monumento, las horas transcurren despacio. Mariano deambula por su casa, come apenas la mitad de una fruta y al llegar a la sala se derrumba en el sillón. Viste una camisa desgastada que elige a propósito porque su piel apenas la siente; los *shorts* también son ligeros y conservan el sudor de sus últimos recorridos por la playa antes de que Nadia se fuera. Sentado, con las piernas separadas y las manos posadas en la orilla del mueble, se imagina pintando la habitación de color negro. Los primeros brochazos son en el techo y bajan, en forma simultánea y amenazante, por las ventanas, extendiéndose de prisa a los cuadros, los muebles y los tapetes. Él decide no moverse, quiere alejarse del barniz doloroso de aquellos recuerdos, pero la quietud produce que el órgano que se forma dentro de él vuelva a molestarle. Entonces fantasea con ser un cirujano y practica con un bisturí invisible una operación en su pecho. En ese cuarto carente de luz busca en su torso el recuerdo convertido en tumor. El problema surge cuando, al intentar arrancarlo, el dolor se vuelve inaguantable. Los órganos de su cuerpo se han vuelto codependientes del tumor y lo detienen con fuerza para impedir que salga.

Después de este proceso, imagina la realidad concentrada en su mano. Aterrado ante la posibilidad de confrontarla, estira su brazo para alejarla y, sintiéndola como un animal venenoso, abre su puño para dejar ir lo que sujetaba. En cuanto lo hace recupera su conciencia y se descubre mirando fijamente las vigas de madera del techo. Suspira y nota los rezagos de la operación, por lo que se endereza y usa su aparato de música como un suero del cual, gota a gota, se desprende el consuelo, avanzando lentamente sobre la canción *Adrift* de Jesse Marchant, que se repite una y otra vez en un círculo infinito.

Durante la tarde, para subsistir, cubre el tenedor de plata con un arroz excesivamente hervido, lo levanta y lo pega a sus labios. Ni siquiera separa los dientes. Tras varios segundos en el aire, los granos vuelven a caer en el plato. La comida no es la terapia correcta; su estómago es un ser independiente que se encuentra dolido y no tiene ganas de alimentarse; entrar a la nada es todo lo que necesita, por lo que su defensa es un intento constante de fuga. Hay botellas vacías en la cocina, envases que al haber sido consumidas, se transforman en un vago calmante temporal.

Lo que Mariano desea es dejar de ser para no recordarse, por lo que inventa futuros que cree vivir, todos inigualables, maravillosos y dulces. La felicidad lo envuelve pero es un espejismo y, al despertar, encogido sobre su ombligo, parece un trapo sucio y roto, abandonado en el colchón de una lúgubre habitación. Es en ese preciso momento cuando una furiosa tormenta negra inunda su cuarto. Si bien aquella lluvia atroz no le ahoga, le duele porque lo mantiene con vida. Solo y rabioso, siente que sus ojos quieren llorar pero no saben hacerlo.

★ ★ ★

Es jueves y una vez más Mariano falta a su oficina. Se ducha sin ganas y se sienta, como siempre, en el sillón de la sala. Nadia, desde la habitación de su hotel, a más de diez mil kilómetros de distancia, ha llamado a Juliette informando que su novio no se encuentra en buen estado. Las dos, que lo conocen mejor que nadie, coinciden en que la situación es grave pero, ignorantes de la desaparición de Mila, lo atribuyen a un punto de quiebre de su depresión.

Aquella mañana Mariano recuerda una roca en Malibú que él y su hermano visitaron años atrás. Este lugar es conocido por ser un punto de energía que, según muchos, hace amainar la depresión. En días de marea alta el agua del mar la inunda, pero cuando la luna se aleja el peñasco está seco y cualquiera puede acercarse. Animado por los recuerdos del lugar, siente ganas de revivirlo, así que se levanta lentamente del sillón y toma las llaves del auto. Al llegar a la playa abre la puerta con miedo y baja pausadamente, primero un pie, después otro. En cuanto la luz del sol lo roza y los sonidos empiezan a revivirlo, se da cuenta de lo alejado que está del mundo exterior.

El relente genera el perfecto escenario para aquellos que se duelen por dentro. El cielo no posee ni una sola nube y el mar ha decidido cubrirse de un azul intenso. Las pequeñas olas que se forman antes de llegar a la playa se pintan de blanco segundos antes de hacer contacto con la arena, que las satina de un café casi brillante.

Sentado sobre la roca, con las manos entumidas, la espalda encorvada y la tez opaca, toma un pequeño respiro mientras el viento le retira el cabello de la cara; las olas, a sus pies, se convierten en mantas que le recitan versos de cambio y claridad. Sus ojos las persiguen sin percatarse del paso del tiempo y su mente descansa en el pausado vaivén de la corriente; poco a poco el latido de su corazón empieza a tararear sin dolor. Observa la destreza de los pájaros jugando en la orilla de la playa; pequeños y de plumaje claro, recogen con el pico lo que el mar deja en la arena e irónicamente, de espaldas al océano, nunca tocan el agua. Aquella imagen es una danza natural.

El sol, a quien no había visto hacía días, embalsama su piel y borra las lágrimas, evaporándolas para evitar que regresen a su cuerpo. El ecosistema de la tristeza lentamente desaparece y entretanto el viento limpia su aura y poco a poco pinta en él su color original. El pelo, quieto y enmarañado desde hace días, parece levantar el vuelo con un movimiento sereno y delicado. Su organismo también responde y los pulmones le piden más y más aire. De pronto, Mariano se levanta, mira al frente y toma aliento.

Finalmente entra en armonía y perdón consigo mismo. Su mente, en cambio, es un músculo de difícil comprensión. El viento, el agua y los pájaros en la arena no logran acceder allí. La razón siempre ha sido independiente y en lo profundo de su ser sabe que sufrir así es crecer. Duele, pero eso es precisamente lo que augura la iluminación.

Mariano está tres horas en total desconexión. El sol se ha movido lo suficiente y, después de semanas, al fin tiene hambre. De roca en roca, con saltos ágiles y elegantes, abandona el paraíso y regresa a su coche. Adentro la canción *My Tears Are Becoming a Sea* de M83 suena a todo volumen.

Recorre la carretera con el mar a su izquierda. El sol ha alcanzado la mitad del cielo y las sombras han desaparecido por completo. Mariano sube el volumen y la batería le produce escalofríos. El instrumento logra producir una sensación indescriptible en el aire. Escuchar esa melodía le permite esconder el dolor en algún lugar olvidado.

Tras una hora de conducción regresa a su oficina a retomar el ritmo de su vida. Son casi las tres de la tarde. Más delgado, triste y sin ganas, Mariano puede leer cada una de las miradas a las que se enfrenta. Nadie le estrecha la mano, todos son cálidos y le dan largos abrazos. Le duelen los ojos de sus compañeros, le duele aquel consuelo y la lástima que reflejan sus expresiones. Incómodo, huye rápidamente hacia su despacho y sale al balcón. Desde la calle, quienes le prestan atención sólo ven a un hombre de camisa gris y cabeza gacha con un gran peso que lo atormenta y que se aferra al barandal. Él, por su parte, observa la calle con detenimiento, pero la indiferencia lo abofetea y la belleza que algún día había reconocido en el lugar trata de arrastrarlo a la ausencia que se muestra. Piensa en la roca, en el viento hinchando sus pulmones, retuerce la barandilla de su terraza y, con el aliento quemándole los latidos, regresa a su escritorio y enciende su ordenador. "523 correos nuevos." Los abre uno a uno empezando desde los más antiguos y, en silencio, observa cómo desfilan las letras. No llega a comprender absolutamente nada, pero su mente empieza a organizarse; cuando termina escribe un correo para Nadia que, aunque frío, contiene palabras de esperanza. En él se disculpa por su lejanía y le asegura que aunque falta tiempo para lograrlo, todo estará mejor.

El día termina con él caído sobre el sofá desapareciendo en la cadencia del tema *In this shirt*, de Irrepressibles, mientras se abren dos puertas, una en su corazón y otra en su alma, que es donde guarda a Mila.

19

Su mente ha olvidado a su cuerpo mientras intenta arreglar el caos que reina en sus rincones; sabia, trata de esconder en cajas internas los recuerdos que más lo confunden. La visita al cementerio ha quedado archivada en el olvido y el paseo que dieron aquel sábado por la mañana, antes de visitar el edificio donde bailaron al compás de Cesária Évora, ha quedado borrado por completo; por eso, Mariano pelea consigo mismo y de una manera noble busca hundir sus pies en los pensamientos que aún lo unen a Mila.

Mariano contempla la amplitud de su oficina desde la comodidad de su sillón; embelesado con la luz que se divide en dos contra la puerta de entrada, ha perdido la noción del tiempo. La última semana, lenta pero firme, lo ha reintegrado a la vida cotidiana. Mientras resuelve asuntos bancarios en la computadora, siente la textura de la piel de Mila en sus manos, y al concentrarse en su respiración, su olfato recuerda el olor de su cabello. Algunas veces, al cerrar los ojos, escucha las canciones preferidas de los dos. Sin embargo, ya no logra reconstruir las facciones de su rostro. Está sumido en una batalla interior que parece interminable. Su mente trabaja a diario, a destajo y de manera incansable, expeliendo cada uno de los momentos que ha vivido junto a ella, aunque su corazón se aferra a los pocos destellos que la mantienen viva.

Utilizando la silla de su escritorio como si fuera una cama y con los ojos apuntando a la pintura de Vic Muniz, le es difícil asimilar la realidad, aunque sabe que es momento de afrontarla. Recuerda entonces a la doctora Davis: "Lo primero que te recomiendo es que hagas un ejercicio: haz una lista de conocidos tuyos que te hayan visto con ella y otra de los lugares que visitaron juntos". Al comenzar, los lugares caen sobre su pecho con la fuerza de piedras que se hunden en el agua, su voz lo asfixia y sus ojos se ahogan cuando recuerda el museo y los fuegos artificiales en Nueva York. Le parece imposible que en esos momentos ella no hubiese estado presente.

En el papel hay números junto a cada lugar, pero Mariano carece de la fuerza para contarlos. En el 1 aparece el restaurante Primitivo. Recuerda a Juliana, la anfitriona, y esto le da ánimo para seguir. "Ella nos vio juntos y podrá confirmar que Mila existe." Sin perder un segundo más, toma su celular, sale de su oficina y se despide apresuradamente de Juliette. Corre hasta su vehículo y de un salto se sienta al volante. Conduce con decisión y eleva el volumen de la música. Su cabeza, mientras tanto, sigue trabajando en desaparecer el recuerdo de Mila, que como un fantasma difuso aún emerge y se pasea intentando mirarlo a los ojos.

Cuando Mariano llega al restaurante, está cerrado. Abren a las cinco de la tarde y aún falta una hora. Estaciona el vehículo, mira a la derecha y descubre que la puerta del callejón está abierta. Camina en esa dirección y se da cuenta de que dentro hay tres personas.

—¡Hola! —interrumpe Mariano.

—¿Qué tal? ¿Podemos ayudarlo en algo? —pregunta el hombre que trapea el piso.

—Busco a Juliana.

—¿Perdón? —dice aquél con sorpresa, parando de inmediato su trabajo.

—Sí, Juliana —repite él—. La *hostess* del restaurante.

—¿No lo sabe? —pregunta el empleado poniendo su peso en el palo con el que limpiaba.

—¿Saber qué?

—Juliana murió hace dos días.

—¿Muerta?

—Sí. La asesinaron.

Mariano siente la noticia como un golpe directo en el tórax. El aire queda enlatado en su yugular, busca aliento pero no puede seguir la conversación. Da un paso atrás, media vuelta y sin una palabra más sale corriendo hacia la calle principal. Allí se agacha y pone ambas manos sobre sus rodillas, inclinando su espalda al igual que hacen quienes acaban un maratón.

—¿Está usted bien? —la voz lo sobresalta—. ¿La conocía?

—No. Sí. No —contesta—. Sólo venía a preguntarle algo.

—Lo siento.

—¿Saben qué sucedió?

—Todo un misterio —dice el trabajador del restaurante—. Apareció muerta en su casa. Nada más.

—No puedo creerlo... —dice Mariano y, sin dirigir la mirada al empleado, reanuda el paso hacia su coche.

Mientras conduce, el recuerdo de Mila viaja por inhóspitos parajes de su cerebro, a lugares nunca antes visitados, y Mariano, negándose a ver la realidad, insiste en comprobar que ella existe y sobre todo que estaban juntos.

Este pensamiento lo conduce hasta la puerta principal del edificio de su amada. Desde su coche, puede observar cómo el número 421 está más deteriorado que nunca. Baja y toca con decisión el timbre, pero nadie contesta. El papel sigue pegado en la pared:

AVISO

La demolición de este edificio ha sido programada por la ciudad. Favor de comunicarse al 1.800.555.2323 para información.

Mariano siente como si el calor de la Tierra subiera por sus pies. Para tomar aliento se recarga en el portón que se entreabre con un sonido que lastima sus oídos; entonces, de forma inconsciente, lo empuja y, con miedo, se dirige hacia el patio. Cuando llega al centro del mismo comienza a mover su cuerpo en círculos, tratando de evadir lo que su mente confirma. Al poner la vista fija en uno de los departamentos, ve que sus ventanas están rotas, y al acercarse se da cuenta de que en su interior no hay muebles. Nadie vive allí. Comienza a temblar, sus ojos se secan y su tez se vuelve casi transparente. Da dos pasos más, nervioso y con los puños cerrados, como si se encontrara violando la ley y estuviera listo para confrontarse con alguien. Mete la cabeza por una de las ventanas rotas y mira el vacío. No hay refrigerador en aquella cocina, sólo un fregadero ennegrecido; faltan puertas en las alacenas y los cables de la lámpara del techo están sueltos. Regresa al centro del patio y, al echar la vista al cielo, descubre los rieles oxidados del elevador. En ese instante siente un vahído y una náusea agria en la garganta. Intenta controlar la velocidad de su respiración, se endereza lentamente, lucha contra su propio peso y camina de nuevo hacia la puerta. Regresa al coche, lo arranca y acelera con ansia y miedo. Pone el aire acondicionado al máximo y aquel frío rascándole la cara lo ayuda a despejarse.

Aunque el edificio le ha hablado con total honestidad, Mariano insiste una vez más, y no queriendo confrontar la realidad saca de su bolsillo el teléfono y abre la aplicación donde guarda su colección de fotografías. Está en blanco. El no haber tomado una sola fotografía es testamento de sus ganas de perpetuar a Mila. Pensar en lo inexistente lo atormenta.

Cuando detiene el vehículo está frente a su oficina; entra al estacionamiento y acomoda el coche. Agotado, camina hacia el elevador con los hombros hundidos. La llegada a su escritorio la siente eterna, y frente a la pantalla de la computadora, aunque mantiene los ojos abiertos, apenas puede leer.

Trata de destruir el recuerdo de Mila, pero aquello requiere tal esfuerzo que la brillantez que algún día tuvo parece esfumarse. Su imaginación yace atrofiada, sus ojos apenas brillan y nada de lo que ve tiene la forma acostumbrada. Su vida es un cuerpo bajo el agua, lento y exhausto. Apenas encuentra un solo detalle en aquella oficina que le llame la atención. La puerta parece derretirse, engordar, oscurecerse, devorarlo. La luz que atraviesa los ventanales llega agotada, sin energía.

Ese día, a la una y media de la tarde, de camino al almuerzo, Rigo se detiene en el cubículo de Juliette.

—¿Cómo te encuentras? —le pregunta.

—Estoy preocupada por mi jefe.

—¿Qué es lo que te preocupa?

—Su actitud. Últimamente ha entrado y salido de la oficina como nunca antes lo había hecho. Sólo hoy se ausentó dos veces.

—Bueno, ya sabes que ha pasado por un momento delicado. Su presencia aquí y ahora es más una terapia impuesta por Nadia.

—Lo comprendo, a mí también me llamó, pero yo no creo que esto sea una depresión; pienso que es algo más. Lo que me preocupa es su estado mental.

—Ya está viendo a una especialista. No te preocupes, Juliette, Mariano sabrá cómo controlar lo que está sucediendo en su interior.

Ella asiente con la cabeza y suelta un profundo suspiro.

Mariano, que siente pesada la energía de su oficina, decide caminar para espabilarse. Quiere que el viento fresco lo alivie. No elige un recorrido, tampoco piensa si es el momento preciso o si su ropa es la adecuada, simplemente abandona el elevador y al poner los dos pies en la calle trata de tomar aire como si fuera el último de su vida. Lo quiere inhalar con fuerza, saborear, masticar y engullir hasta sentirlo denso e hinchado en el estómago. Lo hace y entonces todo cambia.

La calle que está frente a él deja de ser. Ante sí aparecen figuras biomórficas que caen delicadamente desde el cielo hasta llegar a sus pies, pero sin tocar el piso. Son de innumerables formas y grosores, de diferentes medidas y de color blanco. Parecen ser gotas de agua gigantescas hechas de un tejido elástico con textura porosa que se mueve cuando el aire lo toca. Mariano siente que su piel se congela y su corazón se detiene. De inmediato, para confirmar que otros ven lo mismo que él, busca gente a su alrededor; sin embargo, se da cuenta de que nadie pone atención al espectáculo. Todos caminan con naturalidad concentrados en sus teléfonos y esquivando las figuras sin advertirlo. La adrenalina reactiva sus latidos, por lo que comienza a correr, y cuando ve sus zancadas encontrarse con más frecuencia una a la otra, la gente desaparece. Desorientado y aterrado, camina para esquivar las siluetas sintiendo que el aire que ha engullido al principio de su caminata se agota. Sin poder dar un paso más, experimenta un dolor espeluznante en la espalda y deja que aquellas gigantes formas lo venzan. La derrota, no obstante, es una victoria lenta.

Sin aire, Mariano pierde el color. Siente que vive en su cerebro y que aquellos copos flotando a su alrededor son como la materia blanca donde ocurren la percepción, la imaginación y el pensamiento. Extasiado, dolorido, ahogado y perdido cede, y las articulaciones de su cuerpo dejan de sujetarlo. Se derrumba. Sus rodillas son las primeras en tocar el suelo, después permite que las manos lo protejan de golpearse la cabeza y al recibir el piso espera morir.

Las figuras aplastan su cuerpo por completo, desmenuzando su piel, triturando sus huesos, hundiendo su caja torácica y exprimiendo sus pulmones. Sin aire, la asfixia le parece un instante hermoso. En ese momento escucha por última vez los latidos de su corazón y, tras ellos, huyen sus sentimientos. La mente olvida el pensamiento y cierra los ojos. La oscuridad tiene una luz perfecta.

De forma inesperada surge un resplandor azul, claro y lejano; Mariano se transporta hacia él como un gas en el espacio y cuando está por alcanzarlo desaparece. Hay una secuencia desordenada de distintas escenas de su vida. La cara de su madre al amamantarlo; el día que se rompió el primer hueso; él recibiendo las llaves de su casa nueva, y la cena con Rigo, celebrando su primer éxito profesional.

Aparece frente a él la imagen de Nadia, que lucía enigmática y sosteniendo un sobre entre sus manos. Entonces escucha el reloj tintinear bajo su pecho; un cosquilleo mueve los dedos de sus pies, corre por sus piernas, atraviesa sus rodillas y viaja veloz por su espalda, hombros y codos. Siente que se le vuelven a formar las manos. Cuando el tictac deja de ser un reloj y se convierte definitivamente en el primer latido de su corazón, Mariano recupera el oído.

—¡Señor! ¿Se encuentra bien? —le pregunta un desconocido.

Mariano encuentra un tono gracioso en aquella voz y quiere reír sin control. La carcajada crece bajo su pecho pero no la expulsa. La risa en el estómago se hincha como un globo de aire, pero entonces comienza a distinguir más voces.

—¡Despierte, por favor! —dice una mujer.

—¡Se cayó a media calle! —grita una joven desesperada.

Mariano experimenta un escalofrío que envuelve cada rincón de su piel en apenas dos segundos. Su cuerpo ha regresado, pero la risa, que ha huido, le deja un dolor punzante en el estómago. La respiración que creía poseer, ahora llega torpe y asfixiada. Anestesiado, comienza a abrir los ojos poco a poco, porque la luz del sol le hiere la retina. Cubre su cara con las manos, y aunque las voces continúan a su alrededor, él las escucha como un sonido de fondo. Tras el murmullo, distingue la sirena de una ambulancia; Mariano quiere moverse, pero su organismo sigue quieto. Desea gritar, rogar auxilio, pero su boca y su lengua están completamente dormidas y aturdidas.

—¡Háganse a un lado! —exige un hombre de atuendo azul—. ¿Está usted bien? —le pregunta en voz muy alta.

Mariano no puede contestar. Trata de hacerlo; lo intenta varias veces, pero lo único que logra es mirarlo. El hombre le abre uno de los ojos y apunta directo a su pupila con el oftalmoscopio. A Mariano aquello le molesta de tal manera que puede al fin mover la cabeza en dirección contraria y esto le permite estabilizarse mientras se endereza lentamente. Al lograr ver, descubre la multitud que está a su alrededor y siente una claustrofobia inaguantable.

—¡Por favor, hagan espacio! —grita el paramédico y pide a sus colegas que traigan la camilla.

Mariano logra erguirse lentamente hasta quedar sentado con la espalda encorvada. El vocabulario parece crecer en su paladar y antes de decir las primeras palabras emite un leve carraspeo, evidencia de que podía hablar. Mira a su alrededor y reconoce la calle, las tiendas y el paisaje. De inmediato sabe que está cerca de su oficina, pero desconoce cómo ha llegado hasta ahí.

—No tengo nada —es lo primero que sale de su boca.

—Se cayó y todos dicen que estuvo inconsciente durante al menos un par de minutos —explica el paramédico—. Tiene suerte de que el hospital quede tan cerca. Será necesario que venga con nosotros para comprobar que todo esté bien —dice acomodándolo en la camilla.

—Estoy bien —responde Mariano tratando de levantarse—. Iré a mi oficina y llamaré a mi doctor.

Los asistentes médicos insisten en que se quede acostado mientras toman su presión y escuchan dentro de su pecho, pero Mariano no quiere permanecer quieto y rehúsa subir a la ambulancia. Ellos, al notar su determinación, le permiten bajar de la camilla y lo ayudan a sentarse en una banca. Por precaución, una vez más miden su pulso y le hacen preguntas rutinarias, como qué día es, su nombre y edad, y le piden que repita ciertas frases. Tras comprobar su normalidad, deciden no llevárselo, pero se quedan ahí un tiempo para asegurarse de que tome aliento antes de caminar. Intentan nuevamente llevarlo al hospital, pero la terquedad de Mariano logra que, después de media hora, se den por vencidos.

—No deje de llamar a su doctor —le recomiendan—. Aunque todo parezca normal, en muchos casos hay secuelas.

—¡Lo haré! —dice Mariano pidiendo que lo dejen solo e insistiendo en que está en perfecta condición.

Los paramédicos hacen una llamada al hospital para confirmar que dejarán a Mariano sentado en la banca como él lo pide. El enfermero que lo atendió desde el comienzo le entrega una tarjeta y le pide que llame de inmediato al número ahí anotado si siente algo extraño.

Mariano siente alivio al verlos partir y en cuanto se queda solo una anciana detiene el paso, que acompasa con un bastón, y se sienta junto a él tomándole la mano.

—Nos pegó tremendo susto —le dice.

—¿Qué fue lo que me pasó? —le pregunta Mariano.

—Iba usted caminando. Yo estaba detrás, no seguía su paso pero sí lo veía. De pronto se desmayó. Una joven pidió ayuda de inmediato. Los paramédicos llegaron realmente rápido.

—No me he sentido bien últimamente —se sincera buscando su mirada con los ojos.

—Hace años me sucedió algo similar —dice la señora—. Estaba en la cocina, perdí el control y me desmayé. Fueron un par de minutos pero yo los sentí eternos. Desde ese día perdí todo miedo a la muerte y tomo cada minuto que vivo como un regalo. Sólo me concentro en las cosas positivas, y sabiendo que mi partida está cerca agradezco haber sido parte de esta historia. Es algo mágico.

—Le va a sonar a locura —le dice Mariano—, pero creo que casi pierdo la vida. Ese túnel, los flashes de nuestra vida de los que todos hablan…, los vi claramente.

—Sé de qué me hablas —contesta la mujer—. He llegado a pensar que esas imágenes y ese túnel no son una despedida, sino una bienvenida.

—¿A qué se refiere? —pregunta intrigado.

—Creo que el día que nos vamos, todo esto queda atrás. La función ya está cumplida. ¿Qué pasaría si eso que todos dicen que se ve al morir fuera más bien el regreso a la existencia? ¿No será que se ve no cuando uno muere, sino cuando regresa de ese túnel y decide no partir aún? ¿No son todas esas imágenes un recuento de por qué vale la pena seguir?

—Quizás así es —asiente Mariano con la palabra *bienvenida* tomando sentido en su cabeza.

—Ojalá se mejore —dice ella levantándose de la banca y retomando su camino calle abajo.

Cuando Mariano regresa a su oficina, la calma continúa. Nadie sabe de su accidente, tampoco su aspecto lo sugiere y, tranquilo, trata de disfrazar su angustia con breves conversaciones. Sin saberlo, su cerebro ha borrado a Mila de su mente con un microderrame, un intento desesperado y quizá consciente de erradicarla para siempre, aunque esto acabara con él al mismo tiempo. Ella, como una pastilla efervescente disuelta en agua, abandonó su existencia con una pequeña muerte.

Rigo toca la puerta, la abre y le pregunta dónde cenará. Mariano, sin apartar la vista de la pantalla, responde que Nadia llega de viaje y que sería bueno estar en casa.

—Se acerca el final —dice, volteando a verlo con una mirada melancólica.

—¡Me alegra que por fin te decidas! —exclama Rigo—. ¿Qué pasó con la otra historia?

—¿Qué otra historia? —pregunta Mariano.

—La mujer de la que me hablaste.

Mariano, aturdido, no sabe qué contestar. Mila ya no existe. Hay un momento en blanco, un minuto mudo entre los dos, hasta que Rigo, quien sabe que su amigo trata de subsistir, cree prudente no preguntar más.

—¡Olvídalo! Sólo quiero que sepas que me hace feliz el que te animes a dejar lo que ya no tiene futuro.

Mariano, confundido por la pregunta que ha hecho Rigo, decide que lo mejor es regresar a casa y terminar el día lo antes posible. Comienza a ordenar sus pertenencias y, al guardar su computadora portátil, siente un vacío penetrante y una evidente sensación de que algo falta empantana su interior.

Al llegar a casa prende la luz de la entrada pero deja las habitaciones a oscuras. Camina hacia la cocina, abre el refrigerador y toma una botella de agua. Cuando el primer trago toca su garganta escucha un ruido en el segundo piso, por lo que deja la botella sobre la mesa y comienza a subir las escaleras. Cuando va a la mitad, el sonido se hace aún más persistente y aunque siente temor continúa avanzando hasta llegar al cuarto de estar, un espacio pequeño con una puerta que da hacia el balcón trasero y la piscina. Al abrirla ve un pájaro atorado en el barandal. Es azul y amarillo, del tamaño de su mano, y sus ojos saltan de la desesperación. Mariano se acerca para ayudarlo, pero su movimiento es demasiado brusco y la criatura se asusta. Apresurado, busca algo para liberarlo y por instinto se pone en cuclillas y sujeta el cuerpo del animal suavemente. Cuando lo hace nota su latido acelerado y, susurrándole palabras sinsentido, lo calma mientras lo saca de donde se entrampó.

El ave, comprendiendo que no le harán daño, lo mira y, segundos después, Mariano abre sus manos para que emprenda el vuelo. La mira alejarse, incluso cuando en realidad ya no la ve, y de pronto el teléfono lo sobresalta.

—Soy Nadia. No contestas tu celular, por eso te llamo por aquí. He aterrizado, nos vemos más tarde en la casa —dice la voz que deja el mensaje en la contestadora.

Mariano voltea a ver el aparato pero lo ignora y vuelve su vista una vez más a los árboles. Aquella ave ha sido para él un pequeño nacimiento. "Hoy he muerto y he renacido." Poco a poco las palabras invaden su boca, que ya no puede contenerlas, y las lanza con voz potente al viento de la noche.

20

Son las diez de la noche cuando Nadia, acompañada de Rupert, llega a casa e introduce con suavidad la llave en la cerradura; mientras abre la puerta suelta su portafolios en la entrada y en silencio prende las luces. En su camino a la oficina, donde está Mariano con los ojos perdidos en el monitor, el animal empieza a ladrar, y en cuanto él los mira corre a olfatear sus pantalones, como si entre el tejido pudiera encontrar los detalles del angustioso día que había vivido.

—¿Cómo estás? —pregunta ella quitándose el suéter.

—Hoy fue un día difícil —contesta Mariano mirándola.

—Llevas ya mucho tiempo así. Creo que deberías hacer algo al respecto.

—Mañana iré a ver al doctor Smith.

—Me parece buena idea. Tú sabes cuánto lo admiro —le contesta Nadia, mientras deja su suéter en una de las sillas del cuarto. Toma su cabello con las dos manos formando un pequeño chongo y se acerca tímidamente para besarlo en la mejilla.

—¿Crees que algún día lograremos ser otra vez lo que fuimos? —susurra ella con tristeza.

Mariano, al mirarla, siente ganas de revivir lo que habitaba en su interior. Se levanta, la toma de la cintura y la lleva hasta la pared. Esos escasos segundos en los que la mira con ojos de deseo, ella los siente infinitos y los bebe como si cayeran directos desde una fuente de juventud. Nadia, que se había reconstruido por arte de magia, trae una falda corta y una blusa de seda azul que hace evidente el temblor que la recorre. Él, por su parte, desliza las manos por debajo de la ropa, tocando todo a su paso y reconociendo ese cuerpo olvidado de forma rápida y eficiente. Al bajar, los diez dedos de Mariano suben su falda y casi al mismo tiempo le bajan los pantalones a él. El deseo, convertido en materia, se hace presente y, recordando aquel impulso primario, le separa las piernas y entra en ella desesperadamente. Adentro, los territorios están herméticos y áridos ante un explorador que no planificó la expedición. Esta violencia genera en Nadia un sudor frío que recorre rápidamente su espalda y llega a su cintura, donde las manos de Mariano sostienen su cuerpo tratando de acoplarla a una melodía sin ritmo. En silencio y concentrado en un solo movimiento, Mariano tiene que cerrar los ojos para buscar en su interior aquello que anhelaba y en medio de su búsqueda repite aquel vaivén vacío una y otra vez, como si estuviera recorriendo los pasillos de una casa, abriendo sus puertas y revolviendo sus rincones en busca de algo que ha extraviado. Un par de movimientos después, aún sin encontrar aquello que perdió, decide rendirse y sube las manos hasta la cara de su compañera, a quien inmediatamente reconoce como una víctima que debe ser liberada; culpable, la mira con ternura y con el beso que le da deposita en sus labios la última partícula de cariño que siente por ella y una disculpa eterna por todo lo que, paciente y silenciosamente, ha soportado.

—¿Qué fuimos? —contesta él aún dentro de ella.

Nadia pone sus manos en las mejillas de Mariano y hace una pausa para ordenar sus pensamientos. Lo que él ha preguntado llega como una daga a su estómago y no puede contestar, por lo que sólo lo mira con dolor y se hace a un lado para expulsarlo de su interior.

—¿Te apetece algo de comer? —pregunta ella con un pie en el aire, después de haberse alejado un par de pasos, dejándolo solo ante la pared.

—Ahora te alcanzo —murmura Mariano, que termina de acomodarse la ropa.

Lo que cenan les sabe a nada. Intentan varias veces atrapar sus miradas, que se pasean por sus bocas y manos sin atreverse a llegar a los ojos. Él sonríe, y mientras organiza por colores la comida de su plato le recuerda instantes bellos de cuando la relación entre los dos todavía olía a nueva y hacían cosas que les divertían. A ella, el recuerdo le produce un sabor amargo, por lo que llena su vaso con agua y la bebe de un solo sorbo.

Su hogar toma un ambiente acorde con su tristeza. Los dos han subido a la habitación y, en la cama, los sentimientos viajan al interior de cada uno. Mariano, con el corazón aun amartelado, quiere sentir amor por ella, pero le es imposible. Nadia, que sufre a diario por no ser amada, se empeña en creer que algo sucederá en él y que finalmente sus ojos la verán como ella anhelaba.

Mariano agarra un libro de ficción, lo hojea pero no lee. Apenas dos líneas, parpadea lentamente y descubre con exactitud el elevado peso de su mirada. Abandona la lectura en el buró y se queda inmóvil y boca arriba esperando el sueño. Nadia duerme a su lado. Para ella conciliar el sueño es fácil, su cuerpo está cansado de la lucha diaria.

Al día siguiente, después de un desayuno aún más silencioso que la cena, Mariano llama a su doctor y le cuenta el suceso que vivió el día anterior; tras oír su relato, el especialista sugiere que lo visite de inmediato. La cita será ese mismo día a las tres de la tarde. Durante la mañana, Mariano asiste a su oficina para arreglar varios asuntos que ha descuidado. Juliette lo espera en la puerta de su privado con su expreso en una mano y una pila de documentos en la otra. Entre papeles se le van las horas, pero al llegar al hospital Mariano está seguro de que han pasado apenas cinco minutos.

Mientras estaciona su coche y se prepara para enfrentarse a decenas de médicos y enfermeras, Mariano piensa que aquellos lugares de sanación son una especie de abadías que nos impulsan a desarrollar nuestra sensibilidad guardada. "Abrimos un diálogo con nuestro interior y agradecemos el que cada órgano nos sostenga con vida", termina diciendo en voz alta al entrar al edificio y llegar al elevador. Las puertas se abren a un corredor estrecho cuyo final está marcado por una puerta de vidrio esmerilado. Mariano se dirige a ella con decisión, la abre y, al dar el primer paso hacia el interior, frena y comienza a entrar cautelosamente. Él sabe que algo dentro de sí no funciona bien y empieza a creer que tal vez es mejor desconocerlo. No se ha asomado al consultorio y ya tiene la idea de abandonar la cita, cuando una voz le pide que espere en la sala.

Al sentarse voltea a ver la televisión, que transmite las noticias; observa las imágenes durante un minuto y después las abandona. Mariano rechaza la manipulación de la información en los medios masivos, una especie de control al que él ya no pertenece. Años atrás decidió cortar su servicio de cable porque le pareció una buena manera de eliminar ese universo y dejar que en su casa únicamente entrara lo que él escogiera.

—¿Señor Wanzer? —vuelve a sonar la voz desde la misma ventanilla.

—Sí, soy yo —dice Mariano y se levanta indeciso.

—Buenas tardes. El doctor Smith lo espera.

La puerta del fondo se abre y una enfermera sobria y elegante lo acompaña hasta un consultorio donde hay una cama angosta forrada de color azul claro y una computadora empotrada en la pared con las siglas MD en el monitor.

—En unos momentos llegará el doctor —dice la auxiliar, mientras Mariano se acomoda y ella completa la información para el expediente.

La asistente lo deja sentado y sale avisándole que el doctor Smith, un hombre de rostro sereno y que aparenta unos sesenta años, lo atenderá lo más pronto posible.

—¡Mariano! Tanto tiempo… —dice del doctor—. ¿Cómo está tu hermano?

—De maravilla. Hace apenas unos días charlamos, París le está resultando una gran experiencia.

—Salúdalo de mi parte la próxima vez que hables con él. Cuéntame, ¿qué sucedió ayer?

Mariano llena sus pulmones de aire y antes de empezar pone en orden sus pensamientos.

—Ayer me desmayé en mitad de la calle. Me dijeron que apenas fueron dos minutos, pero yo los sentí como dos horas.

El doctor mira sus ojos al oftalmoscopio, le toma la presión y revisa su garganta.

—¿Has tenido dolores de cabeza? —pregunta.

—Sí, muchos, por eso asistí con la doctora Davis; tiene su consultorio en la calle de Broadway.

—La conozco y me parece una excelente doctora. ¿Qué diagnóstico te dio ella? —pregunta el doctor Smith.

—Fui sólo para terapia. Me ayudó a clarificar mi mente. Aunque cuando le conté algunas cosas…, personales…, me recomendó algunos exámenes; especialmente cuando le conté sobre mis jaquecas.

—Creo que tendremos que hacerte una tomografía —le dice Smith—. Será en calidad de emergencia porque si lo que te sucedió es lo que yo creo, por muy pequeño que sea, podría ser peligroso. Tal vez la hagan hoy mismo. ¿Tienes tiempo de quedarte un par de horas?

—Por supuesto, doctor. A decir verdad, la doctora también me lo había recomendado. ¿Qué cree que me ha sucedido? Después del desmayo curiosamente me he sentido menos confundido y los dolores de cabeza terminaron.

—Podría ser una pequeña inflamación en tu cerebro o una diminuta ruptura de tus vasos sanguíneos. Hay muy pocos casos. Se trata de una vena que se rompe o se inflama y causa traumas en algunas zonas del cerebro. Tu cuadro me indica que pudo haber pasado algo similar. No obstante, ahora mismo vendrá mi asistente y te harán el examen para asegurarnos.

★ ★ ★

Acostado en la camilla Mariano siente el cuerpo frío; le tiritan las piernas y mantiene los ojos cerrados; en su cabeza hay un gigantesco y negro pensamiento. En unos minutos se adentrará en aquel tubo futurista que toma fotografías del cerebro. "Parece un portal. Ojalá, al atravesarlo, me lleve muy lejos de aquí." Desea estar en un sitio remoto y virgen donde todo sea posible. Cuando la máquina inicia el procedimiento apenas logra oírse respirar y cree ser una nube de lluvia, empapada, pesada y nerviosa. Respira con densidad tras escuchar las palabras del asistente del laboratorio e intenta caer en el sosiego, mientras siente el movimiento de la cama y el ruido del motor, un zumbido agudo, ligero y constante. Pestañea dos y tres veces pero sólo percibe oscuridad, y entonces recuerda una de sus películas favoritas de Stanley Kubrick; las estrellas a ambos lados de la nave espacial, la inmensidad de la galaxia y el láser. Al fin respira con tranquilidad. Todo lo que ha sucedido en los últimos días se desvanece y el imaginarse suspendido en el espacio le proporciona la ligereza de una pluma. En ese preciso instante el aparato se detiene y un sonido rotundo rompe de pronto sobre su cabeza. Le sigue otro y otro, como si un robot gigante estuviera persiguiéndolo. Abre los ojos y ve que sigue dentro de aquel túnel, tapado hasta el cuello con una colcha que brilla. De inmediato siente el jalón mecánico de aquel aparato. Cuando sale toma un respiro, se sienta y agradece que el examen hubiese terminado.

Las horas siguientes son incluso más largas que el extraño viaje en la máquina espacial. Se abraza a sí mismo aún con el frío en el cuerpo y descubre que su piel es como la de un extraño. El doctor abre la puerta del cuarto donde se encuentra y le pide que lo acompañe al consultorio. En la pared del lugar, en el negatoscopio, están los resultados.

—Mariano… —musita el doctor—. Ha ocurrido lo que me temía. La parte frontal de tu cerebro sufrió una inflamación que, aunque mínima, fue peligrosa. Los síntomas deben de haber estado ahí desde hace meses. Generalmente esto se manifiesta con jaquecas y alucinaciones, visuales y auditivas. ¿Nunca sentiste nada parecido? La inflamación comprime tu cerebro y, conforme aumenta la presión, estos síntomas se vuelven constantes y a veces peligrosos o insoportables. Ayer te desmayaste porque la presión hizo que uno de los vasos sanguíneos explotara. Esto, aunque te salvó la vida ya que eliminó la obstrucción, pudo haberte dejado secuelas graves. Quizá si hubieses seguido el consejo de la doctora Davis hubiéramos detectado el problema y lo habríamos podido eliminar sin peligro.

—¿Qué hago ahora? —pregunta Mariano desalentado.

—Primero, debemos asegurarnos de que todos los síntomas hayan desaparecido. Dime, ¿notas alguna diferencia?

—Mi visión se siente más clara, y sí, las jaquecas que me impedían pensar ya no están —dice Mariano, sorprendido de no haberlo notado antes.

—Bien, bien. Por lo que me cuentas y lo que se ve en la tomografía, la inflamación ha bajado y el vaso sanguíneo ha cicatrizado. Es bueno que lleves una vida saludable, porque este suceso pudo costarte la vida.

—De acuerdo —susurra Mariano pensando que una vez más Nadia arreglaba su vida incluso sin saberlo.

—Normalmente, este tipo de traumas repercuten en el cerebro —explica el doctor con ritmo pausado—, por lo general en los recuerdos. Es posible que haya afectado tu memoria.

—¿Memoria?

—Sí. Quizá recuerdes mejor ciertas cosas que sucedieron años atrás, pero tal vez hayas olvidado hechos más recientes.

—Creo que recuerdo todo, doctor —asegura.

—Haremos algunas preguntas rutinarias y otros exámenes, pero de ahora en adelante debes hacerte chequeos constantes y tomar algunos medicamentos que prevengan otro coágulo.

—Genial —contesta Mariano sintiendo cómo la realidad lo golpea.

—Comienza, por favor, diciéndome el nombre de tu calle, la marca de tu coche y el nombre de tu novia.

—Arizona, Tesla y Nadia.

—¿Recuerdas qué hiciste el día anterior a tu desmayo?

—Sí. Fui al trabajo y después regresé a casa. Por la noche Nadia y yo paseamos a su perro, como hacemos siempre que ella está en casa.

—Aparente normalidad —sentencia el doctor con voz tranquila—. No obstante, si notas que has olvidado algo, como por ejemplo la clave de alguna cuenta del banco o el nombre de algún amigo, anótalo en una lista. Me gustaría que me hicieras saber cualquier anormalidad.

—Lo haré… ¿Le puedo platicar algo?

—Dime.

—Ayer sentí como si me estuviera muriendo. Vi ese túnel del que todos hablan. Ése que ven los que juran haber muerto y regresado a la vida.

—Por suerte, tu condición física ayudó a la cicatrización, y como la ruptura fue mínima la hemorragia se reabsorbió sola —dice el doctor con calma mientras escribe una receta médica—. Creo que estás fuera de peligro, aunque tendremos que mantenerte en observación constante. Toma estas pastillas una vez al día —termina, mirándolo con ojos de un padre que reprende.

Mariano estira el brazo y toma la receta. Se despide del doctor estrechándole la mano y sale camino a casa. "La memoria", repite su cabeza en el elevador. "Yo no he olvidado nada", aunque tiene la sensación de que no es cierto.

Al llegar encuentra el coche de Nadia frente a la puerta. Toma aliento antes de entrar y busca en algún recóndito lugar de su ser un signo de bienestar. Extrañamente, Mariano siente una enorme soledad envolviéndolo, le falta algo; mira dentro de sí pero no ve de dónde emerge toda aquella tristeza. Nadia corre a saludarlo, y él, al verla, siente más que nunca el impulso enorme de terminar aquella relación.

—¿Fuiste al doctor? —pregunta ella.

—Fui —contesta él.

—¿Todo bien?

—Todo bien —miente.

—Me agrada —dice ella—. ¿Salimos a caminar?

Mariano la observa mientras va por la correa del perro y se percata de que lo que está tratando de descubrir en ella, en su cuerpo, en sus movimientos y hasta en su aroma, no está ahí. Busca algo que no puede encontrar. Aquel sentimiento lo aterra y lo hace sentir como un rompecabezas completamente desarmado.

—Salgamos —dice él y finge volver a la normalidad.

En medio de aquel teatro, en el cual intenta con todas sus fuerzas desempeñarse en un papel estelar, Mariano, como un ente alejado de los elementos que lo rodean, se vuelve un ser completamente cerrado y durante el fin de semana llega a su límite.

★ ★ ★

Cuando Nadia no salía de viaje solían cenar juntos en casa de unos amigos. Mike y Ann, viajeros intrépidos y abogados vehementes, siempre los divierten con sus relatos de aventuras y lugares exóticos. Sumado a esto, él colecciona vinos que trae de distintas partes del mundo y que degustan en cada reunión.

Luego de mucho tiempo de no verlos, esta noche la cita es a las nueve en su casa de Beverly Hills. A Nadia no le gusta llegar tarde a ningún lugar y Mariano siempre anda a las carreras diez minutos antes de salir, cosa que pone a ella muy nerviosa. Esta vez no es la excepción. Él, aún abotonándose la camisa, toma el vino que llevarán a la cena y sale de la casa para subir al auto. El coche que usan cuando salen juntos es el de Nadia. Ella, por costumbre, es la que conduce, sin dejar nunca el carril de la izquierda. Dure lo que durase, el viaje siempre parece una línea recta; el movimiento uniforme y la velocidad invariable dan la sensación de estar trasladándose a un lugar inexistente. El silencio no ayuda; es muy raro que haya música en el auto y, si suena algo, es la voz monótona y adormecedora del conductor de algún noticiero de formato arcaico y aburrido.

Ella luce impecable. Preocupada por su imagen, va al salón tres veces por semana, logrando que su cabello, de tono nogal brillante, mantenga un alaciado perfecto y caiga uniformemente justo a la altura de sus hombros. El esmalte rojo carmesí de sus uñas no tiene ni un raspón. Viaja tanto que sus objetos personales pasan muy poco tiempo en el baño y mucho dentro un gran bolso cuyo exterior parece un muestrario de letras. Mariano, si bien no es enemigo del buen vivir, no puede creer la cantidad de dinero que Nadia gasta en ese tipo de cosas, que para él son cada día menos importantes.

—Llegamos.

—¿Tan rápido? —pregunta él sorprendido.

—¡A mí me pareció una eternidad!

Llaman a la puerta a las nueve en punto. Adentro pueden escucharse música y gritos de niños jugando. Nadia y Mariano oyen unos tacones que se aproximan y voltean a verse, pero la incomodad que sienten cuando sus ojos se encuentran sólo reafirma el silencio que reina entre ellos. Finalmente, como para salvarlos de ese momento, una mujer alta y con un vestido pegado al cuerpo aparece en el umbral; su cabello es largo y sus ojos tienen un color claro cuyo tono exacto es difícil de distinguir, porque la luz es muy tenue.

—¡Ann! —dice Mariano emocionado.

—¡Hola, Nadia; hola, Mariano! ¡Bienvenidos! —contesta mientras se hace a un lado para dejarlos entrar.

El piso de la casa es del mármol más elegante que puede encontrarse en Los Ángeles. En el vestíbulo destaca una mesa de vidrio de un metro y medio de circunferencia con un gran arreglo floral rodeado de libros utilizados como decoración. El olor que las plantas despiden obliga a cualquiera a entrar en un mundo sofisticado y, a su vez, frío y rígido. A la derecha hay una sala amplia con muebles de seda blanca y otros objetos cuidadosamente escogidos. A lo lejos se ve una cocina donde puede distinguirse a un chef preparando la cena que degustarán esa noche. Allí, dos niños corren alrededor de una isla que contiene utensilios de pastelería gourmet.

Nadia, que siempre sigue las reglas de etiqueta, llega con expresiones complacientes y celebra todo lo que ve a su paso, las flores y el arte que cuelga en el pasillo que conduce a la cocina. También le comenta a su amiga los datos del vino que lleva y le explica que sus productores empezaron desde abajo, comprando una diminuta bodega que estaba por quebrar en el sur de Francia, y poco a poco fueron expandiéndose hasta convertirse en el imperio que son en la actualidad. Mariano, por su parte, permanece en el vestíbulo hojeando los libros de la entrada y esperando a que Mike aparezca. Mientras recorre la mesa llegan a saludarlo dos chiquillos en pijama. Al pequeño le faltan dos dientes y su atuendo está salpicado de superhéroes modernos; sus ojos son claros como los de su mamá y parpadean rápidamente. La niña, que aún posee todos sus dientes de leche, tiene el cabello mojado pues acaban de bañarla. Mariano la abraza y cierra los ojos como para llevarse esa vitamina que regala la inocencia de los niños a punto de irse a dormir.

—¡Perdón, perdón por no estar aquí cuando llegaron! —grita desde la puerta su amigo, que entra caminando entusiasmadamente. Al llegar, le da un abrazo a Mariano y le pide que lo siga hasta la cocina, donde besa en el cachete a su esposa. A Nadia le da dos amables palmadas en la espalda.

—¡Mariano! ¡Sabandija! ¿Cuánto hace que no nos veíamos? Nos tenían olvidados tú y Nadia.

—Cierto, amigo mío, hemos estado un poco aislados de la vida social últimamente.

—¡Excusas, excusas! Seguro que se la han estado pasando en grande a solas, ¿eh? —dice Mike lanzando a Nadia una mirada cómplice—. ¿Qué estará haciendo nuestro querido chef? Pasemos por favor a la mesa, que me desmayo del hambre —concluye señalando hacia el salón comedor.

La cena es sublime, digna de los más finos restaurantes de Los Ángeles. La carne, en punto perfecto, está bañada con un chimichurri casero de menta que le da un toque fresco y vigorizante; el colchón de papas, finamente cortadas, está sazonado con hojas de romero fresco, y como guarnición el chef se luce con una ensalada de peras y rúcula sazonada con vinagreta de moras.

Son las diez y media y los platos han quedado vacíos. Sobre la mesa hay cuatro botellas de vino, dos Chateau Margaux y dos Chateau Lascombes. La idea de Mike es comparar la variedad de sabores que ofrecen los viñedos mientras les platica de alguno de sus viajes recientes. Es la parte de la velada que más divierte a Mariano.

—La historia de esta zona de viñedos es realmente seductora —dice su amigo mientras da un trago a su copa casi vacía—. Ann y yo visitamos viñedos de Burdeos el verano pasado. Tienen tanta historia guardada; imagínense, más de dos mil años.

—Los Ángeles es una ciudad tan nueva comparada con lo que ahí se respira —interviene su esposa.

—Siempre quise conocer la campiña francesa —dice Nadia—, sobre todo la parte del sur. Esos pueblitos tan encantadores con sus casas de piedra que parecen haber estado ahí desde siempre.

—¡Alucinante! —dice Mike—. Sobre todo su historia. Se dice que uno de los dueños originales de Chateau Margaux fue ejecutado en la guillotina y que David Rockefeller fue inversionista de Chateau Lascomes, lo cual es interesante porque él es norteamericano y los franceses son celosos de esos detalles. Hay por ahí una leyenda urbana que dice que el gobierno de Francia declaró al Chateau Margaux tesoro nacional para impedir que la Coca-Cola comprara el viñedo.

Una quinta botella llega a la mesa. Después de darle un trago al Pavillon Rouge, Mariano interrumpe:

—Mike, coméntale a Nadia sobre esa botella que estaba asegurada en $225,000 dólares y se rompió en una gala.

—¡Sí, claro! —exclama él retomando el mando de la conversación—. Resulta que esa botella fue encontrada en una bodega de vinos en París y parece ser que era de Thomas Jefferson. Un coleccionista de vinos que la tenía guardada la llevó a una gala en el Four Seasons de Nueva York y un mesero la rompió.

—¡Cómo! —exclama Nadia aterrada—. ¿Qué hacía un mesero con esa botella?

—Precisamente —contesta Mike guiñándole un ojo.

La conversación sigue amena y divertida un buen rato. El vino ya ha hecho de las suyas y Mariano, si bien se divierte con las historias del abogado, es invadido por un sueño difícil de controlar. Mira su reloj, no porque quiera irse, sino para corroborar si la hora es la razón de su cansancio. Nadia nota el movimiento y le arroja una mirada regañona. Ann, notando la tensión que hay entre los dos, se para de la mesa y anuncia:

—Voy por el postre, no me tardo.

Los tacones siguen en sus pies. No se los ha quitado ni por un momento. Es como si estuvieran cenando en un restaurante y no en la comodidad de la casa. Su vestido sigue impecable: ni una sola arruga. Por momentos se siente como si Ann fuera un adorno más de la casa, imponente, inmaculada, perfecta.

—Ya casi no siento las piernas con el vino. Pasemos a la sala para comer el postre, ¿les parece? ¡Ann, trae el postre a la sala, lo comeremos ahí! —dice Mike.

Mariano, agotado, está cabizbajo y apartado de la conversación cuando, mirando la cabeza de bisonte que está exhibida en la sala se percata por primera vez de cosas que antes no veía. Hay un cadáver en medio de la sala, un animal muerto y expuesto como decoración. Esto le produce tal asco que tiene deseos de salir corriendo. Sus ojos pasan revista a cada objeto, analizándolo minuciosamente. Cada detalle tiene un subtítulo invisible al lado que informa de su estatus. Las fotos no son tan importantes como el marco que las guarda. El tapete cuadrado tiene un dibujo cuya simetría es el reflejo de la relación de sus amigos. Empieza a marearse, se siente abombado, pero lo que más rechazo le causa es ver lo perfecta que se ve Nadia en aquella escena. Puede ser ella, tranquilamente, uno de esos elementos. No es que Mariano no aprecie la buena vida, es sólo que, para él, ahora todo debe tener un sentido más profundo.

Su viaje de repudio es abruptamente interrumpida por Mike, que abre una botella de whisky, con cuyos primeros sorbos arriban temas más delicados.

El despacho jurídico que el amigo de Nadia formó hace quince años se encuentra ahora defendiendo a un banquero que ha cometido un fraude, lo que ha generado fuerte escándalo en el país porque se enriqueció ilícitamente con los bienes de sus inversionistas. Ellos, furiosos, han abierto un caso casi imposible de defender, por lo que el capitalista, que se encuentra en estos momentos en arresto domiciliario, ha empleado a Mike por su reputación impecable. Para agregar morbo a la historia, uno de los inversionistas se ha quitado la vida apenas unas semanas antes, al percatarse de que lo había perdido todo. Algo dentro de Mariano suplica que, a diferencia de otras veces, su amigo no tenga el mismo éxito y el inversionista pague por su falta. Nadia, por el contrario, ve todo desde otra perspectiva y considera aquello como una gran oportunidad. Piensa que simplemente no se puede pagar mejor publicidad: un caso tan mediático es un tesoro para cualquier profesional.

Los ánimos se van apaciguando. La música ya no suena y la noche termina finalmente con el típico *tour* por el jardín, donde Mike les muestra entusiasmado sus plantas exóticas. Eso relaja a Mariano; el olor de las rosas blancas y de las gardenias lo remontan a su infancia y lo llevan a la casa paterna, donde su madre lo sentaba junto a ella mientras limpiaba el jardín. El olor es sutil y el clima de la noche perfecto; los grillos acompañan con su canto el sonido de los tacones de Ann, que suenan intermitentemente entre los mosaicos y el césped. La despedida dura unos cinco minutos bajo el vetusto candelabro de la entrada. Siempre, antes de irse, todos marcan su calendario para continuar la cadena de visitas.

En esa ocasión, Mariano es más rápido que de costumbre y, aunque celebra los chistes de Mike, tiene el sabor amargo de esa noche en el paladar, por lo que necesita con todo su ser refugiarse en el coche. Todo aquello es ahora la síntesis del conjunto de cosas de las que quiere alejarse.

—¡Adiós! —exclama y sin esperar se encamina al coche.

En el auto, Mariano se siente a salvo, aunque la cara de Nadia luce realmente molesta. Él opta por permanecer en silencio, pero ella, sin poder resistirse, tira la primera piedra.

—¿Qué te pasa? —dice en tono de reproche.

—No tengo nada, estoy cansado y creo que bebimos de más —responde Mariano mientras se pone el cinturón de seguridad.

—Mientes —dice Nadia con amargura—. Estás cada vez más ausente.

—No es ausencia, es asombro —contesta él.

—¿Asombro?

—¡Qué es eso de que apoyes algo tan detestable como la defensa del financiero! ¡Me es difícil aprobar una vida tan superficial! —le dice Mariano casi gritando. Se siente liberado, se ha desahogado y no puede evitar una sonrisa de satisfacción, pero al mismo tiempo lo invade un poco de culpa. Nadia se queda fría al volante y enciende el coche sin quitarle la mirada.

—¿De qué hablas, Mariano?

—Te estoy diciendo lo que pienso. No puedo creer que realmente no lo veas, estás ciega.

—Llevas ya mucho tiempo perdido en tu mente, Mariano, ¡es como si ya no existieras!

—Exactamente eso es lo que sucede —dice él—. He dejado de vivir en una mentira.

—¡No me culpes de eso! —grita Nadia mientras conduce muy apresurada y no le quita la vista de encima—. ¿De qué mentira hablas, Mariano? ¿De la cantidad de pretextos que me pones para no estar conmigo? ¿Sabes cuántas veces me he ido a dormir sola este año? ¡Tú no puedes más, pero yo tampoco!

—¡Nadia, maneja bien! —grita Mariano asustado por el coraje con el que conduce.

—¡Eres otro, Mariano! Te fuiste hace mucho tiempo, dejas todo abandonado y a Rigo a cargo de la oficina. No paran de llamarme de ahí para ver si estás bien y yo sigo sin saber qué tienes.

Nadia maneja sin darse cuenta de adónde se dirige. Voltea a verlo, le habla ahora sin quitarle la mirada de encima, mientras su pie derecho acelera cada vez más. Mariano ve la luz roja del semáforo y, antes de poder reaccionar, siente el impacto en medio del auto. Simultáneamente, un golpe amortiguado se escucha en la puerta y él puede sentir la lluvia de escombros que se estrella sobre su espalda, al mismo tiempo que escucha gritar a Nadia sin poder verla porque las bolsas de aire han estallado golpeando una de sus mejillas.

Se dirigían al oeste por Santa Mónica Avenue y, en cuestión de segundos, el coche apunta al este en el carril opuesto. El vehículo, que viajó por el aire unos segundos, se ha detenido un metro antes de la pared de la acera contraria. Tras semejante concierto de metales, cristales y crujidos llega la calma. El silencio absoluto da paso al terror.

Mariano abre los ojos. Está desconcertado y lo primero que ve son sus pantalones llenos de sangre y pedazos de vidrio. Nadia está inconsciente y su cabeza recargada en la ventanilla de su puerta. La radio del coche cambia abruptamente por el impacto y emite estática pura y metálica. Él reacciona rápido y trata de abrir su puerta, pero está atorada, así que, con mucha dificultad, sale por la trasera. Ya en la calle comienza a marearse y, con la vista nublada, ve acercarse a un hombre que agita los brazos y grita algo incomprensible. El lado izquierdo del otro auto ha quedado destrozado y su color blanco se ha vuelto de un gris metálico; una de sus luces intermitentes parpadea. No le da mucha importancia. Está totalmente desorientado y siente un zumbido insoportable en los oídos. Le cuesta recordar qué hace en esa calle. Intenta poco a poco recapitular todos los hechos y reacciona de golpe. Nadia sigue en el coche, por lo que rápidamente trata de abrir la puerta, que tiene puesto el seguro. Vuelve a meterse por la parte de atrás del auto para pasar la mitad de su cuerpo adelante y con su mano izquierda logra abrir la puerta después de empujarla con todo su esfuerzo. Ella no despierta mientras la arrastra y acuesta en el piso. La recarga en sus piernas y la abraza. A lo lejos se escuchan la sirena de la ambulancia y las voces de algunas personas que se aproximan.

La ayuda tarda poco en llegar. En la ambulancia Nadia va acostada y él sentado junto a ella, con una cortada profunda en su mejilla y la camisa llena de sangre. El lado izquierdo de su frente está cubierto por unas gasas que comienzan a mancharse de rojo. La sirena los acompaña en ese silencio que dice mucho más que mil palabras. Mariano va asustado y preocupado por el bienestar de ella. Cuando la mira, su mente se llena de pensamientos obvios. El viaje al hospital no dura más de cinco minutos. El personal los precipita adentro y los separa. A ella la llevan al área de operaciones y a él lo dejan en la sala de trauma, donde un doctor y una enfermera le piden que se siente en la camilla. Ahí le revisan las pupilas y las costillas, y comienzan a limpiar su mejilla.

—Sus heridas son superficiales. Descanse un momento y beba algo de agua —dice el asistente y, tras darle un vaso plástico y una jarra metálica, lo deja recostado y solo.

En cuanto Mariano se siente mejor, va directo a la estación de enfermeras para preguntar por Nadia.

—Sí, claro —dice la mujer que está a cargo de la sala—. Entró a la sala de operaciones. Por favor, tome asiento; le avisaremos en cuanto salga. Usted necesita descansar.

—Necesito pasar a verla. ¿Está bien? ¡Necesito hablar con alguien! —dice agitado Mariano pero sintiendo que sus piernas empiezan a temblar de nuevo.

—Señor, acaba de pasar por un trauma fuerte. Entiendo que esté nervioso pero, por favor, tome asiento, que los doctores están con ella. Le avisaremos en cuanto pueda verla.

Mariano, inmóvil y expuesto, cubierto por una bata delgada y fría, siente como si la estación de enfermeras y el resto del hospital se encogieran y tomaran la dimensión de una maqueta escolar. Dos horas después y con Nadia en terapia intensiva, casi puede ver la mano que empieza a despedazar esa imitación de la realidad en miniatura.

21

Las partículas de polvo flotan alrededor de la casa al compás del silencio. En todo el lugar reina la quietud y lo único que puede escucharse de tanto en tanto es el tictac del reloj del primer piso. Para disgusto de Mariano, la mujer que se encarga de la limpieza, ignorante de la situación, ha tomado la semana libre, por lo que en la cocina una pila de platos sucios y bolsas vacías de distintos restaurantes llenan el espacio, generando una atmósfera densa que parece detenerse en el tiempo debido al ruido monótono de la heladera. Él recorre aquel caos, y aunque sabe que aquello debe solucionarse algo lo detiene.

Bajo su mirada atenta, las manecillas se mueven lentamente y marcan las dos de la tarde. Él, separado de la realidad, ignora el día que es, y poco o nada le importa la hora. Al salir del hospital Nadia le ha suplicado no contactar a su familia y contarle del accidente únicamente a Rigo. La causa del choque es para ella la última gota de orgullo y no quiere dar explicaciones del porqué o el cómo de la situación. En un confinamiento silencioso todos los días son exactamente iguales para Mariano: despierta para darle los medicamentos a Nadia y curar sus heridas; ella, tímida, trata de pedirle ayuda, y él, fingiéndose un profesional, elimina de su mente la desnudez de ella.

Navegando por el aire espeso que se concentra en el vestíbulo, Mariano llega ante un espejo que le escupe la realidad bruscamente. Hace varios días que no se baña y la herida en el rostro que le ha dejado el accidente apenas comienza a sanar. Su reflejo le deja ver unos ojos hinchados y un par de labios partidos que no recuerdan cómo ser felices. En ese momento, observando su condición, nota que ha caído en un pozo sin fondo del que no será fácil salir y en el cual, con cada segundo que pasa, la luz desaparece como si retrocediera alejándose a propósito. A punto de gritar, su visión se interrumpe por el sonido de su celular, que suena sin parar. En la pantalla se lee OFICINA. Hace varios días que Mariano no se presenta a trabajar. Ha avisado del accidente a Juliette y a Rigo, quien se empeñó en que descansara y se recuperara. Desde aquel lunes Mariano no ha vuelto a llamar al despacho, y a pesar de ello decide ignorar la llamada, como también ignora su imagen en el espejo y las miles de cartas que se acumulan en el buzón. Se encuentra abstraído en sus pensamientos cuando lo distrae el sonido de unas patitas que se acercan a él; Rupert, con ojos de abatimiento, lo mira desde abajo. En ese momento Mariano siente empatía y le abre la puerta de la cocina para que salga; cuando el animal cruza el umbral, emocionado le dice:

—Ve, Rupert, disfruta el momento —y a medida que lo ve alejarse en el jardín descuidado y lleno de hojas una gran melancolía lo invade y tiene la sensación de que ésa será la última vez que lo verá como a un compañero.

Con la vista en la nada y parado en el umbral de la puerta, Mariano toma fuerza y respira profundo para subir las escaleras. Lo hace lentamente porque el cuerpo le pesa y le cuesta juntar energía. Las reflexiones inundan su mente y son tantas que ya no caben en ella, por lo que las ve caminar junto a él, haciéndole confundir la realidad con la fantasía. Estos pensamientos corpóreos luchan entre sí a cada nuevo paso y como resultado de sus encuentros se dividen y multiplican, imitando la mitosis y citocinesis de una célula que, al convertirse en dos, vuelve a reproducirse de manera infinita. Al llegar al descanso, Mariano y todos esos conceptos que lo acompañan aún en caos por la falta de espacio se detienen sin saber cómo alcanzar la cima. Él mira sobre su hombro y a los costados, e implorando silencio descubre que el camino que lo lleva hasta ahí le es desconocido. Mientras trata de comprender su estado levanta la vista y, asustado por la proliferación de pensamientos, susurra con toda la convicción de que es capaz un "alto" tan suplicante y determinado que, de algún modo, algo en su mente se acomoda y de repente todo tiene lugar. Aprovechando esa tregua Mariano se apresura y alcanza el segundo piso, donde el ambiente es aún más espeso, como si fuese la parte más profunda de un océano oscuro, impenetrable y misterioso.

Hacia el final del pasillo puede distinguirse la puerta de la habitación que comparte con Nadia. Al mirarla entreabierta se obliga a entrar, aunque realmente no desea hacerlo. En el interior los muebles se ven ajenos; el piso parece moverse y el sillón azul de respaldo rojo que tanto le había gustado le causa pánico. En la sombra, lo primero que distingue son la silueta de ella que se marca perfectamente bajo las sábanas y su mesita de noche, repleta de medicinas prescritas por los doctores, quienes han asegurado que se repondrá en menos de dos semanas. Sufrió un golpe férreo en la cabeza; tiene rotas algunas costillas, laceraciones internas y un corte que requirió más de veinte puntadas en la pierna izquierda. Imágenes del choque llegan a la mente de Mariano mientras la observa desde el marco de la puerta. Ha pasado una semana y él ha atendido a Nadia mejor que un enfermero profesional, pero desde que llegaron a casa sus miradas no se han cruzado y ambos saben que son solo dos desconocidos conviviendo en lo que se ha convertido en una fría sala de hospital.

Al mirarla sola y expectante no avanza, y al no poder quedarse ahí más de un par de segundos, sale apresuradamente; llega a las escaleras casi corriendo y baja tan aprisa que sus pensamientos se desparraman de nuevo. Esta vez, además de corpóreos son audibles; todos suenan incoherentemente y las palabras no se distinguen. Como en una cinta en retroceso, Mariano cree escuchar cosas que en realidad no están: ideas filtradas entre esa masa amorfa de sonidos que lo rodean como una nebulosa.

Cuando llega a la planta baja se detiene y piensa qué hacer. Él es un habitante ajeno en su propia casa. Un preso y una presa. Cruza la sala con cuidado, tratando de esquivar los muebles, monstruos de mil dientes que lo observan amenazadores. Algo lo hace buscar con afán el refugio de su estudio al fondo del pasillo, donde se siente a salvo de todas las miradas, donde las cosas se ven mejor por la luz del ventanal, que deja entrar delgados haces que se detienen flotando sobre su escritorio. Desde su silla, observa que a través de una rendija del armario se filtra un peculiar haz de luz; camina hacia él con la intención de investigar y al abrir la puerta se detiene ante una pila de papeles y libros acumulados; son viejas propuestas de negocios, contratos que no se firmaron, asuntos cerrados y planificaciones futuras, todo entre cajas que contienen objetos personales y recuerdos olvidados. Sin saber por qué, se atreve a abrir una de ellas, donde se distingue un sobre con las siglas UD y bajo ellas, en letras más pequeñas, "United Doctors". Junto al sobre encuentra un libro intacto y entre sus hojas otro sobre. Haciendo a un lado el libro y la carta que guardaba, toma el sobre de United Doctors y lo abre.

Adentro hay una ecografía en la que se distinguen figuras blancas sobre un fondo negro. Arriba, en letras muy claras, está escrito el nombre completo de Nadia y su fecha de nacimiento. La fotografía que Mariano sostiene le causa una revolución que lo regresa a los recuerdos que hacía tanto tiempo había decidido enterrar.

Nadia, sentada en la cocina bajo el reloj y sosteniendo ese mismo sobre, le pedía que la acompañara. "Es importante", decía mientras él se paralizaba y sentía que el temor invadía cada partícula de su cuerpo. Lo que más le aterraba era la falta de expresión en el rostro de ella mientras le mostraba el ultrasonido y le informaba que iban a ser padres.

Al ver la imagen que evidenciaba el estado de Nadia, Mariano sintió toneladas de libras acumularse en sus pies; la sangre le dejó de circular por unos instantes y su cabeza se hizo ligera mientras las puntas de sus dedos se adormecían. Temblaba porque sabía que su cara no reflejaba algo positivo, aunque a ella también se le fue todo el peso directamente a un lugar, el corazón. Notando esto, él reaccionó y tomó fuerzas para acercarse, abrazarla y, fingiendo emoción, besarla. Si bien llevaban tiempo juntos, tener un hijo con ella, por algún motivo, no lo sentía correcto.

—¿Estás feliz, Mariano? —preguntó Nadia para romper el silencio.

Él tenía ganas de ser padre pero no con ella, con lo cual su respuesta fue honesta con respecto al ser que venía en camino.

—Sí, mi amor, me hace muy feliz.

Mariano mintió, no porque quisiera, sino porque era lo correcto, por ese niño que venía y por no lastimar a la persona que lo engendraba. Son esas mentiras piadosas que las personas dicen las que van rescribiendo la dirección de la vida. Él sabía que Nadia llevaría a término el embarazo, por lo que supo, en seguida, que se quedaría junto a ella. Había vivido en carne propia lo que significaba crecer sin un padre y no permitiría que algo así le sucediera a su hijo.

Los meses siguientes fueron muy duros para ambos. Nadia tuvo náuseas durante todo el primer trimestre y su presión se elevaba mucho. Para empeorar las cosas, por más que Mariano lo intentara, simplemente no podía darle amor. Antes de enterarse de la noticia, él ya había abandonado la pareja. Cerró su historia de amor el día que entró por la puerta con ese libro y esa carta de despedida que jamás sería leída. Las visitas al médico eran sólo una cortesía y en ellas saboreaba esa alegría con dolor.

Nadia lo sabía, pero jugaba a no darse cuenta. Explotaba al máximo esa capacidad que tienen las mujeres de mirar hacia otro lado, de perdonar y de sufrir en silencio, aunque su aspecto reflejaba la tristeza que la inundaba. No había dejado de trabajar, pero pasaba más tiempo en casa. Mariano detestaba llegar y verla triste, descuidada y deprimida, y si bien sabía que él era el culpable de ese malestar, no podía hacer nada para hacerla sentir mejor. Ella era una persona solitaria, pero de tanto en tanto alguna amiga la visitaba para hacerle compañía. Cuando eso sucedía y Mariano entraba por la puerta, sentía como si dos jueces le dictaran sentencia con severas miradas de reproche.

A pesar de todo aquello, Mariano trataba de ejercer su rol lo mejor posible. Se acercaba a ella, le acariciaba el vientre y apoyaba en él su oído para escuchar lo que se desarrollaba en su interior. Estos pequeños instantes despertaban en Nadia una suerte de esperanza, la confundían, la llenaban de inseguridades, expectativas e incertidumbres. ¿La amaba? Poco le importaba en ese entonces, ya que su mente y su corazón estaban fijos en una sola cosa: su hijo.

Así pasaban los días para ambos, hasta que a los ocho meses, un día cálido de junio, otra vez el destino intervino en sus vidas. Entrada la madrugada Mariano despertó con los gritos de Nadia, prendió la luz del velador y trató de hablarle.

—¡Nadia! ¿Qué ocurre?

El dolor de Nadia era tal que la dejaba sin aliento y no fue capaz de responder.

—¡Nadia! ¡Dios mío! ¡¿Qué sucede?!

Al ver que ella no respondía y que se retorcía de dolor agarrándose el vientre, corrió rápidamente la colcha y las sábanas revelando una alberca de sangre. La imagen fue impactante, Mariano quedó en *shock*. Nadia estaba pálida y con un último grito se desvaneció. Esto sacudió a Mariano, que sin perder un segundo llamó al 911 por inercia, como si en ese momento su cuerpo se moviera solo.

Horas después, mientras esperaba en una fría sala de hospital, el doctor salió para darle la devastadora noticia. Nunca recordó claramente lo que escuchó, pero las palabras "líquido amniótico" y "asfixia fetal" llegaron a él como una sentencia de muerte.

Curiosamente, en ese momento deseaba más que nunca a ese bebé que no había logrado llegar a la Tierra y que había decidido seguir su viaje sin pasar por esta realidad. El terror de entrar a ver cómo estaba ella después de la operación se calmó cuando la enfermera le dijo que seguía sedada. Se quedó en la sala de espera unos minutos y cuando pasó a verla lo invadió un gran dolor, no sólo por el hijo que había perdido, sino porque ni siquiera podía imaginar lo que Nadia sentía, las ilusiones destruidas dentro de ella y también el interminable número de expectativas que habían terminado ese día. Ella se veía sosegada bajo la luz tenue y el sonido de las máquinas marcaba el compás de su respiración. Él se quedó parado observándola y buscando dentro suyo algo a lo que aferrarse para entrar en armonía. Nada. Desde ese instante, ellos dos siguieron juntos sin estarlo. Después de todo lo que había ocurrido no podía dejarla. Nadia necesitaría tiempo para recuperarse y él lo sabía perfectamente.

Todos estos recuerdos transportan a Mariano al pasado, como si volviera a vivirlos. Sigue contemplando los papeles sin mirarlos realmente, con la vista extraviada, como si se hubiera internado en un sueño del que ahora despierta lentamente. Sacude la cabeza y vuelve a colocar las imágenes médicas en el sobre del que han salido. Decide volver al presente y enterrar nuevamente el ayer. Coloca los sobres y el libro en la caja y acomoda todo en el armario. Cuando se dispone a apagar la luz, nota sus viejos palos de golf y se ríe de sí mismo. Ya no recuerda la última vez que jugó. Abandonó este deporte luego de lastimarse el brazo montando a caballo. Pensando que estos instrumentos de deporte también pertenecen al pasado, decide moverlos para acomodarlos mejor y entonces nota que detrás de ellos hay un bulto; curioso por ver qué es, los quita de en medio y toma en sus manos lo que escondían. Un regalo.

Inclinándose, lo toma y se queda observándolo, intentando recordar su procedencia. Es inútil, su mente no tiene registros de él y por más que lucha por recordar, no lo consigue. ¿Será de

Nadia? Mariano descarta esta posibilidad porque la envoltura del paquete no es de su estilo. Sale del estudio con ese bulto envuelto en papel marrón y cintas azules, y espía a su alrededor como para asegurarse de que no hay nadie. Camina hacia la sala y se acomoda en el sillón, colocando el paquete sobre su regazo. Antes de desatar el moño lo mira detenidamente una vez más; lo siente familiar, pero no logra recordar de dónde viene. Casi por instinto, y preso de la ligera paranoia que suele generar ese tipo de situaciones, voltea para ver si alguien baja por las escaleras, pero el silencio absoluto en la casa le confirma que está solo en esa planta.

Mariano abre el regalo cuidadosamente para no hacer ruido. El proceso dura casi un minuto y al finalizar descubre en el interior del paquete un disco de vinilo. Hace tiempo que Mariano no ve uno de ellos. "Hoy en día ya nadie compra discos, se han convertido en un formato obsoleto, destinado a coleccionistas y nostálgicos", piensa mientras la añoranza se desborda en su cuerpo debido a la perfecta portada que muestra a un hombre tocando la trompeta y del lado derecho, en letras azules, la leyenda *Kind of Blue*.

Tres cosas extrañas suceden en ese momento. La primera es un tintineo en su oído, agudo y punzante, como los que se sienten cuando uno ha estado expuesto a sonidos de alta intensidad. Molesto por ese ruido Mariano se lleva la mano a la oreja. Ese gesto es inútil, ya que el sonido se prolonga y se hace más intenso. Entonces, un chapuzón en la piscina del jardín lo distrae, por lo que se precipita hacia la ventana, pero no ve nada. Todo está en perfecto orden y el agua en calma. Mariano junta las cejas y se muerde el labio de arriba con los dientes de abajo, extrañado y perplejo. Sin saber qué hacer y sintiéndose un poco perdido por ese zumbido incesante, decide volver al sillón de la sala. Al sentarse, una pequeña figura salta de su estante en la biblioteca y cae al suelo. Sin soltar el disco, que ha permanecido en su mano, se levanta y corre a ver qué ha pasado. Se pone de rodillas y se da cuenta de que se trata de un figurín que Nadia le había regalado años atrás. En vez de recoger lo que ahora son cuatro pedazos de porcelana, voltea a la izquierda y observa su aparato de música. "Miles Davis", lee en la contraportada del regalo, y como realizando un ritual le quita el papel celofán, saca el disco de sus fundas y lo introdue en el estéreo.

Su cuerpo está tan cansado por los acontecimientos de las últimas semanas que su espalda se hunde exageradamente en el sillón en cuanto comienza la música. Su existencia se pierde entre los cojines y sus pies dejan huellas en el tapete como si estuvieran sobre arena. La música comienza a viajar desde las bocinas directamente hacia él, y al llegar a su cuerpo siente como si Miles Davis se hubiera vuelto un doctor especializado en su vida. La filarmonía recorre cada rincón y cada momento de su existencia; las notas comienzan a entrar por su pecho, como lo hacen todas las cosas bellas; y como el amor, empiezan a pintar su interior de colores complejos y perfectos. Cada una de las notas de la trompeta de Miles y los delicados sonidos del platillo de la batería se administran sabia y dosificadamente a su cuerpo, como una medicina transformadora. Las vibraciones se introducen en sus músculos, sanándolo de todo mal, y el viento que ese instrumento produce se va estacionando en distintos rincones, regenerando células enfermas y llenándolas del oxígeno necesario para seguir existiendo.

Mariano piensa entonces en la nanotecnología y en cómo el efecto de la música parece recrearla. Cada nota es un aparato inteligente microscópico que va directo a las células malas del paciente sentado en el sillón. Su cuerpo comienza a sentirse tan bien que su interior pasa de ser un funeral a una fiesta. Se llena de luz, de calor, de amor y de paz. Las notas, generosas y sutiles, siguen llenando su cuerpo de vida. La homeostasis de cada uno de los órganos se nivela y todo ahí adentro se alcaliniza, lo que hace que los colores cambien de grises a rojos y que la sangre corra por todas partes, parando en su corazón, que al saberse una vez más vivo, palpita con un ritmo casi tan perfecto como la melodía que escucha.

A diferencia de otros momentos, los ojos de Mariano por fin están abiertos, porque por ahí también han llegado las notas, y cuando lo perciben sus oídos dejan de zumbar por completo. Al poco tiempo se queda dormido; su boca transmite calma que hace mucho no se advertía, mientras su cuerpo se purifica, desintoxicándose y existiendo por primera vez.

Aquellas notas que Miles Davis interpretó en 1959 son ahora parte importante de Mariano y prueba de que es posible viajar en el tiempo. La música ha logrado una recuperación que ningún doctor del cuerpo o la mente habría conseguido.

Poco a poco regresa a la superficie y con las últimas notas del disco se pone de pie. Su espalda está derecha y rejuvenecida. La inquietud ha desaparecido y sus piernas se sienten libres de todo peso. Sin siquiera pensarlo, sube las escaleras y esta vez su cerebro no se llena de telarañas. Todo lo que lo lastraba se ha ido. Su rostro va tranquilo y en paz. La redención ha llegado y, sin importar la oscuridad, camina seguro y sin lucha.

Una vez en la habitación se dirige a la silueta que está en la cama y se sienta junto a ella. La cara de Nadia está oculta por su cabello, y él posa su mano en uno de sus hombros. Mariano toma aire como lo hacen los maestros antes del sermón y siente una emoción extraña; quizás es la liberación, la experimentación en carne y hueso de la palabra esperanza. Ella hace un pequeño movimiento cuando él la toca, como para que note que está despierta, pero le da terror saber a lo que viene, así que no voltea a verlo. Nadia sabe que ése es el último día. Y él, con la mano en su espalda, comienza el discurso de despedida.

22

En otoño, los días en Los Ángeles son cristalinos y el viento se vuelve crujiente. Mucho más cuando se vive cerca del mar: el agua se convierte en un espejo sobre el que las partículas saladas se transforman en luz y viajan hasta las sábanas de quienes tienen la suerte de arrullarse con el sonido del océano. Por esa razón, Mariano abandona su cama muy temprano y corre a la playa cuando el sol empieza a resucitar detrás de las montañas y sus delicados rayos mutan en las olas brillantes, para lanzarse en un túnel que parece del tiempo en ese vaivén sinuoso.

La afición de transportarse sobre el agua surgió en Mariano cuando era niño, y con el tiempo su técnica se desarrolló entrenando en soledad. Cuando Nadia llegó a su vida lo sacó del mar por miedo de que aquellas inmensas e incontrolables olas se lo arrebataran y, cuando ella se alejó, Mariano tomó la decisión de regresar al deporte en Topanga Point.

Cada mañana, empapado y cubierto de arena, se recuesta sobre su tabla de surf, que eligió porque el diseño le recordaba al artista Kidult. Renovado por el líquido salado se desliza suavemente hasta la bahía, donde otras tablas marcan con claridad el territorio de los surfistas.

En estas aventuras matutinas no tarda en entablar amistad con un joven de cuerpo atlético y un metro ochenta, ojos color miel, mente soñadora y una particular visión del mundo. Cristian, profesional del mundo del cine que trabaja distribuyendo documentales y películas, tiene una rutina metódica e infranqueable; cada mañana, después de hundir su tabla *fish* en la arena, realiza cuidadosos ejercicios de calentamiento. Hipnotizado, Mariano ve en aquello un delicado baile dedicado al mar.

La primera vez que lo vio fue en el estacionamiento de la playa. Llegó en una camioneta negra, escuchando a todo volumen la canción *Unforgiven* de Beck; le sonrió y de manera natural caminaron juntos hacia la orilla. A partir de entonces el muchacho se ha convertido en su pequeña muleta diaria.

Aquella mañana, Mariano sale del mar colmado de satisfacción y, con paso firme, junto a las gotas que caen de su cabello, dibuja de manera consciente un camino sinuoso pensando: "Paul Strauch tiene razón, surfear es como hacer el amor, uno siempre se siente bien, no importa cuántas veces lo haga".

Cristian, sentado y mirando hacia un único punto, lo saluda, y cuando Mariano llega adonde está, se sienta junto a él. Impaciente por escuchar su voz comienza la conversación con una de esas frases que los embebían en reflexiones.

—Cada vez disfruto más de la etimología griega. Ayer leí un pasaje muy interesante en un pequeño libro que encontré guardado en un cajón de mi oficina.

—¿De qué trataba? —pregunta Cristian.

—Cuenta que los dioses no respiran el mismo aire que los mortales. Ellos inhalan una sustancia brillante llamada éter…, lo cual me recordó que Aristóteles utilizó el mismo término para nombrar a un quinto elemento, además de los cuatro que ya conocemos, tierra…

—… aire, agua y fuego —interrumpe y completa Cristian.

—Correcto —sonríe Mariano—. Este gran filósofo creó una teoría según la cual cada partícula de materia está formada por cinco elementos.

—El éter es el quinto —dice Cristian.

—Así es, y yo siento que este último mes estuve respirando algo muy diferente al aire —añade Mariano.

Cristian toma aliento, eleva los ojos hasta colocarlos en la comodidad de una efímera nube y cuando sonríe, le brillan.

—Éter —dice con satisfacción—. Hay demasiadas cosas que son difíciles de explicar, por eso disfruto de la poesía. Es un regalo salirnos de la lógica de vez en cuando.

—Lo es —concuerda Mariano.

—Comparto profundamente la creencia de los griegos y también la de Aristóteles. Hay mucho más en este universo que aquello que nuestros ojos perciben. Muchas veces, aquí sentado, he palpado algo que me rodea y me acompaña.

—¡Quizá sea el quinto elemento! —Mariano se entusiasma y los dos inhalan con ímpetu una vez más.

Cristian deja caer todo su cuerpo sobre la arena.

—Estoy agotado. Trabajé toda la noche en una presentación que lanzará a la compañía al éxito definitivo. Aunque este término es un concepto complejo y tiene un significado totalmente diferente de lo que indica el diccionario —dice Cristian formando una mueca de superioridad y desdén.

—¿Qué quieres decir? —pregunta Mariano con curiosidad.

—La victoria significa diferentes cosas que dependen de la manifestación de tu realidad en el momento. Ésa es la razón por la que algunas veces la prosperidad radica en fracasar. En ocasiones nuestros logros se vuelven reflejos de lo grande que es nuestro ego, una sombra que nos persigue toda la vida. Por eso me empeño en definir la palabra a diario.

Mariano asiente y ve acercarse el mar una y otra vez. Pese a que están lejos de la orilla, él cree tocar el agua si levanta uno de los brazos.

—Lo que para mí era la palabra culminación, también ha cambiado durante este año —se sincera.

—¿Por qué? —pregunta Cristian interesado

—Tuve que llegar al fondo del abismo para darme cuenta de lo que en realidad pedía mi interior. Tengo la teoría de que mi mente se saturó y sufrió algo así como una desprogramación que me llevó a la lesión cerebral de la que te hablé. Gracias a esos días tan difíciles he cambiado por completo mi manera de percibir la vida. Disfruto mucho más de la naturaleza y he aprendido que todos los días tienen matices distintos si uno logra salir de la monotonía.

—¿Te has recuperado por completo?

—A pasos agigantados —dice Mariano convencido—. Han pasado apenas un par de meses y ya no me siento desorientado, y también se me han ido las punzadas en la cabeza que me impedían dormir. Creo que el hecho de que la monotonía se haya diluido me ha dado emoción para vivir a diario.

—Te comprendo. ¿Sabes por qué disfruto tanto del surf? Porque cada día lo que vivo dentro del agua es único. La vivencia nunca es la misma, por eso hago de este deporte una doctrina.

—Comparto el sentimiento —dice Mariano con la mirada de nuevo hundida en el mar—. Nunca hay una ola que se repita y la conversación con la naturaleza evoluciona sin descanso, como ella misma, ¿no crees?

—¡Es verdad! —asegura Cristian—. Me pasa en el mar. No hay palabra acertada para enseñar a alguien lo que debe hacer ahí dentro. Si uno aprende a pararse, lo demás es un diálogo muy fino.

—Te comprendo. Al igual que tú vives el surf, yo vivo la música. Cada composición es diferente y me permite ser muchas versiones de mí mismo, porque una canción puede ser cien distintas. Para mí, cada nota es antropología y meditación; es vida y muerte; inteligencia y espiritualidad; es lo humano y lo místico al mismo tiempo; es metáfora y realidad. Es muy raro que al oír una melodía sienta lo mismo que la primera vez que la escuché. La música es infinita y evoluciona aunque ya esté escrita.

—Lo sé. Cada situación es diferente y el regalo que encontramos *a posteriori* es lo que nos acerca a la iluminación; de hecho, creo que muchos quedan atrapados en un tema y acaban convirtiéndose en fanáticos. Tuvieron una buena vivencia y se impresionaron tanto con lo que sintieron, que creyeron que ése era el único vehículo para su transformación.

—Es imposible —dice Mariano—. Cuando caemos en esa necedad de crear hábitos constantes para lograr una meta nos volvemos tan robóticos que se nos escapa la verdadera iluminación.

—¿A qué te refieres? —pregunta intrigado Cristian.

—En la práctica constante es precisamente donde perdemos la espontaneidad. Si nuestra intención es luchar en contra de algo, en ese momento, cuando dejamos de utilizar nuestra sabiduría natural es cuando perdemos la batalla. Ahora, cuando actuamos guiados por nuestra compasión interna nace la claridad. Cuando confiamos en nosotros mismos, nos permitimos florecer.

—Cierto. Insistimos en escapar de la realidad constantemente; buscamos un control innecesario y deberíamos hacer lo contrario, desconectarnos y volver a nuestro yo más crudo —concluye Cristian.

—Justo por eso retomé el surf. Me libera de las capas de las que me lleno durante el día.

El mar parece empujar cada vez con más fuerza. Cristian mira a Mariano, que sigue con los ojos en el firmamento y los brazos anudados sobre sus rodillas. El sol comienza a crepitar sobre sus pieles.

—Te voy a contar algo que me sucedió hace muchos años —dice el joven con voz seca—. Me lo has recordado —justifica con una mueca jovial—. Tuve un accidente de motocicleta en el que murió mi mejor amigo. Sucedió en el Cañón de Malibú, perdimos el control, él se cayó y falleció al instante. Fueron momentos de dolor inexplicable, pero en aquellos días irónicamente viví con una claridad mental que nunca antes había experimentado. Cuando ocurrió el choque y aún sumergido en la vivencia del accidente, estaba en la práctica del todo, la experiencia del no tiempo. Ahí me di cuenta de que, cuando vives una circunstancia así de cruda, el telón de la ilusión desaparece y ves que la verdad es perfecta, sin importar si es tragedia o felicidad. Es algo incomparable. Dicen que en esos momentos entras en *shock* y tienes la oportunidad de ver sin que la mente siga disparando su diálogo interno.

—Imagino lo que debes de haber sufrido. Siento mucho lo de tu amigo. Yo tuve una pérdida similar y también experimenté el *shock*. De hecho, creo que eso fue lo que me llevó a perder la cabeza. Por primera vez abandoné la lógica y dejé que mi mente hiciera lo que quería. Mi corazón jugó el papel protagonista y empujó a mi cuerpo hacia lo que necesitaba. Sé que hubo un diálogo interno y al final perdí el miedo a soltarme y ser feliz.

—Nos perdemos demasiado y no sabemos si estamos viviendo en el mundo de la verdad y la experiencia o en el mundo de la explicación —continúa Cristian—. Y aquí en el mar todo es distinto. Me conecto con la magia de la vida y a veces traspaso dimensiones o entro por completo en el universo. En este océano me doy cuenta de que yo soy el infinito y comprendo por qué los poetas dicen que todo cabe en un grano de arena.

Mariano voltea y mira firmemente a Cristian, en quien aún puede leer el calor de cada una de sus palabras.

Aquella conversación, una vez más, le ha revuelto el cuerpo dejando sus emociones tendidas en un paraje deshabitado de su interior. Cuando se pone de pie, abraza a su amigo y se despide. Le dice que viajará a ver a su madre.

★ ★ ★

Aún lejos de las olas, Mariano puede sentir que baila sobre ellas. El día ha transcurrido lento y para distraerse ha leído un par de pensamientos de don Miguel Ruiz. Uno de ellos, el que asegura que la Tierra está viva y es más inteligente que todos los seres que la habitan, toma tanta fuerza en él que tiene la necesidad de parar el vehículo y abrazar el suelo. Durante los últimos meses no ha sido una tarea fácil regresar a su estado crudo y poseer un completo control sobre sí mismo. Todos las tardes, al volver de la oficina, se ha regalado veinte minutos vacíos en los que no ha hecho nada; apaga el teléfono, olvida la computadora y se deja caer en el sillón, y ha notado cómo su cuerpo elimina las cosas innecesarias. Después, con la calma que ha absorbido, comienza a escuchar su cada vez más abundante colección musical. Mariano está convencido de que coleccionar música evita la soledad y, consecuentemente, su casa es un santuario donde cada rincón agradece las notas de Mahler, el violinista Yo-Yo Ma y el maravilloso Ray LaMontagne. Junto a ellos, a diario, paso a paso, Mariano se encontraba caminando el sendero hacia el equilibrio perfecto entre lo que su interior anhelaba y lo que la vida le ofrecía.

Al día siguiente, más tarde de lo habitual, sale empapado y descalzo de la ducha, y tras secarse las plantas de los pies se viste y observa el equipaje que ha dejado listo la noche anterior. Busca sus llaves sobre la mesita de la entrada y se prepara para salir. Poco a poco el envoltorio de su propio paraíso se vuelve más denso y Mariano respira un crecimiento interno que avanza de forma exponencial. La paz que posee atrae más paz. Se ha liberado y danza igual que una pluma en el aire. Sus ojos no ven, observan la realidad. El velo ha caído y yace arrugado entre sus pies. La paz, tan tensa, le provoca más emociones que cualquier guerra. Aquella calma se ha convertido en la fuerza más violenta y ruidosa que jamás ha experimentado.

En medio de sus pensamientos programa la alarma; empuja la maleta y echa un último vistazo a los detalles de su hogar. Aunque cada objeto ha tenido un enorme motivo emocional, aquella mañana, por primera vez, siente un total desapego de todo lo que posee. Cierra la puerta y con una mano se toca el pecho. Camina hacia su coche y conduce hasta la oficina, donde encuentra a Rigo con varios documentos bajo el brazo; se saludan con la mirada y de inmediato su amigo ve el equipaje.

—¿Adónde vas?

—A visitar a mi mamá.

—¡Qué ilusión! Salúdala de mi parte —responde emociona-do—. Tienes una de las mejores madres en la Tierra.

—¡Gracias! Estoy seguro de eso. Le daré tu saludo —dice Mariano.

—Me agrada verte tan bien.

—¡Muchas gracias, amigo!

—Admiro lo rápido que te recuperaste —concluye Rigo.

Mariano abraza a su amigo con fuerza. Cuando sus brazos se sueltan hace una breve pausa para saludar a Juliette.

—Acompáñame a mi escritorio —solicita Mariano sin dete-ner el paso.

Ella asiente, se levanta de su silla y lo sigue.

—La próxima semana enviaré el reporte que redactaste ayer y depositaré la transferencia para concretar nuestra inversión con los ingleses.

Mariano le da las gracias y la mira.

—Juliette, ¿tienes novio?

A su asistente le parece extraña aquella pregunta; analiza la expresión sobria de su jefe y responde sin miedo.

—Sí.

—Él es un hombre muy afortunado porque tú eres un ser magnífico. Siempre ten eso presente.

Juliette siente que el calor enrojece su rostro; con la palabra "gracias" entre sus labios y la libreta abrazada, intenta regresar a su escritorio de manera sigilosa. Aquella mañana ella es presa de una felicidad desconocida y cuando termina su jornada de tra-bajo aún siente calor en las mejillas.

Por la tarde, Mariano no puede desprenderse del dulce olor del taxi que lo ha llevado al aeropuerto. Atraviesa el control de seguridad y piensa en su mamá. Ella es una persona que invierte poco tiempo en la apariencia. Años atrás había decidido preocu-parse únicamente de alimentar el alma y, sin embargo, siempre se ve hermosa. Posee una piel joven, sin duda consecuencia de la felicidad plena, y hace un año ha vuelto a la universidad para estudiar filosofía. Gloria es una mujer libre, equilibrada y feliz, aunque no siempre fue así. Vivió un período oscuro cuando perdió a su esposo y, aunque sufrió demasiado, lo hizo en soledad.

El avión despega y a Mariano le sorprende la comodidad de su asiento. Saca su teléfono del bolsillo, se pone los auriculares y sube el volumen. No cierra los ojos, pero tampoco presta atención a lo que sucede alrededor. Media hora después, baja la repisa de enfrente y coloca sobre ella su computadora portátil con la idea de redactar algunos correos electrónicos; sin embargo, el botón de encendido no responde. Vuelve a pulsarlo en dos ocasiones, pero no sucede nada. Al instante acepta que la batería está descargada y guarda el aparato en su maletín. Al erguirse le llama la atención la revista de la aerolínea. Viajes, comida, lugares paradisiacos, información sobre la compañía y un reportaje sobre mitología griega.

El autor del artículo invita a visitar el Museo Metropolitano de Nueva York, donde se exponía una pintura de Pigmalión y Galatea de Jean-Léon Gérôme. En el mismo texto explica la historia del rey de Chipre, que buscó sin éxito a la esposa perfecta.

Pigmalión buscó durante años una mujer cuya belleza fuera idílica pero, incapaz de encontrarla, optó por desistir del matrimonio y dedicar su tiempo a esculpir la estatua de una joven tan bella como él ansiaba. Al terminar su obra se enamoró perdidamente de su creación y en sus desvaríos veía a menudo cómo la estatua cobraba vida y correspondía a su amor. En una fiesta celebrada en honor de la diosa Afrodita, el rey suplicó a la deidad que diera vida a la estatua. Ella le concedió el deseo y cuando regresó y vio la escultura de marfil, sintió una enorme decepción. Sentado frente a ella, la contempló durante horas sin que nada sucediera, y resignado, sólo se puso de pie para besar sus labios y comprobar que continuaban fríos; en ese momento la estatua se tornó cálida y se enamoró del rey.

Mariano se siente extrañamente relacionado con aquella historia. Cierra la revista y deja vagar su mirada a través de la ventanilla imaginando a su mujer perfecta.

¡Bienvenidos a Phoenix, Arizona!, lo despierta el altavoz.

El sueño lo había vencido por completo. El avión circula a escasa velocidad por la pista y los pasajeros comienzan a ordenar sus cosas para continuar con su viaje. Mariano abre los ojos y escucha una melodía aún sonando en uno de sus oídos; la detiene y se prepara para descender. En tierra, camina deprisa. No quiere perder tiempo en el aeropuerto y, tras pasar el puesto de control, se dirige de inmediato a la ventanilla de alquiler de vehículos. Apenas diez minutos después, está al volante conduciendo con tranquilidad hacia casa de su mamá.

La casa de Gloria es un homenaje a la naturaleza. Años atrás decidió comprarla y restaurarla por completo de manera que rompiera lo menos posible el espacio que la rodeaba. Su amor por el planeta la ha llevado a minimizar el consumo de electricidad con la instalación de ventanas que controlan el paso de luz, rebajando el uso de aire acondicionado durante el verano. La naturaleza se encarga de darle la calidez necesaria y, para que el consumo eléctrico sea por completo sostenible, ha instalado paneles solares sobre el tejado. Mariano quedó prendado de aquel sistema y, poco después, también lo implantó en su casa. La edificación, encaramada en lo alto de Mummy Mountain, en la zona de Paradise Valley, posee unas celestiales vistas a Camelback Mountain.

Mariano desciende del coche y ante sus ojos ve extenderse un largo camino cobijado de arbustos que brotan bajo hormigón blanco sobre tierra árida de un color café claro, tan brillante que da la impresión de estar revuelta con oro. A la derecha, en el extremo, hay un árbol del que cuelga un atrapasueños que se refleja en una de las ventanas gigantes de la casa, a la que, desde ese punto, parece proteger la montaña por detrás. Saca su maleta y camina despacio por un sendero de terracota y cactus rodeados de lavanda.

Ella abre la puerta para recibirlo antes de que esté cerca. Ve su figura y no puede evitar un vuelco en su corazón. Al abrazarlo, sus ojos se inundan de lágrimas y, por primera vez, éstas salen también de los ojos de Mariano. Gloria tiene claro que ser madre pone a cualquiera frente a la felicidad infinita. El día que Mariano nació, tan débil, con los ojos aún cerrados, la piel arrugada, minúsculo y mojado bajo una toalla, ella deseó que el tiempo se detuviera para siempre. Sabía que su hijo era un ser que ya había comenzado a transformarse y que, si no vivía cada segundo, perdería la felicidad que la naturaleza le había ofrecido. Desde entonces, cada acontecimiento con sus hijos, aunque no fuera hermoso, tenía un sabor agridulce. Ver a un hijo crecer es quizás una de las formas más directas de encontrarle explicación al término *tiempo*.

Abrazados y cercanos por primera vez, inician la conversación.

—No sabes cómo esperaba este día —dice con alivio su madre.

—Yo más.

—¡Pasa, no te quedes en la puerta! —arrastra su maleta y con el brazo extendido lo invita a que la acompañe.

—Cada día veo más hermosa esta casa —le comenta Mariano con la mirada clavada en las bóvedas de arista que cubren la entrada.

—Son tus ojos, que cada día ven más allá.

Mariano se detiene en la gran sala. La simplicidad preside aquel distinguido espacio. Al fondo hay una chimenea y sobre ella reluce un hermoso cuadro del artista mexicano Daniel Guzmán. Gloria adquirió la obra, de metro y medio de altura, en la Ciudad de México y se volvió su favorita cuando descubrió que ofrecía una visión peculiar del arte prehispánico.

—¿Vamos a tu cuarto?

Mariano asiente en silencio. Deja su maleta en el armario junto al baño y va despacio hasta su habitación. El sol le cosquillea en los ojos cuando se acerca a la puerta corrediza que comunica la pieza con la alberca. Afuera hay dos camastros de madera gris con cojines color blanco que miran a las montañas. Su mamá se acerca por detrás y lo abraza por la cintura.

—Jamás me cansaré de esta vista —suspira Gloria.

—Yo nunca lo haría. Es increíble lo que lograste con esta casa. No sabes cuánto admiro la delicadeza con la que sabes disfrutar tu vida.

—¿Tienes hambre? —pregunta ella.

—La tengo.

—¿Sabes? Hace unos meses tomé una clase de cocina cruda a base de alimentos vegetales. Te va a gustar mucho lo que te he preparado —toma su mano y lo encamina por el pasillo.

En la cocina, Mariano se sienta en una de las sillas altas de la gran isla que sirve de mesa en el centro. Gloria abre el frigorífico y saca tres platos enormes. En ellos hay una inmensa variedad de ingredientes, como pastelitos salados hechos de aguacate con avellanas y germen de alfalfa. También hay macadamias y pistaches. Del horno saca col verde dorada para estar crujiente y la rocía con sal de mar, aceite de oliva y almendras condimentadas. Mientras abre una botella de vino tinto menciona que el Parducci es de sus preferidos y que no hay mejor bebida que la que están a punto de disfrutar.

—Me alegra saber que estás mucho mejor —le dice su madre.

—Y lo estoy, mamá, de verdad… —Mariano para de masticar uno de los bocadillos y traga antes de continuar—. Pasé momentos muy duros y aunque no comprendía por qué, ahora lo agradezco.

—¿Tan duro fue?

—Cuando Nadia perdió al bebé, pensé que el mundo se me derrumbaba, y mucho más el día que empecé a sentirme culpable por no desearlo. Ya no estábamos compenetrados; hablo de mucho antes de que ella quedara embarazada. Esta situación hizo que yo creara entre los dos un círculo vicioso del que agradezco haber salido.

—¿Cómo está ella? —pregunta Gloria.

—Mucho mejor. Rigo me dijo que le ofrecieron ser la abogada principal del despacho de Seattle y se muda el mes que viene.

—Me alegra. A ella siempre le importó destacar en su carrera. Es una buena mujer, encontrará el camino hacia la felicidad.

—Así es. Yo no era parte de ese recorrido.

—Nadie lo es, Mariano. Nadie es la felicidad de nadie. Ésa es la realidad.

—Sí, tienes razón —alza la copa y bebe brindando en silencio—. ¿Por qué nunca te volviste a casar? —pregunta Mariano cuando sirve la segunda copa.

—No lo sé. Fue un conjunto de muchas cosas… —medita en busca de la respuesta acertada—. Creo que la razón principal fue que la energía de tu padre siguió junto a mí muchos años.

—¿A qué te refieres?

—Cuando tu padre murió, lo último que vino a mi mente fue creer que él seguía existiendo en alguna otra realidad. El día que lo enterramos me despedí e intenté continuar con mi camino, pero desde que salimos del panteón he sentido que su energía me sigue.

—Explícate mejor.

—Mariano, no somos nada más que energía. ¿Puedes imaginarte? Logros, momentos, el dolor y las risas. Todas esas vivencias se van acumulando dentro de nuestro cuerpo y nos acompañan durante años. Cuando Alfonso murió no quería irse, lo aterraba la idea de dejarnos solos y, además, él y yo realmente nos amábamos. Cuando presencié su muerte me di cuenta de que, sin importar lo enfermos que estemos, hay un instante de lucidez en el que sabemos que ha llegado el fin. Sentí que el miedo que tuvo tu papá al morir le impidió llevarse toda esa energía y la dejó aquí, en la Tierra. He analizado muchas veces lo que sentí y hasta he llegado a pensar que es a eso a lo que muchos llaman los fantasmas.

Mariano suelta una carcajada.

—Créeme, hijo. Los fantasmas son sólo energía. Dan miedo por lo que transmiten, angustia en la mayoría de los casos. Alfonso me lo dijo muchas veces. Él no se quería ir, no estaba listo y nos amaba.

—Puedo imaginarlo —responde Mariano—. A mí me hizo mucho daño su partida...

—Sí, pero no se fue. No al menos de mí —continúa Gloria—. Siento como si alguien siempre hubiera viajado pegado a mí, como si me vigilaran. No hay nadie pero a menudo noto su presencia.

—¿Es su energía?

—Es su energía, sólo su energía, que viene conmigo y, en ocasiones, la he sentido mía.

Eran tan felices.

—Conocí a tu padre a los veintitrés años. Él era dos años mayor y me enamoré de inmediato. Era una de esas historias de amor destinadas a suceder. Yo estaba con una amiga en un restaurante y tu padre entró a pedir un vaso de agua porque se había ponchado una llanta de su coche. ¿Pero sabes lo primero que vio al entrar?

—¿Qué?

—Mis ojos. Fue un chispazo que al recordarlo aún me pone la piel de gallina. Sí, consiguió el agua y arregló la rueda, pero antes de irse volvió a entrar y me pidió mi teléfono. Me pareció descarado, pero no supe negarme. En seis meses pidió mi mano y nuestra boda la recuerdo como la más hermosa del mundo...

—Debió de ser tan doloroso, mamá.

—¿Pues sabes qué es lo que más me duele? El hecho de que él no haya podido ver la grandeza de sus dos hijos y a sus nietos en París. ¿Sabes algo? Ese espectro por fin se está desvaneciendo.

Cada día lo percibo menos latente y noto mi casa más espaciosa. También me siento más sola, pero ya no le tengo miedo a la soledad.

—Tardaste mucho tiempo en llegar aquí —opina Mariano.

—No lo sé. De ahí viene la expresión "todo es relativo" —dice en tono sarcástico—. Aquí en la Tierra pasaron treinta años, pero en algún otro lugar del universo sin la misma fuerza gravitacional me habrían bastado unas cuantas horas. Tardé lo que tenía que tardar y, aunque parece lejano, para mí siempre será uno de los sucesos más cercanos. Él siempre viaja conmigo en mi corazón.

—Tienes razón. Lo que sucede es que hoy te veo más tranquila y yo me siento menos desesperado por regalarte felicidad. Disfruto mucho verte así.

—Siempre hice lo posible para que no fueran testigos del dolor. De lo que no me arrepiento es de no haber interrumpido mi sufrimiento. Debí experimentarlo como lo hice. Haber entrado en esos recovecos me ayudó a reír con intensidad.

—Te respeto —dice él bajando de la silla y abrazándola con fuerza.

—¡Te invito a caminar! —exclama su madre con alegría—. He descubierto unas veredas nuevas y quiero caminarlas contigo. ¡Llena tu copa y tráela!

El clima requiere de poca ropa, por lo que los dos salen jubilosos. Mariano sujeta la copa de vino y Gloria busca su mano libre. Se encaminan hacia la izquierda de la casa, donde hay un camino de tierra que lleva hacia la parte baja de la montaña, protegida por islas de vegetación desértica. Mientras caminan, su madre comienza a hablarle de los diferentes tipos de flores que encuentran a su paso y Mariano compara una de ellas con el esqueleto de un animal.

—Cuando eras niño, a mí y a tu padre nos impresionaba mucho tu imaginación.

—¿Por qué?

—Creabas historias fantásticas. Creo que por ahí aún tengo algunas que anoté para nunca olvidarlas. Pensamos que serías inventor porque algunas casi las materializabas.

—¿Cuáles, mamá?

—Guardo un dibujo de un avión que luego te mostraré. Lo hiciste porque lo habías soñado la noche anterior, nos dijiste. Creo que ése es tu don, volver realidad todo lo que deseas.

En ese momento una nube de pájaros atraviesa el cielo sobre ellos e interrumpe la conversación. Ha oscurecido de prisa y los graznidos truenan en un aullido feroz. Los dos levantan la barbilla, Gloria suelta la mano de su hijo y le toma el antebrazo, y Mariano sugiere que es momento de volver a casa.

A la mañana siguiente, el olor a café que llega a su cuarto lo despierta de forma deliciosa y lenta. Poco a poco va abriendo los ojos y tarda unos segundos en asimilar su ubicación. Abre la puerta y va descalzo hasta la cocina. En el fondo suena Ella Fitzgerald, y la atmósfera de aquel jazz de los años cincuenta lo emociona. El desayuno es exquisito. Lo primero que le ofrece su madre es un *smoothie* de moras rojas y leche de almendra.

—Quiero que me enseñes ese avión del que me hablaste en el sendero —le dice.

—Buenos días, hijo —dice ella con aquella mirada que las madres adquieren con los años—. Primero tómate el licuado.

—¿Lo harás?

Los ojos de Gloria van de la mano con el vaso lleno a la boca de Mariano y él, incapaz de detenerse, se bebe todo el contenido; al terminar, otra vez susurra "ya, mamá" y sus ojos vuelven a verla anhelantes. Ella comienza a caminar alejándose de la cocina y él sigue su estela hasta un cuarto que utiliza de oficina.

—Aquí es donde decidí poner todos los recuerdos. Es una especie de altar que brinda reverencia a lo que vivimos. Si es cierto que nuestro pasado no es nuestra identidad, sino nuestra historia, a mí me apasiona revivirla de vez en cuando. Me confirma los pasos que ya pisé, el camino que ya recorrí —explica Gloria sacando un libro de fotografías.

—¡Mira! Éste eres tú de chico y éste es tu padre cargándote.

Mientras su madre busca el álbum donde guarda el avión diseñado por su hijo, él se pone a curiosear en la parte de arriba de la repisa. Sus ojos se detienen en un tomo delgado, de color café y con un logotipo rojo. Los recuerdos manan con la misma sencillez que lo hace el agua al abrir un grifo. Se pone de puntillas para poder alcanzarlo, y cuando lo saca del mueble se le cae al suelo rompiendo el silencio. El libro se abre; las letras son muy pequeñas y las ilustraciones están dibujadas en color avellana. A lo largo de las páginas aparece una construcción con tres ventanas en la parte superior, y a los lados, junto a la puerta, otras dos. La montaña es del mismo color y un hombre dibujado en la entrada pone en evidencia la dimensión del lugar. Mariano toma el cuento y lo cierra bruscamente. En la portada puede leer "Petra", y al hacerlo recuerda el día en que su padre se lo leyó.

—Lo recuerdo como si fuera ayer —susurra Mariano para no romper la intimidad—. Petra es uno de mis lugares preferidos en la Tierra y no lo he visitado. ¿Lo puedes creer?

—Sí, lo puedo creer —responde su madre—. Llevas muchos años luchando por la empresa que formaste.

—Tienes razón —afirma él—. ¿Pero tú crees que está mal luchar por algo?

Gloria toma sus manos y lo mira con cariño.

—Hay una gran diferencia entre luchar por algo y perderte en él.

Mariano da un paso al frente, abraza a su madre y le pide que espere. Despacio y sigiloso camina a su cuarto en busca de su teléfono.

—¿Hola? ¿Mariano? ¿Qué tal el viaje? ¿Está bien tu mamá?

—Muy bien —responde él.

—¡Cuánto me alegra oírlo!

—Juliette, necesito que me hagas un favor —dice con ímpetu y excesiva emoción.

—¿Podrías organizarme un viaje relámpago?

—¿Relámpago? ¿A qué te refieres?

—Quiero salir mañana mismo desde Phoenix a Ammán, en Jordania.

Juliette comienza a tartamudear sin completar una palabra. Mariano se mantiene en silencio y espera la confirmación.

—Mariano… ¿Estás bien?

—¡Mejor que nunca! —contesta emocionado—. No te preocupes, te aseguro que no hay más que claridad en mí. No es un impulso, es algo que llevo queriendo hacer casi toda mi vida.

—¿Mañana? ¿Salir mañana?

—Correcto. En el primer vuelo. Reserva un hotel y yo allí arreglaré el resto. Como bien dice el dicho, un buen viajero no tiene agenda.

—Si estás seguro, ahora mismo comienzo. Revisa tu email en un par de horas y lo encontrarás todo.

—Gracias, Juliette.

—¿Mariano?

—¿Sí, Juliette?

—Cuídate.

—Lo haré.

Su madre ha regresado a la cocina y prepara dos tazas de té. El sol invade el hogar, y aunque las ventanas permanecen abiertas de par en par no se oye un solo rumor de viento.

—Muchas veces el pasado encierra las pistas necesarias para llegar a nuestro destino —comienza a decir Gloria al tiempo que vierte el té en hermosas tazas de porcelana—. De hecho, no somos más que viajeros del tiempo. La vida aquí en la Tierra posee también agujeros negros y cuando pasamos por ellos aparecen las pistas latentes que, por desgracia, muchas veces no logramos ver en su momento.

—¿Agujeros negros? —duda Mariano.

—Sí, los huecos vacíos del espacio —explica ella—. En realidad no lo son. De hecho, son todo lo contrario. Quiero decir que son materia empacada y comprimida en un área pequeña. Yo estoy segura de que aquí, en la Tierra, existe algo similar, y cuando no lo notamos se nos presenta.

—¿Y para qué sirven?

—Hijo, yo pienso que cuando uno entra en esas dimensiones temporales suele tener una revelación importante, como la que tú acabas de tener —dice convencida y disfrutando de su último sorbo de té.

23

Mariano lleva una camiseta con la imagen de un cohete en pleno impulso; al ajustarse el cinturón casi se pincha un dedo, por lo que comienza a reír, al tiempo que escucha al capitán anunciar el despegue. Al elevarse, la gravedad es percibida con intensidad por cada fibra de su cuerpo. Todos sus sentidos están alerta. Dejar la pista lo hace sentirse pesado mientras una suerte de vértigo brota en su interior. Afuera, el concreto, los árboles y la torre de control parecen hacerse más pequeños según se despiden de los aviones que emprenden su ascenso en todas direcciones. Mariano comprende entonces la fascinación que sienten algunos por viajar; la odisea se vive por dentro y por fuera, esa incertidumbre inicial de encaminarse hacia algo desconocido y escapar de lo cotidiano es la mejor manera de autoobservarse, ver lo que no se ve cuando usamos el disfraz que nos hemos creado ante los demás. No es sólo el avión el que se aleja, uno mismo es también el que se desprende del yo cotidiano y se encamina hacia algo aún por conocer. Reclinado en su asiento, observa que no hay mejor oportunidad para la introspección que la soledad.

El trayecto desde Arizona hasta Ammán tardará más de 24 horas y tendrá dos escalas; el primer tramo es de Phoenix a Nueva York; después, tras una escala en Dubái, el vuelo aterrizará a las nueve de la noche, hora de Jordania. Poco tiempo después del despegue, una hermosa azafata se acerca y le ofrece algo de beber. Ya instalado cómodamente, Mariano se agacha para sacar la computadora de su portafolios. Al abrirlo encuentra un libro y una nota, de hermosa y simple caligrafía, adherida a él:

Mariano, saborea estas palabras durante tu viaje.
Con todo mi cariño,
Mamá.

La portada es azul y a un lado se encuentra una fotografía de Krishnamurti, de quien Gloria se convirtió en seguidora años atrás. Uno de los principales objetivos de este pensador es liberar a la humanidad de las limitaciones condicionantes de la mente.

Mariano, asombrado de que el tema se base en la libertad total, decide abrir una página al azar y empieza a leer.

Desearía hablar un poco acerca de lo que es el tiempo, porque creo que el enriquecimiento, la belleza y la significación de aquello que es atemporal, de aquello que es verdadero, sólo puede experimentarse cuando comprendemos el proceso del tiempo. Después de todo, cada ser humano, a su manera, busca la sensación de la felicidad y del enriquecimiento. En una vida que tenga significación, la riqueza de la verdadera felicidad no pertenece al tiempo. Como el amor, una vida así es atemporal, y para comprender aquello que es atemporal no debemos enfocarlo a través del tiempo, sino más bien comprender el tiempo. No debemos utilizar el tiempo como medio para lograr, realizar o captar lo insustancial ya que todo ello es en sí mismo atemporal, de modo que es importante comprender qué entendemos por tiempo, porque es posible estar libre de él.

Después de recorrer este párrafo toma sus audífonos. Tras un toque de su dedo índice comienza a sonar *Staircase* de Radio-head. De inmediato le parece curioso cómo esa melodía repetidamente lo acompaña en sus momentos de transformación. Las primeras notas, frenéticas e hipnotizantes, logran transportarlo fuera de sí y lo llevan a lugares llenos de calma. "Es extraño cómo ciertas obras nos modifican y hasta llegan a cobrar vida propia junto a quien las escucha. Dejan de ser simples acordes y se hacen presentes, crean a nuestro alrededor un universo en el que nos reconocemos y nos sentimos a salvo. Se convierten, de algún modo, en el testamento de nuestra existencia."

Mariano está convencido de que las mejores canciones son aquellas que obligan a volver una o dos veces sobre sus notas; aquellas melodías caprichosas que no se revelan desde el primer momento, sino que encierran mensajes secretos que se descifran luego de escucharlas varias veces. Para él, una canción debe ser visitada infinidad de ocasiones, recorrida de principio a fin a través de sus armonías, sus silencios y sus notas, hasta poder percibirla con todos los sentidos.

Al compás de la música, las palabras del capítulo que yace abierto sobre su regazo se vuelven tan claras que parecen escritas especialmente para él. Sin duda, Krishnamurti tiene una forma muy peculiar de comprender la plenitud y la felicidad. El primer concepto que capta su atención es: "Para llegar a una transformación no se requiere el paso del tiempo". Sus ojos vuelven sobre esa última oración varias veces. "¿Cómo es posible que un cambio no requiera tiempo?"

Si estamos viviendo un momento de violencia y durante ese lapso deseamos la no-violencia, el lapso que tardamos en llegar a nuestra meta no es congruente con nuestro deseo; deseamos una situación no-violenta pero vivimos en una opuesta, con lo cual nuestro rechazo a la situación actual es también violencia. La simple resistencia a esa violencia es vivir en violencia.

El ejemplo queda clarísimo en él y, sin poder detenerse, continúa leyendo:

¿Qué sucede cuando uno llega a la quietud mental? Es en ese instante cuando nos enfrentamos con la realidad y la transformación llega de inmediato, por lo que el tiempo no es necesario para lograrla —Mariano no puede evitar sentirse identificado con las palabras que lee—. La regeneración es inmediata y el estancamiento es el producto de quedarnos varados en un anhelo de cambio.

Todo aquello que había vivido con Nadia, deseando el cambio, anhelando el fin, sólo logró estancarlo en su deseo. Hoy, este gran pensador, con sus palabras, le escupe la realidad en la cara. "Cuando una persona piensa que la felicidad se obtiene con el tiempo, lo único que hace es prolongar su llegada".

Sesenta y cinco canciones, una ensalada y dos botellas de agua más tarde, Mariano sale de sus reflexiones por un momento y mira por la ventanilla la ciudad de Nueva York. La Gran Manzana se extiende bajo él en todo su esplendor. Sin duda es su lugar favorito en el mundo. Los gigantes de concreto de esa gran urbe le guiñan los ojos en forma de ventanas y le gritan "Quédate". Ese gesto de la ciudad hace que Mariano sienta un latigazo en su interior y tiene que encogerse de hombros para disminuir la sensación. Cuando el avión baja a tierra, también lo hace Mariano. Se percata de que no hay mejor lugar para dejar de sentirse humano que un aeropuerto. Saliendo del plano por un momento y convirtiéndose en un ser de otro planeta, contempla todo desde la lejanía, observando el comportamiento de una especie desconocida y dejando que los detalles cobren una importancia vital. Está sentado en la sala de espera de la aerolínea y llega a interrumpirlo en su labor antropológica una azafata, a quien le pide un café. La voz de los parlantes no deja de nombrar vuelos y destinos de viajeros; la situación hace que Mariano se sienta un espectador. Frente a él una multiplicidad de realidades lo invitan a continuar con su viaje interno. Quizás ésa sea la razón por la que a muchos les da tanto miedo la era de la singularidad; porque podría suceder que algún día una persona no tenga miedo y se manifieste de inmediato, sin premeditar y entregando todo lo que de verdad siente. "Sin temor a la muerte; viviendo cada instante; presente en su presente."

A todos los pasajeros del vuelo 625 a la ciudad de Ammán con escala en Dubái les solicitamos comenzar el abordaje. La vibración y el ruido de los altavoces lo distraen de sus pensamientos; toma su equipaje y marcha hacia la puerta de la sala, donde se comienza a formar una pequeña fila. Es de los primeros en cruzar el túnel y, al llegar a la entrada del Airbus A30-800, una azafata de sombrero rojo y turbante blanco le pide que la siga. Su asiento queda en la parte de arriba del avión y tiene la numeración 2K. Al mirarlo, Mariano nota que es más largo que los sillones que visten su sala en Los Ángeles. Al mismo tiempo que la mujer acomoda su equipaje de mano, él se sienta y se quita el suéter color gris que trae puesto; ella lo toma y lo cuelga en un compartimento especial que aparece de la nada al apretar un botón detrás de la pequeña pantalla de televisión.

—En el apoyabrazos derecho encontrará un pequeño refrigerador donde hay botellas de agua Perrier y jugo de naranja. Lo único que tiene que hacer es presionar aquí y la puerta se abrirá.

Mariano se deleita. La opulencia de aquellas tierras exóticas se percibe incluso antes de aterrizar. Se siente a punto de tomar un viaje a la luna y así lo disfruta.

—Aquí tiene el control remoto —indica la azafata, abriendo un compartimento y entregándoselo.

Mariano escucha con diligencia lo que le dice y mira a su alrededor asombrado. Se siente como un duque. El asiento lo incluye todo: colchas, almohadas y hasta un espejo que, al presionar un botón, libera un pequeño cajón con todo lo necesario para arreglarse, peine, cepillo y hasta gel para el cabello. Frente a él hay un menú que incluye una carta de vinos bastante completa.

—Para cuando llegue la hora de comer —indica la azafata—. Tenemos un bar en la parte de adelante, en el que usted puede solicitar cualquier tipo de bebida; además, siempre es bueno estirar las piernas durante el vuelo.

—¡Muchas gracias! —dice Mariano rompiendo su silencio por primera vez.

—¿Tiene alguna pregunta?

—Hasta ahora, ninguna. Ha sido usted muy amable, gracias.

—Si necesita algo puede llamarme apretando este botón —dice ella señalando un pequeño círculo amarrillo con su dedo índice—. Que tenga un buen viaje.

Mariano le sonríe y queda estático observando el transporte que lo llevará a su destino. "¡Estamos por lograrlo, viejo!"

El avión termina de llenarse y en los parlantes comienza a sonar una melodía que lo traslada al pasado. No recuerda el nombre del artista pero reconoce la canción. En ese momento, sin saberlo, escucha la banda sonora de su concepción, las notas lo acompañaron durante su infancia tan profundamente que las imágenes no paran de presentarse frente a él. Una de las cosas que más recordaba era *El libro de los seres imaginarios*, del autor argentino Jorge Luis Borges. "Era uno de los preferidos de su padre", les decía Gloria antes de abrir cualquier hoja al azar y comenzar a leerles a él y a su hermano. Su cuento favorito, el que jamás se cansaban de escuchar, era "Dragón", un relato extraordinario que hablaba sobre una especie de serpiente larga y gruesa, con alas muy grandes y garras letales, a la que le gustaba beber sangre de elefante pero que moría al picarlo porque sus colmillos se quedaban clavados en él y, cuando caía al suelo, la aplastaba. A los dos hermanos esto les causaba mucha gracia, pero les daba miedo el color negro del animal y el resplandor que emanaba cada tanto. A pesar de sus aterradoras cualidades, la bestia también producía algunos beneficios; por ejemplo, el que sus ojos, al ser revueltos con miel, curaban las pesadillas. Al final del cuento, el autor relata cómo se ha desgastado la reputación de estas criaturas legendarias y lo atribuye a la cantidad de veces que los pobres han sido usados en historias de princesas. Eso era lo que más le dolía a Mariano, y desde que escuchó aquel cuento guardó a estos animales en un lugar cálido de su interior, y cuando alguna historia los tildaba de seres malignos disentía en secreto.

Saboreando los recuerdos de su infancia se transporta a un lugar confortable, y a medida que las imágenes fluyen en su mente se va reclinando sobre el asiento. Le resulta curioso cómo, cuando uno se hace adulto, aprende que la alegría no es un estado constante, sino que más bien se manifiesta en pequeños destellos de los que, como lianas en una gran jungla, las personas se aferran para deslizarse por la vida.

Ha pasado la medianoche y Mariano sigue despierto. La excitación del viaje le impide dormir y ya ha cambiado los canales de la pequeña televisión que tiene enfrente más de diez veces. De pronto, un canal que informa sobre los acontecimientos del avión indica que el bar está abierto y, sin nada mejor que hacer, decide tomar un trago.

La barra es de vidrio opaco y está iluminada desde el interior. Mariano se acomoda en un banquillo y le pide al cantinero un whisky en las rocas; degusta la bebida disfrutándola y sin prisa. En el avión reina el silencio; la mayoría de las personas están dormidas y son pocos los noctámbulos que aún se levantan para ir al baño o estirar las piernas.

Se da vuelta por un momento y ve que junto a él se ha sentado un hombre que viste un pantalón "sport elegante", una playera y unos tennis blancos; su tez es morena y su nariz aguileña; debe de tener unos sesenta años, pero lo que más le llama la atención es la sonrisa sincera que le regala al cruzar miradas.

—En estos momentos nunca viene mal un trago, ¿no cree? Calma la ansiedad del viaje —dice alegre con un inglés perfecto adornado de un acento árabe casi imperceptible.

—Sí, puede ser —dice Mariano emocionado de tener con quien hablar.

—¿A dónde viaja?

—Voy a Ammán y después a Petra.

Mariano nota que en ese momento algo en la cara del hombre se transforma por completo.

—¿Petra? Ahí estaba yo cuando cosas interesantes pasaron en mi vida. Sucesos que jamás olvidara.

—¿Jamás olvidara? —pregunta Mariano disfrutando en silencio aquel acento que fue la afirmación de que había dejado su territorio natal—. ¿A qué se refiere?

—Si tienes ganas de escuchar una historia puedo contártelo.

—Sería fantástico —responde.

—Bueno, bien. Antes de empezar, debo decirte que soy de Egipto. Nací y me crié allá. Por cuestiones profesionales, siembre me la paso viajando sobre todo entre los Emiratos. Una vez, en uno de estos viajes, tuve una experiencia muy singular en Petra. Parece imposible cómo un minuto o un día pueden cambiarlo todo. Fue un error, una de esas decisiones que no deberían tomarse… Luego de una conferencia de trabajo, tuve dos días libres y decidí tomar un *tour* por la ciudad abandonada. Fue una experiencia de lo más mística y desde entonces siempre consideré ese viaje un divisor de aguas.

—¿Divisor de aguas? —pregunta Mariano divertido por la dificultad que cierta pronunciación le causaba al hombre.

—Sí. Mi vida ahora se divide entre el antes y el después de esa visita. Todo ocurrió durante la revolución egipcia a brincipios del año 2011. Yo viajé a Ammán esa semana y dejé a mi familia en Egipto. Es difícil brever el estallido de una revolución. Ni bien me llegaron las brimeras noticias de lo que estaba sucediendo en mi tierra cuando quise volver, pero los aeropuertos estaban cerrados y las comunicaciones bloqueadas, todo era caótico.

—Lo siento. ¿Quieres algo de tomar? Creo que nos vendría bien —interrumpe Mariano.

—Sí, seguro. Un whisky como el que está tomando mi amigo, por favor —le pide al bartender.

—Por favor, continúa.

—Bueno, pues para no dar muchos rodeos, en esa revolución murió mi hermano. No estuve ahí pero lo que recuerdo de forma más vívida es que lo sentí. Allá, en la ciudad de Petra, yo pude sentirlo en lo más brofundo de mi pecho. Era un viernes en la noche, la temperatura comenzaba a descender y corría un viento fresco. Nos llevaron a un *tour* nocturno en el que se colocan velas a lo largo de todo el camino. Si vas a Petra no debes perdértelo.

El hombre toma un trago para descansar un momento y se nota que el whisky pasa con dificultad por su garganta.

—Lo he escuchado y he visto fotografías. Cuéntame de tu hermano —en cuanto las palabras salen de su boca, Mariano repara en que debía haber hecho la petición de forma sutil, pero quería terminar de escuchar la historia.

—Bien, esa noche me di cuenta de que el amor que une a los humanos es la energía más fuerte que puede haber, es una conexión que va más allá de todo. Parado, en medio de aquellas luces, sentí una punzada muy fuerte en mi pecho, algo que me retorció, no sé cómo describirlo pero me breocupé porque jamás había sentido algo semejante. Por instinto, miré mi reloj y vi que marcaba las ocho de la noche. No me hizo falta recibir la trágica noticia: el 25 de enero de 2011 a las ocho de la noche mi hermano dejaba esta Tierra.

—¿Qué te hace estar tan seguro de eso?

—Porque se sintió como si me hubieran arrancado algo de mi interior. Esa unión invisible de la que todos hablan se rompió y creo que eso fue lo que me brodujo dolor. Desde entonces hay un gran vacío dentro de mí, como si alguien que habitara ahí se hubiese ido.

—¿Y por qué murió en la revolución? ¿Participó de algún motín?

—Seguramente. Mi hermano era de aquellos que no tienen temor y siempre alzó su voz en contra de la injusticia. Durante treinta años, Egipto fue un país lleno de miedo, un país donde bredominó la corrupción y la pobreza, pero ese enero todo comenzó a cambiar y él fue parte de ese cambio.

—Entonces, ¿eso es lo que consideras tu divisor de aguas? ¿Sentir la muerte de tu hermano?

—Eso y otras cosas —continúa el hombre—. Cuando me enteré de que había estallado la revolución, sentí una necesidad imperiosa de volver cuanto antes con mi familia. No sabía nada de mi esposa ni de mis hijos. Las revoluciones son caóticas, hay violencia por doquier y los delincuentes abrovechan las confusiones. Fue un momento muy estresante para mí y me encontraba desesperado. En medio de todo eso, uno de los colegas con los que fui, que no sabía de mi situación, me comentó que era ateo. Recuerdo perfectamente cuando me lo dijo. Esas palabras hicieron eco en cada poro de mi piel, yo que crecí en un país dividido por la religión y fui educado bajo la noción de que quienes no ejercitaban o creían en lo mismo que yo, no podían estar a mi alrededor. Para mí, hasta ese día había sido imposible entender a alguien sin religión o creencia alguna. Encontraba ese concepto aterrador, igual al de un salvaje. Sin embargo, este hombre tenía una mirada serena que despedía paz y alegría, exbresión jubilosa de sus ojos que llamó sobremanera mi atención. A mí me parecía inconcebible que alguien sin dios pudiera ser humano. Desde pequeño me criaron en la creencia de que aquellos que no alababan a una deidad estaban condenados a sufrir.

—¿Lo sigues creyendo ahora? —pregunta Mariano.

—Por supuesto que no. Es irónico.

—Sí, te entiendo.

—En mi estado de desesperación, fue precisamente este hombre el que me ayudó a salir de Jordania y llegar lo antes posible junto a mis hijos. Él tenía muchos contactos en el gobierno y utilizó todos los recursos a su alcance para que yo llegara a salvo. Hasta el día de hoy se lo agradezco, si no fuera por él, hubiera tenido que esperar mucho tiempo. Este hombre sin fe, con quien antes no hubiese podido tener un vínculo y mucho menos llegar a entenderme, me ayudó en un momento de verdadera necesidad. Se hizo, desde ese día y para siempre, un buen amigo. Lo que aprendí de él me ayudó a lograr una evolución de la que hoy estoy más que agradecido. De todos mis amigos, nunca antes había tenido uno más espiritual o con cuestionamientos más brofundos; rompió con todos los esquemas, eliminó mis estigmas y me abrió puertas nunca antes tocadas. Así que ya ves, un momento, un día o una persona pueden cambiar de forma radical tu forma de ver el mundo.

—¿Cómo termina la historia de tu hermano?

—Cuando finalmente pude entrar a Egipto, mi hermano estaba desaparecido. Tardaron dos semanas en encontrar su cuerpo. Fue una imagen tan devastadora que todavía tengo pesadillas. Había cadáveres tirados y amontonados. Se perdió tanto en esta revolución.

—Lo vi en las noticias. ¿Cuál fue el motivo?

—En mi opinión, fue la necesidad de democracia, de libertad de expresión y, claro, la situación económica del país.

—Muchas gracias por esta charla. He aprendido mucho; a todo esto, no me has dicho cómo te llamas.

—Samir —responde alegre.

—Yo soy Mariano.

—¡*Ma salaama!* —contesta Samir plácidamente.

Brindan con el último trago que les queda en los vasos y regresan a sus asientos. Mariano inclina el suyo y se queda dormido escuchando *Infinite Arms* de Band of Horses. Poco después, el avión aterriza en Dubái para una parada temporal, y cuando vuelve a despegar está a tres horas de Ammán.

★ ★ ★

Bienvenidos al Aeropuerto Internacional Reina Alia de la ciudad de Ammán, dice el altavoz en el momento exacto en que Mariano endereza su asiento y pone en orden sus pertenencias. En la

279

pantalla puede verse una imagen panorámica del exterior gracias a una cámara instalada en la cola del avión. Desde su ventana, poco a poco, la ciudad se va observando cada vez más clara; es una noche despejada y las luces que brotan de los edificios en tonos níveos parecen dar la bienvenida. Mirando por la ventana, Mariano inventa historias en las que llega a su lugar natal y lo espera su familia, reunida en alguno de esos departamentos que aún no han apagado sus lámparas. Entonces, con un amor profundo, vive por primera vez una verdadera conexión con el resto de la humanidad.

Para él, hay dos maneras de llegar a un lugar nuevo y desconocido: con música y sin ella. Se decide por la primera y, después de ponerse el suéter, se acomoda los auriculares y sube el volumen. *The Bends*, de Radiohead, lo acompaña camino a la puerta. El tránsito del aeropuerto comienza a hacerse notar; en la misma dirección que él, a recoger el equipaje, van unas doscientas personas, todas apuradas por llegar a su destino. Mariano, por el contrario, no siente esa urgencia y se dedica a contemplar cada detalle de su viaje sin importar lo pequeño que sea.

El aeropuerto es majestuoso y los techos con bóvedas blancas lo guían en dirección a la salida. Su transición a este nuevo lugar comienza por el olfato; miles de olores nuevos lo invaden en el primer segundo y, aunque no puede identificarlos, inhala profundamente disfrutándolos. "Es curioso que cada ciudad tenga su propio aroma —piensa—, esa hermosa peculiaridad que se forma con los condimentos de la comida, los perfumes, los sudores de los habitantes y hasta los productos químicos con los que limpian los pisos."

La canción ha terminado y Mariano decide que es el momento perfecto para incorporar los sonidos locales a su nuevo ambiente. Se retira los auriculares y lo primero que escucha es una lengua desconocida y hermosa que le recuerda cuando él y su madre iban a un restaurante árabe cerca de su casa en Los Ángeles.

280

Su maleta es la primera en aparecer en el carrusel transportador, lo que le parece singular porque después de tantos viajes, por lo menos que él recordase, esto jamás había sucedido, y aunque es algo simple lo toma como presagio de buena suerte.

A la salida, cruzando la entrada, están los taxis. La fila se extiende a lo largo y ancho del vasto aeropuerto y parece un arroyo ambarino que, entre bocinazos y gritos, crea un concierto.

—¿A dónde, *siri*? —lo ataja un taxista de acento mucho más pronunciado que el de Samir.

—Voy al hotel Le Royal.

—¡Yo puedo llevarlo! —contesta el chofer mientras toma el equipaje de sus manos.

Guiándose por su instinto, Mariano sigue al hombre hasta su vehículo; el chofer abre la puerta y mientras carga sus maletas en la cajuela él se acomoda en el asiento de atrás. El taxímetro se enciende y, antes de arrancar, el conductor se da vuelta para confirmar el destino.

—¡Bienvenido a Ammán! ¿Hotel Le Royal?

A Mariano le toma unos segundos entender.

—¡Sí, gracias!

—¿Qué lo trae acá?

—Petra.

—¡Oh, Petra! ¡Le gustará! —dice el taxista, animado—. Lugar místico. No olvide ir viernes por la noche, ciudad con velas, hermoso —el hombre es muy amable y el viento que entra por su ventanilla abierta se confunde con su acento. Poco a poco Mariano libera su mente y, a pesar de las evidentes ausencias en el lenguaje del taxista llega a comprenderlo a la perfección.

—Sí, ya me lo habían recomendado. Así será —sonríe al pensar en Samir y en su extraordinaria historia—. ¿Qué más me recomienda que visite durante mi viaje?

El taxista se entusiasma. Comienza por decirle que no se vaya de Ammán sin conocer sus dos partes, la del este y la occidental. Le explica que esta última es la que está llena de bares, galerías y cafés. Le recomienda conocer el museo Darat al-Funun y que visite su cafetería. También insiste en que vaya a la pastelería Habibah, localizada en el centro, y le dice que no puede faltarle una visita por el Citadel después de caminar por Rainbow Street.

Ammán es una ciudad cuya arquitectura moderna se deriva del islam. La fusión entre los edificios heredados de las civilizaciones pasadas y las construcciones modernas hacen que la historia del lugar hable por sí sola. El taxista nota que Mariano mira por su ventanilla y le comenta que a Ammán la llaman "la Ciudad Blanca" porque la mayoría de los edificios modernos están hechos de caliza blanca de Jordania.

—Es una ley —menciona el chofer—. ¡Oh!, aquí está su hotel, *siri*.

El edificio de forma cilíndrica se sostiene en medio de otros dos que comparten su misma tonalidad. Su apariencia llama la atención de Mariano, que le encuentra una ligera similitud con la torre de Pizza. Al llegar al vestíbulo advierte que cuatro personas lo esperan con una sonrisa.

—¡Bienvenido! —dice uno de ellos al abrir la puerta.

Siguiendo al botones, que transporta sus maletas sobre un carrito, casualmente es interceptado por el gerente, que le da una calurosa bienvenida y lo guía a la recepción, donde a Mariano le es imposible apartar su vista de la estructura. Predomina el blanco por doquier y el último piso está decorado con una hilera de palmeras; en una esquina hay un gran piano en el que una mujer interpreta piezas clásicas que lo remontan a su niñez.

—Por aquí, señor —indica el anfitrión con un español europeo.

Tras registrarse y hacer el papeleo de rutina lo llevan a su habitación, y cuando entra en ella no le es necesario prender la lámpara. La ciudad ilumina todo el espacio y desde la ventana se puede sentir el pulso de la capital. Mariano, sorprendido, da las gracias al camarero, cierra la puerta y se acuesta en la cama. Piensa en cerrar las cortinas gruesas pero decide tan sólo correr las más delgadas para que la luz de la ciudad alumbre el techo de la recámara. Le pesa la mirada y se queda a esperar el sueño, tendido boca arriba y expulsando las últimas gotas que hay en su cuerpo de silencio, soledad y cansancio.

24

Allahu Akbar. Allahu Akbar.
Allahu Akbar. Allahu Akbar.

Los rezos, cánticos lejanos, caen melodiosos a través de la ventana. Mariano aún duerme y mezcla aquellas voces con sus sueños, sintiéndose ajeno a sí mismo.

Ash-hadu an la ilaha ill-Allah.
Ash-hadu an la ilaha ill-Allah.

Abre los ojos tranquilo y descansado. Vuelve a escuchar, ahora con nitidez, el ímpetu de los que rezan en la ciudad y nota que junto a los sonidos se filtra el sol. Los pequeños rayos brillan y bailan al compás de los cantos y rebotan en la delicada lámpara de metal que cuelga del techo. Con las cobijas sobre él y la cabeza todavía en la almohada, comienza a recorrer la habitación con la mirada, calcula sus dimensiones y llega a la conclusión de que debe de tener al menos siete mil pedazos de mosaicos de colores. El decorado es una obra de arte labrada con cuidado, cubierta por detalles mágicos, coloridos y transparentes, ondas suaves y figuras geométricas. Acostado, mientras contempla lo que le rodea, siente cómo poco a poco ha logrado despedirse de su vida anterior, la misma, la única y, sin embargo, otra.

El sonido del teléfono es tan fuerte que le produce un respingo y lo hace sentarse en la cama.

—¿Hola?

—¡Buenos días! Solicitó usted el servicio de despertador. Son las nueve de la mañana —dice una grabación.

Mariano cuelga y se sienta al borde de la cama perdido en la densidad del cielo que se prevee tras las tela delgada que cubre el ventanal. Sin liberar la emoción, despacio y sintiendo cada paso, se encamina hacia el baño para tomar una ducha. Ante el espejo, quiere deshacerse de la barba; unta crema en sus dedos, la esparce por el mentón y afeita su rostro deprisa. No hay tiempo para la perfección, por lo que saca de la maleta lo primero que sienten sus manos. Una camisa blanca y pantalones cómodos. Cuando corre las cortinas, el sol entra con firmeza propinándole un bofetón inesperado que lo obliga a retorcer la mejilla. La luz, agazapada tras los tejidos, había esperado paciente su oportunidad para incorporarse a la habitación.

Un minuto después Mariano está frente a la puerta del elevador, y cuando ésta se abre descubre que en su interior hay una pareja de jóvenes besándose con intensidad. Se acomoda a su lado y pasan largos segundos de silencio. Los tres cruzan miradas cordiales, pero la chica lo ve como si la hubiera descubierto en su momento más íntimo. A los pocos instantes el ascensor vuelve a abrirse en el vestíbulo, y con paso ligero los amantes se dirigen hacia el salón; mirándolos retomar sus cariños, una punzada de añoranza lo recorre tan profundamente que por un instante se siente incompleto, roto e indefenso; antes de poder entender lo que sucede, el conserje del hotel, un hombre que ha perdido la mayor parte de su pelo y exhibe una delgadez excesiva para su traje, se dirige a él.

—Buenos días.

—¡Hola! —responde Mariano peinándose con suavidad para despejar su cara. Aunque no es sólo cuestión de vanidad; por costumbre él pasa los dedos por su cabellera sólo en dos ocasiones: cuando su mente le pregunta algo y cuando su corazón brinca de emoción—. Me gustaría ir a desayunar a algún lugar típico donde sirvan buen café.

—¡Por supuesto! Tengo una lista de lugares a los que sólo van los locales —sugiere el hombre con un acento muy marcado.

—Me gustaría caminar todo el día, descubrir lugares alejados de cualquier turismo. ¿Algún paraje escondido?

—¡Podemos organizarlo! —dice entusiasmado sacando hojas y mapas de su cajón.

—Le recomiendo que comience por desayunar en el restaurante Hashem, el café ahí es delicioso; no olvide pedir *kanafa*, es muy dulce pero lo disfrutará.

El hombre extrae un mapa, señala la ubicación del restaurante y después mueve el dedo por un camino sinuoso.

—Continúe caminando por aquí y encontrará un mercado de verduras ¡precioso! Después, si aún tiene fuerzas, llegará hasta el teatro romano, aquí, mire... —dice señalándolo en el plano. Mariano piensa en la diferencia de acentos de las personas con las que ha hablado hasta el momento.

—¡Fantástico!

—Le haré un par de anotaciones más y podrá llevarse el mapa...

—¡Muchas gracias por toda su ayuda! —dice Mariano guardando el plano enrollado en sus pantalones y entregándole al hombre una generosa propina.

Afuera, el sonido crea la impresión de que todo el país vive en el interior de una campana. El ruido de los coches y las conversaciones de los habitantes rebotan en el asfalto y se mezclan unos con otros repitiéndose infinitamente. Cualquier ser humano en medio de aquella ciudad tendría la sensación de que sus oídos no soportarían aquel bullicio; sin embargo, Mariano oye una melodiosa sinfonía. Tranquilo, comienza a caminar hacia la derecha, y después de echar un vistazo al mapa vuelve a enumerar las calles que debe cruzar antes de llegar al restaurante. Se percata de inmediato de que cruzar las siete intersecciones que tiene delante es un acto suicida, así que para salvar su existencia en medio del tráfico decide seguir los pasos de la persona que vaya delante de él. Poco a poco este inocente acto se convierte en un juego y sus imitaciones lo transforman en un anciano que camina lento, una mujer que nunca levanta la vista del piso y un vendedor que recorre tres calles en apenas un minuto. Al doblar a la derecha, percibe olores de zumaque, cardamomo y comino. Poco después, a la mitad de la calle siguiente, lee en un letrero verde de letras amarillas HASHEM REST.

El restaurante tiene mesas al aire libre y es evidente que posee una gran reputación, ya que no cabe un cliente más. Mariano respira con intensidad y permite que el olor a café lo embriague; se sienta a una mesa vacía que ha sido desechada por tener una sola silla.

—¿Qué tomará el día de hoy? —pregunta el mesero. A Mariano le parece muy amable que el empleado del lugar le hable en su idioma a pesar de su acento exageradamente marcado.

—Un café. Quiero tomar el más popular… Y también me recomendaron un pan típico, pero no recuerdo…

—¿*Kanafa*?

—¡Ése! ¡Muchas gracias!

La bebida tarda apenas un minuto en llegar. Mariano hunde los ojos en el humo que emerge de ella; levanta la taza, sorbe y descubre la fuerza de su sabor. Ni leche ni azúcar. Lo vuelve a saborear y le recuerda la cafetera de Rigo. Se lo bebe mucho más rápido de lo deseado y cuando llega al fondo se encuentra con una especie de lodo. La curiosidad lo aísla y no siente que junto a él hay una mujer.

—Ahí está escrito su futuro —le dice con acento árabe.

—¿Perdón?

La mujer, de cabello gris y grueso, atado con un pañuelo rosa que traza sobre su espalda una corta coleta, tiene la piel espesa y oscura, aunque ofrece un rostro dulce cuyos enormes ojos, pese al desasosiego, emanan un brillo conciso y constante.

—Yo leo el futuro en el café.

—¿Café? —responde Mariano con los ojos hundidos en los posos de su bebida.

—Sí. ¿Puedo? —dice señalando la taza.

Él no duda, libera el asa y la cede sin más preguntas. Se acomoda en la silla y observa con excesivo interés. Ella pone la taza de cabeza y la deja en esa posición mientras lo mira con ternura. Segundos después vuelve a tomarla y observa su interior analizando con sumo cuidado los restos del café.

—¿Qué hace usted aquí en Ammán? —pregunta sin levantar la mirada y con ese acento árabe que Mariano ya siente muy familiar.

—Vengo a visitar Petra, era el lugar preferido de mi padre.

—¿De su padre? —repite ella—. Yo veo aquí que es el lugar preferido de otra persona, de una mujer —dice la adivina forzando algunas de las palabras para pronunciarlas de forma comprensible.

—Sí, mi madre.

—No, su madre no —niega rotunda, haciendo notar su grueso acento—. La mujer que veo aquí es mucho más joven.

—¿Más joven? —Mariano pregunta nervioso.

—¿Cómo te llamas?

—Mariano.

—¡Mariano! —pronuncia con dificultad—. Veo muchas versiones de ti en apenas un año… ¿Cuál es la que más te gusta?

—Definitivamente, ésta —asegura.

—Es admirable.

—¿Por qué?

—Veo que sigues el camino de tus sueños —indica ella con una dificultad cómica al pronunciar la palabra "sueños"—. Y ¿sabes?

—¿Qué?

—Los alcanzarás.

—Es lo que deseo.

La mujer levanta su brazo derecho, lo acerca despacio pero con decisión hasta Mariano y, con suavidad, le toca la mejilla. Aquella mirada está repleta de palabras.

—¿Cuánto le debo? —pregunta Mariano.

—Lo que quieras darme.

Mariano saca dos billetes de su cartera y se los tiende con delicadeza. Ella no titubea, y con un murmullo se despide y abandona el restaurante cerrando su frase con algo que él entiende como "habibi".

Siguiendo las instrucciones del conserje, Mariano recorre cada uno de los interminables pasillos que forman los locales del mercado. Es un lienzo de colores y olores, tal como le había mencionado. Frutas y verduras a cada lado; especias alineadas formando pequeñas colinas; legumbres en sacos de tela blanca de distintos tamaños; artesanías coloridas de cerámica hechas a mano, y montañas de pescado fresco acomodado en tablas a ras del suelo. Como no tiene apetito, curiosea, toma un par de fotografías y sigue caminando por la ruta marcada hasta alcanzar el teatro romano. Accede por la parte inferior, donde un pequeño túnel se abre para formar un semicírculo que envuelve el escenario. El lugar puede albergar a unas seis mil personas, pero aquella mañana permanece vacío. Cuando se detiene bajo el peso del cielo azul, siente lo diminuto que es en medio de aquella multitud imaginaria. Sube las escaleras hacia el área llamada "Los Dioses", toma asiento e imagina. En ese momento comienzan a escucharse, casi en forma de eco, los llamados a rezo para los que practican la religión del islam. Cierra los ojos y, como hilos, los sonidos van tejiéndose bajo su piel. Parece que el momento va a eternizarse; sin embargo, una familia con tres niños irrumpe abajo y lo devuelve a la realidad. Mariano disfruta la escena desde lo alto del anfiteatro y, por primera vez en mucho tiempo, tiene una urgente y fugaz necesidad de ser padre.

Cuando vuelve a introducirse en las densas calles de Ammán, avanza sin que sus ojos eviten su alrededor. Edificios, altos y bajos; pequeños negocios, en su mayoría asomados a las aceras con mesas en las que exponen su género, y, en el arroyo, el ruido del tráfico. Descuelga la mochila que carga sobre su espalda y saca de ella una botella de agua mineral. Luego camina durante veinte minutos hasta que se detiene ante una puerta con el letrero PASHA TURKISH BATH en el dintel. Duda un segundo y entra. El aire es denso y los olores a menta y hierbabuena lo invaden de inmediato. Mariano respira con intensidad, alza la barbilla, clava los ojos en los techos altos y admira aquel maravilloso diseño formado por un domo de triángulos que al juntarse trazan pentágonos perfectos. Aquella construcción permite que la luz pase y se refleje en el mármol del suelo y las paredes. La imagen que él tiene ante su perpleja mirada es hipnotizadora. Vuelve a enderezar la cabeza y se dirige a una fuente de piedra donde el agua cae con suavidad, amainando la atmósfera y acariciando los apresurados latidos de cualquier ser humano. Tras ella, esperan con largas sonrisas los empleados de las termas.

Mariano desea recorrer cada rincón del lugar, sumergirse en uno de los baños de agua caliente, recibir un masaje y por unos minutos olvidarse de sí mismo. Le tienden una llave para guardar sus pertenencias, paga la tarifa, y despacio, con el deseo de que aquello nunca acabe, comienza el recorrido.

Sobre el murmullo del agua un piano engulle el interior. Mariano se quita la ropa, se cubre con una toalla que encuentra en su casillero y se dirige al jacuzzi. Está vacío. La música, como un fiel amigo, lo persigue a cada paso. La piscina cuadrangular es de mármol terracota, tiene aproximadamente dos metros de agua y al igual que en la recepción el techo está construido con domos de colores que permiten el paso de la luz. Mariano se quita la toalla e introduce primero su pie izquierdo. El agua está caliente pero no quema. Se hunde y descansa cerrando los ojos muy despacio. Está cansado. No se duerme pero los pensamientos emergen igual que en un sueño. El pasado parece desaparecer, los años se esfuman, y por un momento su cuerpo posee una juventud inexplicable.

Las pisadas y el agua cálida que le salpica la cara lo obligan a abrir los ojos. Un joven, en el camino de la veintena, ha entrado en el jacuzzi. El muchacho, de pelo delgado y largo, parece un niño junto a Mariano.

—¿Qué te trae por aquí? —curiosea el joven en un español europeo muy afrancesado.

—En eso pensaba… —contesta Mariano esperando la pregunta, como si la voz y el joven le fueran familiares.

—¿Y llegaste a alguna conclusión?

—Creo que quería visitar la ciudad de Petra, pero ahora me doy cuenta de que estoy aquí para aprender a vivir.

—Te entiendo —asiente su interlocutor sosteniéndole la mirada—. La espontaneidad me atrae tanto que la vivo a diario. ¿Cómo te llamas?

—Mariano. ¿Y tú?

—Adama. ¿Ya has planeado qué harás mañana?

—No sé… Me gustaría hacer algo ocurrente.

—Yo conozco toda la zona, de aquí son mis padres. Puedo llevarte al mar Rojo.

—¿Llevarme? —pregunta dudoso.

—¡Claro! Estoy de vacaciones y tengo esa sensación positiva contigo… —dice con un español de claridad exquisita—. Y si quieres y te caigo bien, el viernes podemos salir hacia Petra.

Mariano se emociona pero contiene la alegría. No conoce al joven, y aunque el pálpito le dice lo contrario, quiere que la espontaneidad tenga una dosis de cautela.

—Estoy agradecido, Adama. Siempre quise visitar el mar Rojo.

—¿En qué hotel te hospedas?

—En Le Royal, en el Tercer Círculo.

—¡Perfecto! Te recogeré temprano. Sobre las seis, ¿te parece? Elige ropa cómoda y no olvides el bañador.

Tras un intenso silencio, Adama y Mariano retoman la conversación sin modificar su posición en el agua. Los dos aman la música.

—Cuando era niño, mis padres siempre ponían un disco de vinilo de Nina Simone. Hoy, esa mujer es una de mis preferidas —dice de pronto el muchacho.

—Es increíble cómo la música nos embauca desde que nacemos —comenta Mariano recordando sus primeras canciones.

—¿Te ha pasado que escuchas canciones en tu mente? —pregunta Adama—. Hoy no podía dejar de escuchar *Feeling Good*. Todo el día sonando aquí —dice señalando su sien—. En exclusiva para mí.

—Algunas canciones son fantasmas y, aunque quieras que se vayan, no lo hacen.

—Mañana, si lo deseas, te regalaré algunos discos de mis artistas árabes favoritos…

Mariano acepta aquel regalo alegremente. Los dos extraños han olvidado que lo eran.

★ ★ ★

El reloj marca las 5:55 a.m. El teléfono tiembla, timbra, y Mariano, que permanece de pie en la habitación, se sobresalta preso de los nervios. Apenas necesita tres veloces pasos. Contesta y escucha a Adama con voz traviesa.

—¡La aventura te espera!

—¡Voy!

Mariano no dice más. Después, en el ascensor, siente que tal vez ha sido hosco. Vuelve a revisar lo que contiene su pequeño maletín mientras los números iluminados descienden veloces. Está todo. Se lo cuelga al hombro y, en ese instante, las puertas de la planta baja se abren. Adama está sentado en uno de los sillones centrales. Su semblante brilla como un flash fotográfico, da un salto, se pone de pie, corre hasta Mariano y lo abraza.

—¿Listo?

—No puedo esperar —responde Mariano.

—Primero pasaremos por un café y después, carretera.

Adama tiene una camioneta Toyota Land Cruiser de hace una década. A Mariano le resultan curiosas aquellas ruedas, sin duda, lejos de la línea del concesionario. Las llantas monumentales le dan al vehículo un aire sofisticado y poderoso.

—Ayudan cuando conduces por el desierto —aclara su acompañante viendo su interés.

Mariano se cruza el cinturón de seguridad, Adama pone el motor en marcha y la música emerge en un hilo sonoro envolvente.

—¿Qué escuchas?

—Air —responde Adama adentrándose en el tráfico—. Son franceses y llevo tiempo enganchado a sus canciones. La culpa la tiene un amigo que hice cuando viví en Francia.

—Hay algo enérgico en su estilo —reflexiona Mariano—. Y futurista…

—Los pongo en días inciertos, cuando no sé hacia dónde me lleva el itinerario. Son perfectos para escribir la historia según la creas.

Dos canciones después hacen una breve parada para los cafés. Adama detiene el vehículo en una esquina y va a un pequeño establecimiento con un letrero diminuto. Mariano intenta asomar la cartera; sin embargo, el joven no acepta la invitación y le tiende un café con su correspondiente pan de la región. Antes de dar un sorbo a la bebida Mariano muerde el bizcocho; el sabor, la ternura y sobre todo lo extraordinario del momento lo enamoran.

—El Mar Muerto está a sesenta y cinco kilómetros de la ciudad —dice Adama mirando hacia la carretera.

—Es el punto más bajo de la Tierra. Localizado a 394.6 metros bajo nivel del mar, su agua, extremadamente salada, carece de vida marina. Sin entradas naturales, su supervivencia depende de la lluvia.

Mariano recuerda lo que aprendió de memoria en la niñez, y ha empezado a recitarlo cuando Adama lo interrumpe.

—Has escogido el mejor lugar del Medio Oriente. Jordania es un paraíso de paz, más sí consideramos que estamos entre Israel, Irak y Siria.

—Me gustaría conocer a fondo su historia.

—Aquí también ha habido casos de terrorismo, pero los musulmanes y los cristianos se respetan mutuamente.

—Lo he leído —interviene Mariano—. Me llama mucho la atención la amabilidad de la gente. Me siento bienvenido, me siento seguro y he disfrutado mucho de la comida.

—En Petra te voy a llevar a comer algo exquisito, diría que celestial.

—Es todo un privilegio —agradece Mariano, mirándolo desde el asiento del copiloto.

—No tenemos tanto que envidiar de otras cocinas, aunque las europeas se consideren las mejores del mundo...

—¿Mencionaste que viviste en Francia? —pregunta Mariano.

—*Oui*. Ahí terminé mi carrera. Estudié ingeniería —explica sin perder de vista la carretera—. Ahora me estoy tomando un año sabático. Quiero decidir hacia dónde va mi vida. Un gran profesor de mi universidad me dio un buen consejo. Me recomendó que aunque tomara un trabajo de verano, lo pensara bien, porque lo que comenzamos a hacer al abandonar la universidad, muchas veces, sin querer, llega a ser nuestra carrera y después, sin percatarnos, nos encontramos todavía haciendo lo mismo. Así que he decidido disfrutar.

—¿Qué opinan tus padres?

—Me apoyan. ¡Son fenomenales!

Mariano nota un pequeño acento francés en su nuevo amigo y le gusta.

—¿Y cuánto llevas ya de ese año sabático?

—Yo creo que más de ocho meses —responde Adama en tono travieso—. Tal vez es hora de pensar en mi futuro…

El vehículo tuerce a la derecha y el empedrado a toda velocidad sobresalta a Mariano. El ruido que produce el esfuerzo del motor y las piedras bajo las ruedas hacen que los dos griten de forma animada.

—¡Vamos a un lugar secreto! —revela Adama.

—¿Secreto?

—Aquí sólo vienen los locales. Somos pocos los que nos atrevemos a cruzar por aquí…

—¿Intentas asustarme?

—¡Disfruta! —grita su amigo.

La camioneta lucha entre las piedras como un animal que utiliza sus uñas para escalar una montaña. La música ha comenzado a perderse bajo el ruido pero aún puede sentirse, y Mariano, inquieto, decide sostenerse del tablero frontal con la mano derecha.

—¡No te preocupes! —grita Adama—. ¡Llegaremos pronto!

La playa es como un torrente que aparece con fuerza. Es una franja de al menos un kilómetro de largo donde el agua atesora varios tonos, comenzando por un verde turquesa en la orilla y mezclándose aguas adentro con un azul casi transparente. La bahía está cubierta de blanco por la espuma. Mariano, con los ojos como dos manzanas, no pestañea ante el paraíso que divisa frente a él. Adama detiene la camioneta a escasos metros de la escena y comienza a quitar la capota. Mariano no dice nada, pero con un enorme regocijo en los labios abre la puerta, abandona su asiento y queda perplejo ante la inmensidad de agua.

—¡Ponte el bañador! —sugiere Adama—. ¡Saltemos al mar!

Ninguno de los dos dice una palabra más. Mariano busca en su mochila y se quita la camisa, los pantalones y el calzado en apenas un minuto. Adama lo imita, y antes de abandonar el vehículo sube al máximo el volumen de la música. *Sinnerman* de Nina Simone maniata cada gota de aire. Las bocinas que Adama ha instalado en la parte trasera de su camioneta son más grandes que las llantas. La música puede escucharse tan lejos que incluso el agua parece bailar dibujando pequeñas ondas sobre la superficie. La naturaleza sumergida en la felicidad.

Al acercarse a la orilla, Mariano descubre que la espuma blanca que cubre la bahía es sal. Son depósitos que dan la impresión de ser burbujas de jabón jugueteando por cada rincón. La temperatura del agua, cuando sólo los pies se han hundido en ella, es perfecta. Flotando, saboreando el ritmo de Nina Simone, boca arriba, sosteniéndose en la superficie en un inexplicable truco de magia, el tiempo parece haberse detenido. Los dos abren los brazos y el sol, con tibieza y cariño, les tiende la bienvenida. Son apenas las ocho de la mañana cuando el paraíso cae sobre sus cuerpos.

—Cierra los ojos y relájate —invita Adama—. Cuando lo consigas, intenta abandonar tu cuerpo por la parte de atrás y vuelve a entrar en ti mismo. Tu versión más pequeña o más grande, la que desees, te estará esperando.

Mariano intenta completar aquel viaje espiritual. Se concentra y al compás de su respiración comienza a imaginar que abandona su cuerpo. Sin embargo, le resulta difícil. Cada vez que está a punto de desaparecer, la realidad lo interrumpe.

—No puedo. Jamás he creído en estas cosas —confiesa.

—No es necesario creer —corrige Adama—. Poder hacer contacto con tu interior y con la historia de tu vida es más bien intuición.

—¿Intuición?

—Sí. ¿Has dejado de pensar porque en tu interior algo te dice que no es lo correcto para ti?

—Sí… —contesta Mariano titubeando.

—Viaja primero a ese remoto lugar, enciéndelo y contempla lo que se te presenta de frente.

Mariano vuelve a cerrar los ojos y se imagina en su estómago. Tiene brazos y piernas estirados, y flota; el mar continúa quieto, sólo un leve balanceo parece mecer su cuerpo. En segundo plano escucha la voz de Adama surcando el agua e interrumpiendo el murmullo de su respiración.

—Ahora, cuando hayas llegado a ese lugar, sal por la parte de atrás.

—¿Por la parte de atrás?

—Inténtalo. Imagina que eso que tú eres, lo que no es material, sale por detrás para encontrarse con alguien más.

Mariano imagina ser aire que vive concentrado en su vientre y que tiene la capacidad de abandonar ese cuerpo, y de pronto salir es más fácil de lo que imaginó. Afuera lo espera un viejo que sonríe sin mostrar los dientes. La visión lo asusta. La siente tan real que detiene el viaje bruscamente, abre los ojos y se endereza.

—¿Pasó algo? —pregunta Adama.

—Vi a un viejo.

—Lo sé —responde Adama aún flotando en el agua—. Ahora debes imaginar que esa persona eres tú con más edad. Utiliza el poder que has descubierto para entrar en él y convertirte en su corazón.

Mariano acepta el reto. Se vuelve a acostar; flota con el pecho al aire; repite el ejercicio, regresa a ese punto exacto en el que todo arde y viaja hacia la parte de atrás para abandonarse a sí mismo. El hombre continúa allí con idéntica sonrisa. Estira sus brazos e intenta abrazarlo. Él, convertido en viento, llega hasta el individuo y se deja tocar.

—¿Llegaste? —pregunta Adama.

Mariano no contesta. Está inmerso en aquel viaje y apenas siente su voz como vago murmullo de una brisa. Desea adentrarse en el cuerpo de aquel hombre pero a cada intento le resulta más difícil.

—¿Entraste? —insiste Adama.

—No. No puedo.

—Ese hombre que ves eres tú mismo. Retira la barrera y lograrás entrar.

Mariano regresa y lo intenta una vez más. Se relaja y viaja hasta el pecho del anciano, y en esta ocasión, como agua que se cuela en una esponja, logra acceder a su interior. No ve nada por unos instantes, parece que alguien ha zurcido de negro cada milímetro de aire. Aquel tejido lentamente comienza a descoserse y puede recuperar su vista. Está dentro de sí mismo años más tarde. Oye con fuerza latir su corazón. Está en la sala de su casa y la puerta corrediza que da a la alberca está abierta de par en par. Caminando, desde lejos, viene una mujer delgada y alta con el cabello claro. Mariano intenta más de tres veces enfocar la mirada pero no puede distinguir su rostro. Vuelve a entornar los ojos y esta vez logra distinguir las facciones de la mujer.

—Mariano, tenemos que salirnos, no es recomendable que estés en el agua tanto tiempo —interrumpe Adama.

Despierta como si se tratara de un sueño. La luz del sol lo ciega y el entorno lo desconcierta. Ve a Adama caminar hacia la orilla y, como hipnotizado, lo sigue. Ambos comienzan a secarse y la música, aun a todo volumen, se tranquiliza.

—¿Qué viste? —pregunta Adama.

—No lo tengo muy claro… Estaba en mi casa de Los Ángeles y una mujer alta caminaba hacia mí.

—¿La conoces?

—No pude distinguirla.

Adama lo mira con curiosidad y respeto. Zanja el tema cuando, vestido, regresa a la camioneta.

—Vayamos a comer algo.

En el camino de regreso, Adama se detiene en un restaurante. Ordena *mansaf*, plato típico compuesto de carne de cordero guisado con salsa de yogur y servido en una cama de arroz y pan árabe recién horneado. El plato es grande y lo colocan en el centro de la mesa. El hilo musical transporta a Mariano, aún más, al corazón de aquel país. De postre piden *kanafa*.

Cuando regresan al hotel, lo hacen en silencio. El día ha sido largo e intenso, por lo que se dejan llevar por la canción *Double Shadow* de Junior Boys. El viento entra por las ventanillas y el sol caerá en un par de horas por el oeste.

Se estacionan en la entrada y ven cómo dos empleados se acercan presurosos. Adama les dice que está dejando a un huésped y uno de ellos abre la puerta del copiloto. Mariano, sonriente, se despide de Adama y confirma su cita para el día siguiente, a la misma hora.

Al llegar a su habitación la encuentra tan pulcra que duda de haber estado ahí. Las mucamas han hecho la cama y dejado un caramelo sobre la almohada. En el baño, ilumina su sonrisa un jarrón de plata labrada con un ramo de flores frescas. Se acerca a olerlas y con su dedo índice las cuenta. Todas son diferentes y son exactamente siete. Frente a él está el espejo; ve su cara más bronceada, su pelo revuelto y sus ojos brillando por el día vivido. Ha llegado a un punto sin retorno, y en su interior, lo sabe, desde aquel momento su única guía será la sabiduría interna que empieza a recordar.

25

El aire es una lengua de fuego y la arena una lija que muerde su piel. Solo, Mariano camina por el desierto, sediento, desorientado y, sin embargo, sospechando que es donde debe estar. A paso lento, preciso y firme, no está cansado ni tiene miedo; como si conociera cada una de las dunas, avanza despreocupado y seguro de sí mismo al tiempo que las huellas se hunden con fuerza en el suelo. De pronto, frente a él, sisea una serpiente. No hay pavor, la contempla con ternura y sin retroceder escuchando la fuerza de su cascabel… El tintineo vuelve a explotar en sus oídos; esta vez lo hace caer de forma tan brusca que siente su alma golpeando su cuerpo, da un salto hacia atrás y termina sentado sobre la cama.

El teléfono suena una y otra vez en la mesa que hay a su lado. El reloj marca las 5:15 a.m.

—¿Hola? —pregunta Mariano aún contrariado.

—Hoy es el día —responde Adama—. Hoy viajamos a Petra.

—¿Petra? —repite titubeando.

—Sí, es viernes. ¿Lo olvidaste?

Mariano cuelga el teléfono sin decir una palabra más y pone ambos pies fuera de la cama, da un brinco, se deshace de la escasa ropa con la que ha dormido y se ducha con la sensación de que llega tarde a la cita más importante de su vida. Elige unos pantalones de lino blanco, una camisa clara y botas de explorador; una vez vestido llena su mochila con todo lo que se le va ocurriendo en el apuro. El reloj en la mesilla de noche indica que son apenas las 5:25 a.m. y el sol pronto gritará tras las cortinas. Ha hecho todo con tal rapidez que un minuto más tarde la puerta del ascensor ya está abriéndose ante sus ojos.

Hambriento, aprovecha para pasar por el restaurante, donde toma dos *croissants* de una canasta y los guarda en una servilleta dentro de uno de los bolsillos de su morral. Afuera, la noche todavía remolonea y las estrellas son los únicos puntos de luz en el cielo. La luna parece un trozo delgado de tofu, blanco y lleno de pequeñísimas perforaciones. Adama está en la puerta lleno de júbilo, no dice nada pero Mariano contempla aquel rostro y descubre las señales de un viajero lleno de sabiduría.

—¡Perdón! Me quedé dormido.

—Lo comprendo —dice Adama con voz divertida—. Creo que ha sido mi culpa, llegué demasiado temprano.

—¿Siempre te despiertas a esta hora?

—Son épocas —explica—. Se acerca mi momento y he de ponerme en acción. Llevo ya muchos meses contemplando mi vida y ya es hora de que forme parte de ella. Últimamente me despierto temprano porque mi cuerpo no quiere continuar durmiendo.

A Mariano, la energía de Adama se le contagia de tal forma que el cansancio por la falta de sueño desaparece por completo.

Cuando Adama abre las puerta del vehículo los dos se introducen en el coche. Su amigo enciende el motor, el rugido suave tartamudea y se incorporan a la vía con escaso tráfico. La ciudad continúa desierta; apenas pasan frente a algunos coches, taxis vacíos y aislados viandantes que parecen ser las primeras gotas de una tormenta que está a punto de comenzar. La llamada al rezo islámico es prueba de la vitalidad de la atestada ciudad que comienza a vibrar con cánticos que brotan iguales a un grito sobre la Tierra.

—¿Qué escucho? —pregunta Mariano.

—Es la llamada a la oración del islam —explica Adama—. Es la manera de convocar a los religiosos al primer rezo.

—¡Qué belleza!

—Lo sé —suspira Adama, escuchando con nostalgia—. Es triste que a esta religión siempre se le relacione con el terrorismo. Hay extremistas en todos los lugares del mundo, seres que creen que la mejor manera de comunicar su mensaje es por medio de la violencia. Es una lástima. Tengo varios amigos musulmanes y sé que el odio no habita en ellos.

—Yo no relaciono esta religión con el terrorismo. Más bien deploro la ignorancia, la desgracia de que generaciones enteras se hayan educado detestando a los que no son como ellos —Mariano hace una pausa y vuelve la mirada hacia su ventanilla—. Hablo de gente que nace y vive con un pie en la muerte.

—Hay un gran grupo de personas que viven encerradas en esa ideología, pero la otra parte, la pacífica, está evolucionando hacia una posición mucho más tolerante.

—¿Cuántas veces se llama a la oración? —pregunta Mariano interesado.

—El llamado o *adan* se hace cinco veces al día. Éste que escuchas es el primero.

—Pero las calles están vacías...

—No es obligatorio ir a una mezquita a rezar. Las invitaciones que escuchas sólo indican cuándo comenzar —aclara Adama.

—Rezas en cualquier lugar... —dice Mariano.

—Puedes, pero es importante que la oración se haga después de un ritual de purificación. Uno ha de lavarse con agua potable las manos, la boca, los orificios nasales, la cara y los brazos hasta el codo. También se limpia la frente, la cabeza, las orejas y el cuello.

—Quisiera ir a una mezquita —sugiere Mariano.

—Puedo llevarte ahora mismo.

—¿Me dejarán entrar?

—¡Por supuesto! Sólo tienes que quitarte los zapatos; trata de no caminar frente a los que estén rezando. ¡Ah, sí!, y respetar el silencio —añade severo.

—¿Tenemos tiempo?

—Sí. Después saldremos directo hacia Petra.

La camioneta gira hacia la izquierda y minutos después se estaciona junto a un gran edificio. Mariano dobla lentamente el cuello hacia aquel templo. Dos columnas, junto a un domo azul, culminan en dos semilunas cuyas puntas señalan al cielo. El domo tiene además una gran luna en la parte más alta.

Adama es el primero en bajarse. Mariano lo sigue presuroso.

—Cuando lleguemos, por favor, descálzate. Podrás dejar los zapatos en la entrada.

Mariano asiente mientras los dos, uno detrás del otro, caminan con ligereza hacia la puerta. Las voces parecen estrangular las paredes y abandonan el interior con un enorme sentimiento de paz y libertad. Los rezos en la mezquita parecen un ente vivo, con volumen y forma, nítido, espeso y mágico que se transporta igual que el sonido de las olas que empapan la orilla del mar.

Lo maravilloso de aquel edificio reina en el interior. Desde fuera, la mezquita se ve imponente y al mismo tiempo magnífica, pero cuando los pies de Mariano avanzan sigilosos por el frío mármol, poco a poco va reinando la sencillez. No hay una sola estatua; ni grandilocuentes pinturas; tampoco velas parpadeando. Mariano mueve sus ojos de un lado a otro en busca de todos y cada uno de los detalles. De la punta del domo cuelga un enorme candelabro redondo que sostiene más de cien focos, cada uno de quince centímetros de diámetro. Las faldas de la edificación están enmarcadas por vidrios con infinidad de colores que se esparcen a través del tapete morado cubierto por figuras rojas y asimétricas. Estupefacto, Mariano detiene el paso en la entrada, sabiéndose un extraño en aquel espacio sagrado. Es evidente que aquel templo le es ajeno; sin embargo, sin explicación necesaria, va acomodándose dentro de sí. Envuelto en la religiosidad de la atmósfera, no hay rastro de la agresividad de que tanto había oído. Tampoco se siente molesto. Lo embarga un sentimiento contrario: sosiego, placer y belleza. Los hombres, alineados en el suelo, con los pies desnudos y la cabeza hundida, rezan de rodillas, ajenos al mundo que los rodea. Mariano ve la imagen retratada en una fotografía única, agradece el privilegio de poder observarla y decide no adentrarse más. Allí, junto a la puerta y con el máximo respeto, aprecia aquella religión, haciéndole comprender que no es necesario aceptar una creencia para valorarla.

Cuando Adama y Mariano salen del lugar, el sol ya baila por las calles; el reloj ha corrido dispar a sus sentidos.

—Es preciosa, ¿verdad? —dice Adama.

—Lo es —afirma Mariano abriendo la puerta del vehículo—. Experimenté una paz inusual al contemplar a los hombres orando en el suelo. Sentí amar a la Tierra en su totalidad y creí, por un momento, que yo no estaba allí.

—Esto me recuerda algo —dice Adama buscando en una carpeta repleta de discos.

—Hace años descubrí a este músico y ahora es uno de mis preferidos.

—¿Quién?

—Sólo escucha…

La Ritournelle de Sebastien Tellier es la banda sonora perfecta para aquel viaje único. El sol continúa elevándose con fuerza sobre la ciudad y ellos, sin mirar atrás, la abandonan a gran velocidad. En la ruta, Mariano mira todo con la atención que sólo prodigan los turistas. Hay varios edificios con su construcción a la mitad, repletos de grafitis en árabe. Numerosas casas tienen estantes colocados afuera y banderas del país. Con los minutos, la ciudad va desapareciendo y el paisaje se va abriendo a ambos lados, a la par del protagonismo que cobra Petra en la cabeza de Mariano.

Van a gran velocidad no obstante que el tráfico se ha multiplicado. El camino árido evidencia el día de calor que comienza y obliga a Mariano a cerrar los ojos para disfrutar su entorno con todo su ser. Cuando los vuelve a abrir se sorprende al ver un camión verde repleto de cabras amontonadas. Adama va concentrado en el camino y disfrutando de la melodía que suena.

—En mi opinión —dice cuando termina—, la música árabe no se mide por su perfección, sino más bien por su grado de intensidad y por el sentimiento que transmite.

—¿Qué quieres decir?

—La música occidental se basa en la ejecución de algo escrito en un papel, pero la nuestra, creo yo, viene más bien de la estimulación interior. Se improvisa y varía según la ocasión.

—Interesante teoría.

—La siento cada vez más cierta —asegura Adama cambiando de disco.

—*Ahl Al Hima* de Omar Al Abdallat —le revela cuando las primeras notas suenan con fuerza en el interior del vehículo—. Es un músico de Jordania cuyas letras siempre han sido muy nacionalistas, pero lo que más me atrae de sus canciones es el ritmo.

—Me gusta mucho…

—Disfrútalo, trata de sentirlo dentro.

Al compás del *oud*, el laúd árabe, la carretera se vuelve sinuosa y al mismo tiempo limpia, espaciosa y aparentemente interminable. El tráfico comienza a ser denso en ambos sentidos y Adama conduce con firmeza dando a Mariano mucha tranquilidad. Recostado y con los ojos pesados, se concentra en la música como único hilo vital.

—Puedes dormir —sugiere Adama—. Llegaremos en una hora, estacionaremos la camioneta y luego tendremos que caminar. En Petra hay unos amigos que quiero presentarte, comeremos con ellos y entraremos a la ciudad al atardecer, cuando la iluminen.

—Cerraré los ojos —acepta Mariano.

Reclina su asiento un poco más y se acomoda. La música toma vida propia y comienza a bailar en su interior. La canción parece poseer manos, y en el sueño lo toma para que dancen descalzos sobre un frío mármol blanco. De fondo, los cánticos se asemejan a los rezos que Mariano ha escuchado por las mañanas, y en aquel respetuoso baile él logra desaparecer hasta olvidarse por completo de sí mismo.

—¡Llegamos!

La voz es un torrente de agua. Mariano abre los ojos de inmediato. Descansado, emocionado y aún adormilado mira a Adama, quien ya ha detenido el vehículo. No dice nada, tan sólo devuelve el asiento a su posición natural, se retira el cinturón de seguridad e imita a su amigo saliendo del coche. Estira sus brazos, dobla sus piernas y trata de recuperar la flexibilidad.

—¿Es hora de caminar?

—Lo es, amigo, lo es —responde Adama con una enorme sonrisa.

La vegetación a su alrededor sigue siendo árida. Tonos ocres, anaranjados e incluso rosáceos dominan el paisaje, volviéndolo un calmante inmediato para cualquier mente agitada. La temperatura ha subido durante el viaje, y aunque Mariano viste ropa fresca el calor comienza a pegársele en la piel.

—O, si te parece —insinúa Adama de pronto—, podemos alquilar un camello.

Mariano detiene el paso y mira a su compañero con un gesto divertido y al mismo tiempo de duda. Se ve a sí mismo antes de contestar, luego siente un cosquilleo en sus pies y tras unos segundos en completo silencio, obtiene una clara respuesta.

—Me apetece caminar.

—¡Hagámoslo entonces!

Adama ha planeado a conciencia aquel viaje. Quiere que la emoción invada a su amigo.

—Quisiera que paremos a comer en el sitio de un gran camarada. ¡Te encantará!

—¡Por supuesto! Justo iba a decirte que me ha dado hambre.

—¡Entremos por aquí! —exclama Adama por sorpresa al ver una cueva al final de una tienda.

Es un local de *souvenirs*. Mariano, con sigilo, respeto y mucho cuidado, da pasos cortos para no tropezar con nada debido al poco espacio que hay entre los antiguos jarrones de cerámica, las pequeñas figuras de camellos cubiertos con telas coloridas y las botellas perfectamente alineadas y repletas de innumerables especias. Al fondo, unos paños con flores bordadas ponen fin al camino. Adama los aparta y tras ellos descubren una sala repleta de tapetes, tanto en el suelo como en las paredes. En ella dos hombres toman el té. Saludan en inglés a Adama, él les presenta a su acompañante y, con cordialidad y familiaridad inusuales, inician una larga y amena conversación. Mariano apenas dice unas frases iniciales. Observa el escenario, escucha sus palabras y acepta el té que le ofrecen en un diminuto vaso de cristal bordado. Quema y tiene un extraño sabor a menta. Los dos toman asiento en el suelo, formando un círculo abierto, y es entonces cuando descansa la mirada, despierta el oído y puede escuchar. Es un hilo fino pero está ahí.

—¿Petra? —pregunta uno de los hombres a Mariano.

—Sí, es un sueño. Mi sueño. *El* sueño.

—¿Sabe lo que significa? —continúa aquél y da un sorbo a su té—. Piedra. Es griego. ¿Y sabes por qué? Es una ciudad que no sólo es de piedra, sino que está por completo excavada y esculpida en ella.

—Desde que era niño —refiere Mariano— he visto fotografías suyas, pero creo que jamás podré volver a verla de la misma manera cuando me sumerja en ella. Es el deseo que, gracias a Adama, podré cumplir.

—Abre bien los ojos y no cierres nunca las orejas.

—Hazlo —insiste Adama.

Mariano hace un gesto con los dedos, levanta los párpados y los cuatro ríen. Sirven más té, una mujer trae dos platos repletos de aperitivos y Mariano, ante la insistencia, cuenta con brevedad y respeto su vida en los Estados Unidos. Hace tiempo que no siente tanta atención. Aquellos hombres son esponjas que absorben sus palabras. Comen, ríen, hablan y olvidan el paso del tiempo. La habitación tiene un haz inmenso de intimidad y calidez. Alrededor, los colores se mueven a merced de una suave brisa que hace bailar las telas que cuelgan del techo. El tiempo regresa cuando Adama lo busca en el reloj de su muñeca. Mira a Mariano y asiente dos veces con la cabeza. Es la hora de continuar su camino.

Nunca sabrá cuántas horas han transcurrido; tan sólo guarda los momentos, las palabras, los gestos, la textura de los alimentos y aquel aroma a menta en la bebida. Afuera ya ha oscurecido. Los hombres los acompañan hasta la calle y uno de ellos le da a Mariano un regalo. Es un pequeño garrafón hecho a mano. Fundidos en un breve abrazo, se despiden y comienzan a caminar en dirección al Siq, la entrada principal de la antigua ciudad. El sendero es un desfiladero repleto de velas que marcan el camino. En algunos lugares, las paredes talladas por la naturaleza tienen tres metros de distancia entre ellas y, aunque similares, jamás se repiten. El paisaje nocturno ha hipnotizado a Mariano, que continúa su paso sin decir nada.

Caminan alrededor de un kilómetro y, cuando la estrechez desaparece, Adama detiene el paso. Las velas del suelo iluminan la fachada del primer edificio, que Mariano reconoce de inmediato. El Tesoro se encuentra labrado entre las rocas y parece parpadear al ritmo de las luces. Hay seis columnas custodiando la entrada, que debido a su profundidad es oscura e hipnotizante.

Mariano olvida a Adama para hacer caso a su instinto, que, acelerado, lo empuja al interior. Cada vez que avanza los latidos gritan con más fuerza. Sube con cautela los cuatro escalones que quedan entre las columnas, luego tres al lado izquierdo y tres al derecho. Después, ocho más. Ante sí aparece lo que alguna vez fue una tumba. La inmensidad del interior lo emociona; mira alrededor, girando la cabeza en círculos, y descubre que la imagen posee una belleza que le parece imposible de guardar con una mirada. Cuando para aquel movimiento, con las velas latiendo aún a su alrededor, un recuerdo brinca desde lo más profundo de su cerebro. Sus oídos escuchan la voz dulce de una mujer a la que no puede poner nombre pero la siente más familiar que la de su misma madre. Pestañea, parpadea, sus ojos brillan y aquel chispazo lo obliga a colocarse en cuclillas. No es dolor, tampoco placer, simplemente una desconexión de sí mismo que lo envuelve en una tranquilidad inmensa; se llena de paz y quiere dejarse llevar. No es un recuerdo específico, tampoco es nítido pero su alma descansa en él.

Adama, que ve a su amigo en cuclillas, se preocupa, corre a ponerle la mano en el hombro. Mariano voltea a ver la cara de quien lo toca y encuentra la silueta de lo que le parece un ángel. Una mujer rubia y de piel cristalina le sonríe.

—¿Mariano? —dice.

Él se talla los ojos para distinguir mejor a quien tiene enfrente.

—¿Mariano? —pregunta Adama una segunda vez, con tono preocupado.

—¿Adama?

—Soy yo —contesta al instante.

—Estoy bien…

—¿Seguro?

—¿Alguna vez has sentido que ya viviste algo?

—¡Claro! Se llama *déjà vu*.

—No. No fue eso.

—¿Entonces?

—Nunca había estado en Petra, pero al llegar aquí algo ha brotado dentro de mí. Debía de estar guardado en algún rincón y ahora ha reaparecido.

—¿Qué sentiste?

—Como si estuviera enamorado de alguien.

—La mente guarda secretos —dice Adama con gesto jovial.

—Este secreto, amigo, es el más inquietante que he tenido.

Se miran. Mariano jamás había encontrado tanta honestidad. Cuando rompen el vínculo, Adama pone la mano en el hombro derecho de su amigo y los dos abandonan la construcción. Continúan caminando por el sendero de velas, detectando los infinitos detalles de las paredes, los colores terracota, la montaña y los miles de trazos de las rocas. Es un paraje místico que embriaga, que abriga y que entrega sueños inmediatos y reales sin pedir nada a cambio.

Exhaustos, deciden sentarse junto a una roca y descansar. Las velas parecen cambiar de color y, por primera vez, Mariano se da cuenta de que no están solos. Algunos turistas siguen su camino. Después, vuelve la mirada a su compañero de viaje y tras una breve tos forzada, se atreve a pregutarle si quiere remuneración.

—¿Dinero? ¿Me quieres dar dinero? —pregunta Adama.

—Sí. Te has portado conmigo como muy poca gente lo ha hecho y quiero agradecértelo.

—Ya lo has hecho —responde—. Yo no hice esto por dinero. Lo hice porque tu energía me gritó *aventura*. Ahí está mi beneficio. Vivir mi ciudad a través de tus ojos es el mejor pago que puedo recibir.

Mariano hace el gesto, Adama lo imita y los dos quedan abrazados sin una palabra más.

En silencio, regresan al coche. Mariano lo hace con los brazos abiertos, tratando de sentir las rocas cerca de las yemas de sus dedos. Adama camina veloz, dos pasos adelante. Inesperadamente, antes de que abandonen el desfiladero, el cielo llora. En la palma derecha de la mano de Mariano aparecen las primeras gotas. Petra, empapada, es una belleza inusual. El cielo no da tregua y los dos, cuando se miran con cara de incrédulos, ríen. Mojado, Mariano abre más los brazos y la lluvia lo cubre de felicidad. El agua ha comenzado a correr por la ciudad. Las velas se apagan y quedan a oscuras. El líquido denso baja deprisa entre las piedras, oscureciéndolas y llenándolas de fuerza mientras la textura de las paredes parece derretirse igual que un delicioso trozo de chocolate.

El sueño cumplido no quiere acabar, y mientras camina de nuevo al Siq para regresar al auto Mariano reconoce una sensación que se manifiesta justo sobre su estómago. Esta sensación lo hace encogerse por un instante admitiendo la necesidad de tomar aliento, y cuando lo hace tiene la impresión de que su cerebro se infla como un globo al llenarse de helio. Él no lo sabe, pero según los expertos esta experiencia la viven los humanos cuando algo que cambiará su vida para siempre está a punto de ocurrir. La teoría propone que la precognición se debe a que algo se prende en el interior de uno mismo y, como en el caso de Mariano, esa luz transforma la realidad convirtiéndose en un fluido espeso que se derrama e incorpora al piso, que, por lo general, queda iluminado a cada paso.

26

Allahu Akbar. Allahu Akbar.
Allahu Akbar. Allahu Akbar.

Ash-hadu an la ilaha ill-Allah.
Ash-hadu an la ilaha ill-Allah.

Es el último día y su viaje no ha hecho más que comenzar. El avión saldrá de regreso a Los Ángeles a las diez de la mañana del 8 de octubre, dentro de veinticuatro horas exactamente. Esa mañana el despertador descansa y el único sonido en la habitación es el rezo que rebota en las paredes de la ciudad. Son los ecos de esas voces masculinas los que interrumpen el profundo sueño de Mariano, que duerme boca abajo y ocupando toda la cama. Cuando abre los ojos, lo primero que ve es el reloj marcando las diez, y la hora le da un placer inmenso porque hace tiempo que no despertaba pasadas las siete. Al dar la vuelta y quedar sobre su espalda descubre que la lámpara del techo deja entrar algunos rayos de luz a su interior, rayos que después se disparan en una inmensa lluvia de colores. Ese espectáculo se interrumpe por su estómago, que gruñe un par de veces. Baja de la cama con lentitud y camina descalzo hacia la ducha, abre la regadera y disfruta del agua caliente deslizándose sobre su piel. Al salir se mira en el espejo. Las ojeras, que un par de días antes lo habían acompañado, se han desvanecido y su piel bronceada brilla. Relajado, se viste y sale de la habitación.

Cuando las puertas del elevador se abren en el vestíbulo del hotel el concierto ya ha comenzado. Entran y salen viajeros, serios, neutros, descansados, emocionados e incluso agotados. Una pareja de novios se apresura a la salida como si la vida se les escapara de las manos, y a la derecha suenan cubiertos y platos que sirven el desayuno a toda prisa. Al fondo, el piano toca una melodía que a Mariano le parece conocida. Tarda un par de segundos en decidir si comer en el hotel o salir hacia la aventura, y en menos de un minuto sus pasos se dirigen a la locura de la calle. Un camión repleto de gente para en la esquina y le permite cruzar; al percatarse de que ha olvidado el mapa, sabe que su intuición será la guía.

El clima es cálido. El sol parte la calle en dos y, por la sombra, el número de viandantes se duplica. Todos en la avenida parecen felices y el ambiente tiene sabor a helado de fresa recién salido del refrigerador.

Mariano, disfrutando del calor, para en seco a mitad de la acera y observa al final de la calle y del lado contrario un edificio diferente. Es de diseño moderno y todos sus acabados emergen con trazos minimalistas. Alza la mirada y se entera de que está en la avenida Prince Hashem. Mientras se acerca puede distinguir un logotipo: blanco y con fondo verde, muestra una sirena que parece moverse cada vez que el viento toca la tela de los parasoles colocados en la terraza. Mirándolos piensa que es buena idea tomar una bebida en un sitio que le es familiar. Cruza la vía, da un salto para esquivar un coche que frena de manera brusca y llega al lugar. La puerta de vidrio es pesada. Al colocar sus zapatos en la alfombra interior siente el aire acondicionado sobre su cabeza. A un lado reconoce la habitual mesa con servilletas, cubiertos y azúcares, y el olor lo transporta de inmediato a su ciudad. Son también los mismos muebles, las mismas sillas y, extrañamente, el mismo temblor en las rodillas. De inmediato se coloca en la única fila que lleva a la caja. Al hacerlo busca en su bolsillo y saca su teléfono para ponerse al tanto de su vida cotidiana revisando su correo electrónico. Pasea los ojos en forma rutinaria marcando un par de mensajes que debe contestar a su regreso. Mueve el dedo pulgar arriba y abajo, actualiza y vuelve a calcular la distancia que lo separa de su café. De improviso, la campanilla de su aparato suena de forma tormentosa y lo sobresalta. Baja la mirada hacia la pantalla y por instinto cambia su postura. Se pasa los dedos por la parte de enfrente de su cabello y lee: "¿Cuándo llegas? El trabajo se acumula". "Mañana, Rigo", teclea deprisa con los pulgares, aunque una serie de imágenes que resumen su viaje le hacen sentir una extraña melancolía por algo que aún no termina. Entonces, la voz de la mujer que va delante de él en la fila emerge similar a una escala musical. Mariano deja el teléfono, libera su mente, olvida sus brazos y vacía su memoria.

La mujer, esbelta y de gran estatura, paga su bebida, gira su cintura, luego su cuello y al fin clava sus ojos verdes en Mariano durante dos segundos. Con elegancia, sus zapatos blancos la llevan apenas a medio metro de él.

Aquel simple gesto le parece un terremoto que lo sacude cual muñeco de trapo en medio de una tormenta. Indefenso y en un acto reflejo sonríe sintiendo que su cuerpo se paraliza; pestañea en tres ocasiones queriendo confirmar que la bella mujer no es real, pero al cuarto ella continúa junto al mostrador esperando su bebida. Su mirada ausente es mágica. Él no quiere descoserla de su retina y, sin embargo, al mismo tiempo, mirarla lo llena de ansiedad. Afortunadamente, la inconsciencia desaparece tras unos segundos y su corazón, sintiéndose orgulloso de ser otra vez la parte más importante de su cuerpo, vuelve a latir.

—¿Qué desea ordenar? —pregunta la cajera en árabe dando por finalizado el hechizo.

—Un café —contesta Mariano, aturdido y en su idioma, indicando con su dedo índice el número uno.

—¿Con leche? —pregunta la empleada, una vez más en árabe.

Mariano no entiende su pregunta, por lo que nervioso le contesta:

—No hablo árabe, discúlpeme.

La empleada, que aparentemente no está acostumbrada a los extranjeros, busca a su alrededor para explicarse, pero su gesto desespera a Mariano, quien a su vez empieza a mirar hacia la pared tratando de encontrar un gráfico que lo ayude a comunicarse. Mientras ambos parecen esquivar sus miradas, la mujer de tenis blancos, que aún está a su lado, suelta una leve risa que genera un escalofrío en la piel de él y con ternura lo toma del brazo al tiempo que le dice con un susurro:

—Ella quiere saber si quieres leche en tu café.

Mariano, perplejo, paralizado, asustado y emocionado, y en un caótico desorden, siente que esa voz llega hasta lo más profundo de su alma, despertando algo que llevaba dormido muchos años.

—Claro, claro, con leche —dice él, regresando a sí mismo y olvidando que la leche nunca le ha caído bien.

Ella, sin titubear, le indica a la empleada de Starbucks que el café es con leche y mantiene su brazo entrelazado con el de él, quien por su parte trata de mediar en la batalla que se desarrolla en su interior. Su corazón pugna por salir a flote aunque su cerebro se empeña en analizar lo que sucede. Esta lucha se traduce físicamente en la imposibilidad de comunicarse o moverse y en un exagerado análisis inconexo que desemboca en un simple e insignificante pensamiento: "Su acento es impecable".

Al darse cuenta de que su cuerpo comienza a reaccionar recuerda el obsequio de su madre y, como si lo tuviera enfrente, lee: "Los momentos que conforman la vida son los instantes que no requieren preparación alguna".

Ella, por su parte, lo mira tratando de reconocerlo, sintiendo que la calidez de sus brazos rozándose le es familiar, tanto, que su cuerpo también se niega a reaccionar y, en contra de su voluntad, espera paciente una mirada. Cuando sus ojos se encuentran,

Mariano experimenta lo que sienten las olas al romperse en la orilla, y debido a esa alteración metafísica puede mirar por unos instantes la historia de su vida futura. Ahí está ella, la mujer que tiene enfrente, aquella a quien no había podido reconocer. Al recibir su café los dos se aproximan a la zona más alejada del local. Mariano jamás se había aventurado a creer que las cosas mágicas se materializaran, pero es en ese instante cuando acepta que todo es posible.

Entonces le dice:

—Soy Mariano y tú eres la mujer que he estado esperando.

Ella, luminosa y con un presentimiento que parece tener forma de hormiga, responde:

—Te has tardado demasiado, Mariano.

El encuentro de los peces Koi de Jessica Iskander
se terminó de imprimir en abril de 2017
en los talleres de
Litográfica Ingramex, S.A. de C.V.
Centeno 162-1, Col. Granjas Esmeralda, C.P. 09810
Ciudad de México.